骑士之剑

KNIGHTSBLADE

［英］安迪·克拉克 著　吴天骄 译

浙江科学技术出版社

This English edition published in Great Britain in 2018 by Black Library.

Games Workshop Ltd., Willow Road, Nottingham, NG7 2WS, UK.

This edition published in China by Zhejiang Science and Technology Publishing House in 2024.

Copyright © Games Workshop Limited 2018.

This translation copyright © Games Workshop Limited 2024.

Translated and used under licence by Zhejiang Science and Technology Publishing House. All rights reserved.

Knightsblade© Copyright Games Workshop Limited 2018. Knightsblade, GW, Games Workshop, Black Library, The Horus Heresy, The Horus Heresy Eye logo, Space Marine, 40K, Warhammer, Warhammer 40,000, the 'Aquila' Double-headed Eagle logo, and all associated logos, illustrations, images, names, creatures, races, vehicles, locations, weapons, characters, and the distinctive likenesses thereof, are either ® or TM, and/or © GamesWorkshop Limited, variably registered around the world. All Rights Reserved.

No part of this publication may be reproduced, stored in a retrieval system, or transmitted in any form or by any means, electronic, mechanical, photocopying, recording or otherwise, without the prior permission of the publishers.

This is a work of fiction. All the characters and events portrayed in this book are fictional, and any resemblance to real people or incidents is purely coincidental.

本书英文版由 Black Library 于 2018 年出版

Games Workshop Limited，地址：Willow Road, Nottingham, NG7 2WS, UK.

本书中文版由浙江科学技术出版社于2024年出版

Copyright © Games Workshop Limited 2018.

This translation copyright © Games Workshop Limited 2024.

浙江科学技术出版社可在授权下翻译与使用。

Knightsblade © Copyright Games Workshop Limited 2018．骑士之剑、GW、Games Workshop、Black Library、荷鲁斯之乱、荷鲁斯之眼标识、星际战士、40K、战锤、战锤 40,000、"天鹰"双头鹰标识，以及所有相关标识、插图、图像、名称、生物、种族、载具、地点、武器、角色及其中的特色同类物，所有带有 ®、TM，以及 © Games Workshop Limited 的标识均为在全世界注册的商标或为 Games Workshop Limited 版权所有。

未经许可，不得将本书任何部分以任何形式复制、存储在某个检索系统中，也不得以任何形式或手段，包括电子、机械、影印、记录或其他方式，传播本书的任何部分。

本书为虚构作品。书中人物、事件均为虚构，如有雷同，纯属巧合。

WARHAMMER 40,000

导　言

　　这是人类历史上的第四十一个千年。一百多个世纪以来，帝皇沉睡在地球的黄金王座上。他是神授的人类之主，用无穷无尽的军队征服了百万世界；他也是一具朽坏中的躯体，在黑暗科技时代的力量下隐隐痛苦挣扎着；他是帝国的腐肉之主，每天都有一千个灵魂为他献祭牺牲，让他永远不会真正地死去。

　　即使处在假死状态下，帝皇仍延续着他永恒的警惕。强大的舰队跨越恶魔肆虐、瘴气弥漫的亚空间，航行于被帝皇的强大灵能产生的星炬所照亮的，能在遥远恒星间通行的唯一航路。庞大的军队以帝皇的名义在无数世界奋战。而帝皇的士兵当中最伟大的，是阿斯塔特修会——星际战士，一群经由生物工程改造的超级军士。他们的战友众多：星界军和不计其数的行星防卫军，时刻保持警惕的审判庭和机械修会的科技神甫，诸如此类，不计其数。但即便集合他们全体的力量，也不足以阻止那些迫在眉睫的威胁：外星异形、异端叛徒、变种人，甚至更恐怖的存在。

　　这个时期的普通人类默默无闻，生活在所能想象到的最残酷血腥的政体之下。战锤 40000 的故事，正是属于那个时代的传说。人们忘掉了科学技术的力量，因为它们已经被遗忘了太多，再也无法被学习掌握；人们忘掉了进步和宽容，因为在冷酷黑暗的未来只有战争。群星之间没有和平，只有永恒的杀戮，以及贪婪的众神的嘲笑。

关于阿德拉斯塔波尔贵族家谱头衔

阿德拉斯塔波尔的各大骑士家族自豪地维护着他们的习俗、守则和称呼形式。虽然这些神圣传统的价值毋庸置疑,但在与其他帝国机构整合时,其迷宫般的复杂性可能会导致一定程度的困难。

最基本的是,阿德拉斯塔波尔式的称呼形式是在姓氏(贵族之家的姓氏)前面加上表示地位的尊称。虽然不寻常的或局部的前缀层出不穷,但希望理解我们的骑士在战争中地位的局外人,应该很快学会和理解三个关键术语。

谭——这个前缀专为那些皇室直系后裔所保留。每个贵族家族的家主都有使用"谭"作为前缀的特权,他们的直系亲属也是如此。例如,至尊王托尔温·谭·德拉科尼斯和子爵杰朗特·谭·奇迈罗斯。

达——最常见的骑士前缀。这个术语可简单地翻译为"家族的"或"属于家族的"。任何成功完成骑士授封礼的人都有权使用这种称谓。例如,如果米诺托斯家族的见习骑士威廉幸存下来,其后,他将被正式认可为威廉·达·米诺托斯。

卡——一个更为罕见,也不那么体面的头衔。"卡"作为前缀,只适用于那些失去了原有贵族家族的人。不管是家族本身作为一个机构被摧毁,还是那个骑士或其他贵族被家族流放驱逐,"卡"作为前缀,永久地取代了之前的任何尊称。

这往往是耻辱的标志。

——摘自森德拉格霍斯特的著作
《阿德拉斯塔波尔的智者战略·第三卷
关于阿德拉斯塔波尔贵族家族和军国主义帝国一体化的论述》

阿德拉斯塔波尔星球的贵族家谱

德拉科尼斯家族

至尊王达尼亚尔·谭·德拉科尼斯 …………………… 火焰之誓

第一骑士珍妮卡·谭·德拉科尼斯 …………………… 火之蔑视

传令官马科斯·达·德拉科尼斯 ……………………… 荣誉之光

骑士加拉斯·达·德拉科尼斯 ………………………… 钢铁巨龙

守门人女骑士苏塞特·达·德拉科尼斯 ……………… 余烬之剑

骑士珀西瓦恩·达·德拉科尼斯 ……………………… 火焰风暴

奇迈罗斯家族

艾丽西娅·卡·曼蒂克斯(子爵谭·奇迈罗斯的伴侣)

佩加森家族

女侯爵劳蕾特·谭·佩加森 …………………………… 神谕

女骑士伊莲娜特·达·佩加森 ………………………… 萨加西托斯

米诺托斯家族

大元帅库尔特·谭·米诺托斯 ……………… 古斯塔夫的复仇

传令官威尔霍姆·达·米诺托斯 …………………… 冷酷无情

其他著名人物

流亡者

灰烬骑士——原名卢克·谭·奇迈罗斯 ………… 英雄之剑
骑士拉纳尔夫·沃－盖斯 ……………………………… 空虚
女骑士玛雅·卡丝塔拉达 …………………………… 怒火难逃
女骑士埃克哈特里娜·赫斯帕尔 …………………… 使命无边
骑士杰马杜斯·赫斯 …………………………… 深红色死神
沙斯 …………………… 前海军巡洋舰坚不可摧号的舰长
军法官霍普特维尔
大副克莱姆先生

异端审判庭

审判官塔内·马萨塔
舰长拉尼尔拉兹
审讯牧师奈什
莎内玛和谢玛拉 …………………………………… 拜死教刺客
林蒂吉斯·莫滕斯 ……………………………………… 机械术士
卡斯尔金中士卡斯顿
星语者文奎斯特
太空猿猴德布科

目录

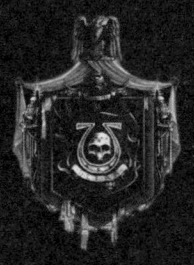

1 .... 序　曲

第一幕

4 .... 第一章
19 .... 第二章
34 .... 第三章
49 .... 第四章
61 .... 第五章
75 .... 第六章
86 .... 第七章

第二幕

102 .... 第八章
118 .... 第九章
132 .... 第十章
145 .... 第十一章

目录

第十二章	154
第十三章	169

第三幕

第十四章	182
第十五章	195
第十六章	206
第十七章	224
尾　声	235

序　曲

达尼亚尔·谭·德拉科尼斯站在幽暗的王座厅里。他紧握着天龙宝剑的剑柄，希望四肢恢复力量。但每一次呼吸都伴随着火辣辣的痛苦，他的伤口在折磨着他。他疲乏到极点，几乎支撑不住要跪倒在地了。

他的战士们拔出武器，紧紧地挤在一起。他们跟黑暗中的幽灵差不多。许多人受伤了。有些人已经油尽灯枯，无法再次见到黎明的曙光了，但他们依然坚定地站在那里。他们的姿态让达尼亚尔汲取到了力量。民兵们蹲伏在贯穿于整个王座厅的路障后面，用自动手枪和重型武器瞄准那些门口。平民们蜷缩在王座厅的后方，有些人挥舞着简易武器，也有些人只是惊恐地蹲在那里——哭泣、颤抖，用身体护住自己挚爱的亲人。

"感受你们体内的天龙圣火。"达尼亚尔说，在战士们刺耳的呼吸声和脚踩在石板上的摩擦声中，他的声音显得很坚定，"哪怕只剩余烬，找到它，拨旺火势。现在只剩下我们了。我们是德拉科尼斯家族最后的希望。帝皇对我们寄予厚望。"

一阵巨响回荡在王座厅之中。雕有天龙的门板因为凶猛的撞击而颤抖不已。

一个声音嘶吼道："他们就在外面。"达尼亚尔无法确定那是谁的声音。

第二道撞击声如雷声轰鸣，惊天动地，让他身边的男男女女都惊得瑟缩了一下。

另一个声音传了过来："愿帝皇保佑我们。"

达尼亚尔命令道："德拉科尼斯家族的成员，保持镇定。"

那些门板向内弯曲。从门板后传来了骇人的吼叫声。

又来了一次撞击，门上的铰链和锁绷得紧紧的，发出了吱吱嘎嘎的声音。众多野蛮的战吼声在门板后响起。

达尼亚尔喊道："阿德拉斯塔波尔的勇士们，天龙尖塔的领主们、女骑士们，点火！"

　　达尼亚尔用拇指拂过剑柄上的符文。他的骑士们也纷纷效仿。他们的天龙宝剑被点燃，发出了呼呼声，火焰包裹着剑身。

　　最后，猛烈的撞击把门从铰链上撞了下来，那群怪物朝他们猛冲过来。

第一幕

第一章

灰烬骑士卢克·卡·奇迈罗斯，穿越星际追捕他的猎物，但女巫艾丽西娅·卡·曼蒂克斯总是早他一步逃脱追捕。艾丽西娅给卢克的贵族家族带来了灭顶之灾，把他们带入了地狱，让卢克成了一个星际流浪者。她是在逃避卢克的愤怒，还是在引诱他走向她所希望的悲惨结局呢？很有可能两者兼而有之，因为无论灰烬骑士去往何处，他昔日的继母都早已离去，只在她身后留下充满毁灭和混乱的烂摊子。

卢克的父亲是名誉扫地的子爵杰朗特·谭·奇迈罗斯。他宣誓成为自由之刃骑士是为了远离他父亲的异端邪说。然而，奇迈罗斯家族的所作所为就像乌云一样笼罩在卢克的头上。他们陷入叛乱，崇拜恶魔，自愿与异教徒高层和女巫结盟。他们谋杀了至尊王托尔温·谭·德拉科尼斯，并试图从合法继承者手中篡夺王位——卢克并没有参与其中，但提及这些行为时，人们会情不自禁地联想到他。

因此，阿德拉斯塔波尔的远征军凯旋后，卢克并未在星球上逗留太久。一等到他儿时的朋友达尼亚尔·谭·德拉科尼斯登基继承了至尊王的衣钵，并着手恢复被战争蹂躏得支离破碎的土地上的秩序，卢克就启程出发，开始了他的追捕。他乘着一艘快速飞船离开，船上还带着为数不多的圣物维保士和奴仆——这一切都是为了等他追捕到艾丽西娅·卡·曼蒂克斯并执行帝皇的审判时，确保他的机甲英雄之剑适于战斗。

然而，事实很快证明追捕行动比灰烬骑士所预想的更为复杂，也更具有挑战性。他从嘎哈木朵去了泰沃瑞恩旋涡。从那里他又去了昂度乐、萨科拉门都司和皮多思。他总是发现，叛乱在发酵、黑巫术在释放，要面对疯狂和恐怖。他所追捕的对象总是消失不见，而且一次又一次地留下满是嘲弄之意的回声。

在追捕的过程中，灰烬骑士聚拢了一群追随者，他们是与他并肩作战的

自由之刃战士，他们在他寻求救赎的过程中看到了救赎自己的机会。尽管他们都是流浪者，但他们都是英雄，一起广行善事。奈何他们追捕的对象屡屡逃脱。

最后，在乌拉图，卢克得到了信息，这次他也许能结束充满仇恨的追捕。一个年迈的天然气勘探者提及了一个星球，在那个星球上有变幻莫测的沙漠和火焰山。卢克一直在寻找的银眼神谕师就居住在那儿。

自从卢克离开阿德拉斯塔波尔去追捕艾丽西娅以来，时间已经过去了五年。这五年漫长而又痛苦，充满了挫折、愤怒，他们与混沌的阴谋斗争不断。终于，灰烬骑士有机会结束追捕。卢克相信这个隐藏于阴影中的人物可能掌控着结束追捕的关键，于是他调转了这支小舰队前进的方向，前往坎达卡星球。

——摘自森德拉格霍斯特的著作
《阿德拉斯塔波尔的智者战略·第二十卷　寻找救赎》

达苏布用脚后跟猛踢兰卡的侧腹。那只皮质坚韧的野兽呱呱叫着加快了步伐，当它的蹄子陷入沙丘时，沙子喷涌而出。在达苏布左边几米远的地方发生了爆炸，他紧紧抓住坐骑的挽具，缩了缩身子。

火光绽放。

漫天沙砾像雨一样落在他身上。

那头兰卡爬到了沙丘顶上。在穹顶下，火红的云层沸腾着，像被诅咒的落日余晖一样。更多的炮弹在达苏布身边呼啸而过。在他眼前，沙漠绵延不绝，火山在嘶嘶作响的沙漠中拔地而起，就像遥远海洋中的岛屿。在正前方，迷宫中奇形怪状的石柱耸立如林。然后，达苏布拼命抓住他那头呱呱叫的兰卡，驱使它一溜烟似地大步跑下坡来。

他对着他的珠状通信器粗声喘息，在嗡嗡耳鸣中勉强听到自己所说的话。"弗玛达，你收到我发的消息了吗？他们追寻我的踪迹而来。"

弗玛达透过静电旋涡回答道："我们已经准备好了，我的亲人。带他们进入迷宫，引到圆环那儿。我们正严阵以待。"

"只要把他们引进来就可以了。"另一个声音传来，是那位灭世者，"剩下的事留给我们来做就好。"

达苏布说："有好几百人呢。至少有三个部落！加特纳已经加入了他们，还带来了他们的钢铁引擎。"

弗玛达咒骂起来，达苏布从他的声音中听出了恐惧。

"不管他们做什么都无法阻挡我们。"那位灭世者说道，他的声音坚定不移，"不要偏离原定计划。"

当那头兰卡接近沙丘底部时，达苏布紧紧搂住兰卡的脖子，说道："来不及做别的事了。"

他听到身后的钢铁引擎发出低沉的咆哮声。炮弹落到他周围，火炉般的高温冲击着他的身体，但在帝皇的眷顾下，他依然完好无损。他骑的那头兰卡蹄子深深陷入沙子中，把他推入了迷宫的阴影里。历经了数千年的风沙侵蚀后，那些石柱外形扭曲，中间是空心的，它们所处的地层是硅酸盐矿物，呈现出彩虹般的五颜六色。这些石柱彼此紧贴在一起，形成了弯弯曲曲的通道。

达苏布又踢了一下他的坐骑，让它在那些石柱之间乱窜。子弹和激光爆矢弹击中了石头，参差不齐的石头碎片崩裂开来，在他周围呼啸而过。他拉兰卡进入两根石柱之间，向高耸的石林深处奔去。它左拐右绕，把追兵远远抛在了后面。

"别太快了，妞儿。"他嘶吼着，奋力勒住那头兰卡，好让它放慢速度，"我们可不能甩掉他们。"

一道光束从他的肩膀上划过，在附近的一根石柱上打出了一个洞。石柱倒了，一时间石落如雨。

"他们没被甩掉。"他说道，踢着他的坐骑，"走，走！"

达苏布的那头兰卡猛冲过一排密集的石柱，冲进了一块广阔的天然洼地。方圆将近一千米的范围内，圆环被巨石包围其中。它的基岩上几乎没有沙子，在繁荣时期，人们曾在此地举办氏族集会和游牧集市。

现在，在它的中心位置，达苏布的部族部署了一道稀疏的战线，就在那里等待来犯的敌人。

忠实之子的战士不足百人，其中许多人要么是迟暮之年的老人，要么是还未成年的男孩。有几个人骑在兰卡上，拿着沙丘弓。其他的人则穿着他们祖祖辈辈流传下来的帝国护身防弹衣，还有少数幸运儿紧握着古董激光枪和自动机枪。在他们的战线中央，是他们唯一的一辆破旧的奇美拉坦克，车身涂满装饰画，弗玛达就站在它的车体上。

"拿起武器！达苏布大喊着，他的坐骑猛冲向族人所在的阵地。挥手示意的弗玛达睁大了眼睛，高声呼喊以示警告，达苏布感觉到身体突然倾斜。他的兰卡绝望地呱呱叫着，倒了下去——背后中弹了。达苏布还没来得及喊出声来，就一头倒了下去，他的脸重重地砸在了岩石地面上。

他用手和膝盖艰难撑起身体，昏昏沉沉、东倒西歪。一切都混乱不堪。他的脸颊像被烈火灼伤一样，眼睛里进了异物。他眨了眨眼，试图回忆起自己身在何处。蒙蒙眬眬中，达苏布听到了叫喊声、奔跑的脚步声，某种东西的响声，可能是鼓声，或者是……枪声？他的一只胳膊断了，他匍匐在地上，回头看来时的路。

他的眼睛因惊异而瞪得大大的，他看到了黑压压的一群异教徒从石柱间迅速涌出。

达苏布！"弗玛达的声音从通信器中传来，显得很缥缈，达苏布，快点儿起来！快走，我的亲人，不然你会死的！"

"快……开枪……"达苏布喘着粗气，费力地摸索着他的激光手枪。

"黄金王座。"弗玛达骂了一句，然后下达了命令。忠实之子的其他战士依令行事，爆裂声断断续续地响起。激光爆矢弹和子弹在达苏布的上方呼啸而过，扫射着敌人的阵地。穿着战服、戴着防沙护目镜的黑色身影翻滚在地上，带刺的棍棒和手枪从他们的手中掉了下来，撒落一地。然而更多的人从他们身后冲了过来，有几十个人，向他们嗜血的神灵尖声叫喊着赞美之词。

弗玛达喊道："钢铁引擎！它们来了！"

在一众叛徒氏族战士的身后，出现了一些外形黑乎乎的东西——笨重的庞然大物，可能曾经是帝国的战斗坦克。它们靠黄铜制成的履带滚动前行，车体上装饰有尖刺和混沌神像。它们所到之处，石柱纷纷倒下。它们的枪炮发出尖啸声，达苏布的部族阵地在一连串的爆炸中消失了，他大叫起来。硝烟散去，那些氏族战士的身影重新出现。他们在死者破败的尸骸中惊恐地蹒跚而行。奇美拉坦克着火了，弗玛达却不见了踪影。

达苏布喊道："灭世者，你在哪里？你向帝皇发过誓的！"

"我的确发过誓，"通信器中传来了那个灭世者的声音，"我的誓言就是我

立下的契约。"

达苏布脚下的地面在颤抖，随着时间的推移，颤抖越来越剧烈。巨大的脚步声越来越近。两侧回荡着石头翻滚的声音。然后它们来了。金属战神，也就是帝皇的机甲，大步走入圆环，发光的眼中充满了可怕的杀意。

达苏布深吸了一口气，说道："弗玛达，它们和你所说的一模一样……"

这些身披铁甲的巨人身高超过十二米，拥有令人生畏的枪炮和旋转的剑刃作武器。它们巨大的肩膀上扛有更多的枪炮和导弹架，而且当它们行进时，骄傲的旗帜在它们周围飘扬。它们的武器齐声而射，杀气腾腾。达苏布意识到，现在轮到异教徒的氏族战士消失在报应之火中了。

"赞美帝皇！"达苏布尖叫着，他的喜悦之情盖过了恐惧，"这是一个奇迹！"这位氏族战士抓住机会，爬了起来，朝帝国那边的阵地狂奔而去。

卢克·卡·奇迈罗斯在通信器中发话了："灰烬骑士在此向所有流亡者致意。正如我们讨论过的那样，如果你们愿意的话，来个简单的左右夹击。空虚、使命无边，你们负责他们的左翼；深红色死神、怒火难逃，你们负责他们的右翼。"

"那你呢，灰烬骑士？"女骑士埃克哈特里娜·赫斯帕尔的语气中满是嘲弄，"阿德拉斯塔波尔之刃打算在这些异教徒的诅咒下惶恐不安、畏缩不前？"

他回答说："不，赫斯帕尔女士。我们并不都像霍克施罗德家族以前的骑士那样，为了逃避战斗而不择手段。我将直奔中心而去。"

她说："你以后要为说这句话付出代价的，卢克。"

"我保证。"他回答道，但他的注意力已经转移到了眼前的战斗上。卢克的驾驶舱鸟卜仪上密密麻麻地挤满了目标标识。他的机械王座运转着，隆隆作响。祖先的智慧在他脑海中低语。英雄之剑在隆隆作响，它的机魂渴求着叛徒的鲜血。

他怎么能拒绝自己骑士机甲的渴求呢？

卢克心念一动，给他的动力传动装置注入了动力，英雄之剑一个箭步跨过遭受重创的保皇派。他紧握着触控手套，注意着绿色的符文，它显示那个保皇派的侦察兵还在跟跟跄跄地朝着安全的地方走去。叛徒们几乎已经撵上他了。

卢克嘀咕道："不，你们休想得逞，惯犯人渣。"他用意念操控自己的武器开始攻击。他机甲的重机枪开火扫射，子弹射进那些氏族战士体内。那个侦察兵一直在跑，但当他抬头直视救了他的机甲时，差点摔倒。

卢克清空了火力范围内的敌人之后，紧握一只触控手套，释放热能加农炮的威力。热力让他的皮肤感到一阵刺痛，这是武器发射时的交感神经反馈。灼热的能量在冲过来的叛徒中爆发，将一大片叛徒化为乌有，并在基岩上熔出了一个像玻璃般的大坑。帝国的阵地中响起了一阵欢呼声，卢克勉强露出了一个不自然的微笑。

他说："知道我的努力被人赏识总是令人愉快的。"

拉纳尔夫·沃－盖斯的机甲空虚在卢克的左边前进，像柏油一样通体漆黑，机甲上的复仇者加特林加农炮尖啸着在冲锋的异教徒中犁出了两道沟。沃－盖斯阴沉的吟唱声传遍了通信器，与屠杀形成了不祥的对比。

"集中火力攻击他们的钢铁战争引擎。"卢克在通信器中说道，操控着英雄之剑迈步走向敌人。

"钢铁引擎。"杰马杜斯·赫斯回答道。他是机甲深红色死神的驾驶员。他那奇怪的机甲瘦高的身形，让人联想到古老异端时代的塞拉斯图斯·阿特洛波斯。机甲身着克拉斯特家族非标准版的烈焰服，双臂上挂有不寻常的能量武器，在背上驮着个护盾发电机，像驼峰一样笨重。"喷油的家伙。它们简直配不上这个名字。"

深红色死神的正电子驱动器在冲锋的时候尖叫了一声，然后发出一道令人震惊的闪光。三架钢铁引擎从迷宫中出现时，被赫斯的武器炸得四分五裂。

另一架钢铁引擎喷出一道红宝石色的能量光束，飞溅到卢克的离子盾牌上，使他的机甲踉跄了一下。

他说："别小看了它们。这个猎物的爪子挺锋利。"

他进行还击，消灭了攻击他的钢铁引擎和其周围没那么幸运的异教徒，然后把他的机枪对准了另一群敌人。

霍克施罗德家族的贵族前传令官女骑士埃克哈特里娜·赫斯帕尔在通信器中发话了："那里还有更多的敌人。请容我提醒你，霍克施罗德之怒的威力，卢克。"她的骑士机甲是使命无边，披着黄色和紫色相间的全套甲胄，看起来很华丽。它的速射战斗加农炮呼啸着射出密集的炮弹，每一发炮弹都打穿了

敌方的坦克。钢铁引擎爆炸了，燃烧着滚到了一边。

卢克说："我已经看过很多次了，女士。虽然那仅为示范，但令人印象深刻。"

"你们说得太多了。"玛雅·卡丝塔拉达一边在通信器中说道，一边操控怒火难逃迈着大步进入敌人的阵地。她的机甲是一架游侠骑士机甲，身披午夜蓝色和冰白色相间的全套甲胄，机身光滑。当玛雅操控机甲前进时，机甲的热能加农炮发出轰鸣声，用装甲的双足把那些氏族战士碾成了肉酱。"你们所有人，你们的喋喋不休让杀戮行为蒙羞。"

杰马杜斯说："自由之刃的骑士们，请随心所欲地战斗，玛雅。在整场战斗中，我们的战友空虚一直在吟唱，卢克给他的命令有一半都被他无视了，但他的杀敌状态仍是最佳。"前克拉斯特家族的骑士用二进制咒骂着，一发炮弹侥幸炸穿了他的能量护盾，在他的机甲躯干上炸出了一个大坑。深红色死神铁驼峰侧面的充电口自动展开了一个细长的机仆，开始修复损伤。

卢克说："她说得对。我们在这里是有原因的。这个不值得的敌人让我们滞留得越久，我们履行真正职责所需的时间就会更长。流亡者们，除掉这些异教徒，然后我们就可以开始追捕了。"

达苏布瞪大眼睛看着这场屠杀。从骑士团加入战斗的那一刻起，他和他的同伴们就变得无关紧要了。忠实之子们依然向敌人的队伍开火，在肾上腺素的刺激下，带着渴盼已久的复仇冲动呼喊着。

弗玛达站在他身边，靠在达苏布身上，有个巫师为他包扎烧伤。

酋长深深呼吸，说道："帝皇的钢铁天使，它们很壮观。"

"它们是可怕的死亡引擎。"达苏布一边说，一边点了点头，"在这个黑暗的时代，我们需要这样的东西才能幸存。"

加农炮发出巨响。导弹疾飞划过空中，在异教徒的阵地中爆炸。骑士们操控机甲迈开大步，机甲的双腿像神话中沙漠巨兽的腿一样腾空而起，然后像打桩机一样重重落地。

狂热的氏族战士成群结队地一边冲锋一边尖叫，接连攻击骑士机甲脚和脚踝处的关节及电缆，但徒劳无功。有些氏族战士用简陋的手枪和旧式的燧发滑膛枪开火，而另一些氏族战士投掷出嘶嘶作响的碳酸钾炸弹，它们在机甲的装甲上炸开，而机甲毫无损伤。

"即使是钢铁引擎的枪炮也伤不了它们。"弗玛达说道,又有一排子弹在最近的机甲盾牌上溅出了蓝色的火花,"看吧,他们的愤怒无法战胜帝皇的眷顾。"

达苏布说:"我很高兴在这场战争中,它们是站在我们这边的。我的亲人,试想一下,如果这样的武器被血腥崇拜者所用,会有什么后果。"

弗玛达嘲笑道:"这些是秉承帝皇意志的神圣引擎,达苏布。它们的纯洁决不可能被异教徒的手所玷污。你说话要谨慎,免得自己误言异端邪说。"

达苏布点了点头,一边看着屠杀,一边时不时地向敌人开枪。忠实之子中有人欢呼雀跃,跟着他一起开火。其他人则沉默不语,瞪大了眼睛看着帝皇残酷的审判。

很快,一切都结束了。最后一批加特纳部落的氏族战士终于耗尽了热情,试图逃进迷宫的废墟中。机甲开火击倒了石柱,倒在他们身上。

岩石倒塌,火光升腾,达苏布说:"胜利了。"那些机甲终于停止了开火,寂静突如其来,却几乎和之前的狂暴一样让人震撼。

"无一幸存!"达苏布大声说,转向他的族人。当他突然意识到胜利的时候,他狂热地咧嘴笑了起来。他大吼一声,"无一幸存!"他的同胞们也大声疾呼道:"赞美帝皇!异教徒们,去死吧!"

他们的呐喊声在圆环里被屠杀的尸体堆上响起,在迷宫的破碎残骸旁响起,回荡在沙丘之海中。

在这场最后的战役中,骑士们打败了混沌的爪牙。

坎达卡得救了。

卢克驾驶着英雄之剑穿过沙丘,以绕开险恶的地形。他跟在达苏布身后,而达苏布骑着一头新兰卡在嘶嘶作响的沙地上大步慢跑。

一个鬼魂在他的机械王座上低声说道:"小心你的两侧,小伙子,以防有异教徒在那场大屠杀中幸存下来。"

另一个鬼魂低语道:"最好小心你脚趾间的沙子。在这个星球上,比起后退的异教徒,摔在沙漠上更有可能害死你……"

卢克看着他的鸟卜仪和仪器显示,说道:"异教徒和沙漠都杀不了我。"他的机甲隆隆作响,好像是在表示赞同。

"那些氏族战士骑得很快。"女骑士赫斯帕尔在英雄之剑后面二十七米的位置说道。其余的流亡者在她身后一字排开,机甲之间留有间隔,互相留意对方的两侧。

拉纳尔夫·沃－盖斯问道:"如果钢铁战神大步流星地紧紧跟在你身后,难道你不会那样吗?"

女骑士卡丝塔拉达说:"我们不是神,永远不要让这样的自大占据你们的思想。"

沃－盖斯粗声粗气地回答:"只是说说而已。"

玛雅说:"话语是有力量的,誓言就是话语铸就的。"

赫斯说:"说起这个,你是赢不了的,拉纳尔夫。我来自一个与机械教修会结盟的星球,在克拉斯特家族的锻造城堡里长大,但我也不像她那么教条,也不像她那么刻板。"

埃克哈特里娜说:"难怪当时他们会流放你。"

卢克检查了一下他的流形。

"注意你们的职责,流放者们。"他说,把英雄之剑减速至静止状态,"那头兰卡已经停了下来。"

沃－盖斯说:"终于可以结束这种浪费时间的行为了。"

卢克皱了皱眉头,但什么也没说。现在不是和空虚再进行意志较量的时候。

在沙砾的旋涡中,火山的山麓小丘若隐若现。在高高的山坡上,卢克放大后的视野捕捉到了新的火山熔岩痕迹,缓慢向下爬行,在终年风吹日晒的沙漠中炽热发光。骑兰卡的人向一个隘口打了个手势。这隘口位于两块露出地面的玄武岩之间,它们构成了一条小路,通往黑暗之中。

"很有吸引力,"卢克说道,他叹了口气,"但我们大老远地跑来,并不是为了现在畏缩不前。使命无边?"

"什么事,灰烬骑士?"

"在我回来之前,先锋部队归你管了。"

"明白。我们会保持警惕的。卢克?"

他身形一滞,身体只从机械王座上抬起了一半。

"什么事,赫斯帕尔女士?"

"小心点,骑士大人。你要是死了,对我们就没用了。"

"明白，女骑士。"

卢克解开了神经插口的耦合，机械王座上的鬼魂离开了他，他感觉熟悉的感觉在减弱。他把触觉护具叠放在座位上，小心翼翼地将顺它们的电线。他检查了一下他的爆矢手枪是否在臀部，然后从装备架上解下带鞘的链锯剑，把它背在背上。卢克把再生式氧气面罩和防沙护目镜固定好后，沿着梯子爬到驾驶舱舱口，顶着风出去了。

当卢克的靴子落在沙漠上时，达苏布把那头兰卡引到了他这里。这只皮肤坚韧的野兽打了个响鼻，把鼻子伸向卢克，疑惑地嗅着他的气味。

在萧萧风声中，他提高嗓门问道："那么，就是它吗？"

"就是它，灭世者。"达苏布说道，他虔诚地指向那条硫黄气味很浓的隘路，"火焰与阴影之路在磨牙岩之间蜿蜒，直到洛古克胡的火山口。在那里你们会找到你们要找的人。"

卢克说："你们这里的人起名的方式，有种让人安心的意味。"

达苏布说："我们的星球是个无情的星球，灭世者。这里的一切都在杀戮。一切都需要慎重对待，所以我们的父辈起名字很恭谨，以示尊敬。我们时刻提醒自己，要善待坎达卡。它保我们不死。"

卢克鞠躬以示敬意。

"我决无不敬之意。你的部落已经兑现了一半承诺，我衷心感谢你。"

达苏布说："在我们需要的时候，你挟帝皇的怒火降临此地，灰烬骑士。你们是我们的救命恩人，应该是我们感谢你们。就连你的名字都是吉祥的，因为它预示着火山洛古克胡的气息。"

卢克挺起胸来，说道："神谕师。不，她不会杀我。她会给我追捕的所需之物。"

达苏说："我希望如此。我们会在此等待。如果你在沙漠天色变黑的时候还没有回来，我会带你的战友回到安全的地方，我们将唱哀歌纪念你。"

卢克点了点头，苦笑着致谢，然后向暗影中的裂缝走去。他走的时候，火山洛古克胡愤怒地咆哮着。

穿过地面上崎岖不平的岩石，卢克进入了寒冷的阴影中，这样的寒冷与远处炽热的火山烈焰相当不协调。一层硫黄烟飘浮在他面前。他一走近，烟就散开了。再生式氧气面罩帮卢克挡开了来风，卢克听到其中嘶嘶作响。

小路蜿蜒曲折，岩壁参差交错。随着卢克前行，岩石渐渐升高，天空变成了头顶的一线天，呈灰白色。绕过一个拐角，进入更为幽深的黑暗，卢克轻按开关，咔哒一声打开了绑在肩上的探照灯。他吓了一跳，灯光照亮了穿在细细的石刺上被晒到褪色的头骨。在那些头骨的后面，火山侧面豁然裂开了一个洞口。

卢克喃喃自语道："王座啊！这个星球。"他砰地打开手枪皮套，向前移动。穿行于这些令人毛骨悚然的原始崇拜物之中，卢克尽力保持呼吸平稳，他慢慢走进洞口。探照灯的灯光刺破了黑暗，照亮了粗糙的石质地板，地板上四处散落着岩石和骨头的碎片。洞口处放着一个老旧的金属箱子，有天鹰座的印记，锈迹斑斑。更多的骨头从洞穴低矮的顶上垂了下来，挂在弯弯曲曲的铁丝上。

"人类。"他低声说道，谨慎地走过那些骨架，小心翼翼地不去碰它们。

黑暗中传来一个细细的女声："这是个剧场，就是为了让本地人离我远点。"

卢克愣住了，把双手放在手枪的枪柄上。

他问道："是谁在说话？我是在和银眼神谕师说话吗？"

从黑暗中传来一阵窃笑。

"你的确是在和银眼神谕师说话，灰烬骑士。我的名声不怎么光彩。"

卢克问道："你知道我是谁吗？"与此同时，关于巫术和背叛的痛苦记忆回荡在他的脑海中。

那位神谕师斥道："我知道你以前的身份，卢克·卡·奇迈罗斯。如果我不知道的话，我算是哪门子的神谕师呢？"

卢克说："这不是一个答案，而且这也不再是我的名字。如果你知道我是谁，那么也许你认识我追捕的对象。以秘密为诱饵设下一个陷阱，这是她的行事方式。"

"他们毒害了你的思想。"那个声音传来，现在听起来很悲伤，"你想要惩罚那些背叛你的人。他们偷走了你的信任，偷走了你的信仰。"

"他们教会了我人心的真谛。"卢克说，声音绷得紧紧的，"但你依然没有回答我。你可能是她的奴仆，你可能就是她。给我一个不拔出武器的理由。"

那个声音传来："灰烬骑士，是你找上了我，不是我找上了你。是你站在我的洞口,而不是我站在你的洞口。"

"但是……"卢克说道。他的双手并没有放开武器。

从黑暗中传来一声沉重的叹息,接着是拖着脚缓缓走路的声音。那声音干涩、沙哑,像蛇皮摩擦石头发出的声音。卢克向后退去,拔出了他的手枪。但从黑暗中浮出的身影一点儿也不像艾丽西娅·卡·曼蒂克斯。

卢克的继母身材高挑,黑发乌鸦鸦的,外表美丽动人。而这个女人年纪很大,佝偻着身子,身材圆滚滚的,就像风化的岩石。她穿着一件粗麻布长袍,上面有天鹰座的装饰,已经褪色了。她拄着一根破旧的手杖,手杖顶上有个帝国的鹰状饰物。她的皮肤坚韧如皮革,布满了皱纹。她的眼皮耷拉着,眼睛却闪闪发光,目光锐利如燧石。然而,吸引卢克注意的却是这个女人的额头,以及缠在额头上的那条天鹅绒眼罩,它已经霉烂。

他低声说:"一个导航者。"

老妇人说:"我是什么人与你无关,灰烬骑士。你只需要知道我是谁。你已经感受到了巫术的玷污,已经见识过了混沌的诱惑。告诉我,我是你寻找并令你恐惧的那个她吗?"

卢克能感觉到他面前这个人身上散发出的能量,这让他手臂上的汗毛都竖起来了,他的心也在剧烈跳动。但并没有什么不洁之物。

他说:"这让我想起了天龙尖塔中的帝皇神龛。"

神谕师回答道:"帝皇?是的,我是他的工具,赞美他无限的威力和智慧。"卢克对她语气中流露出的苦涩感到惊讶。"现在,如果你已经确信我并非异端女巫,那么我会感激你收起武器,并问你来这里要问什么。我这把老骨头可不喜欢站得太久。"

"我……"卢克开始说道,然后闭上嘴,把手枪收进了皮制枪套。他深深鞠了一躬,并做出天鹰座的手势。

他又开始说道:"我道歉,女士。如你所说,我已经学会了不信任,但对一个如此受上天眷顾的人,我无意冒犯。"

她以嘲弄的口吻说道:"受上天眷顾?我受上天眷顾吗?我可以告诉你我有多大年纪,年轻的骑士,但你不会相信我的。在这个贫瘠的星球上,只有本地的傻瓜陪伴着我,可他们连直视我的眼睛都不敢。"

"我没有……"卢克说道，但神谕师打断了他的话。

"你看到那个放在我门槛上的金属箱子了吗？走运的话，他们会把供奉——食物和饮料留在里面。如果没有供奉的话，不出一周我就会死掉。当我受伤或生病的时候，只有帝皇才知道我该怎么办。也许，我会孤零零地死去。我的家是活火山山脚下的一个岩石洞，我已经几十年没品尝过像样的阿玛斯克酒了。然而帝皇打发我来到此处，我就一直住在这里，直到我们的君主不再需要一个干瘪的老先知为止。所以，如果我们已经讨论完了我受上天眷顾的问题，那我就再问你一遍。说出你的问题，然后让我回去继续冥想，好吗？"

卢克尽量打起精神来。

他说："夫人，你知道我在找谁。我想问你她的下落，这样我就可以结束追捕，恢复我的名誉。"

"你令人敬佩，骑士先生。"老妇人说道，她的声音变得温和，"他们永远无法从你身上夺走这个品质。你名誉扫地，失去了贵族身份，本应无法召集你所领导的这些流亡者。他们追随你，是因为他们看到了你的可敬之处，即使你无法恢复名誉。"

卢克说："也许是其中的一个原因吧。他们追随我，多半是因为他们受惠于我，或者是因为我让他们的仇恨有了目标。"

"既然你这么说，那就一定是这样。"神谕师说道，她的声音透着先知先觉的彻悟，"不管怎样，灰烬骑士，我希望这可以给你漫长的追捕画上句号。"

神谕师把手伸进她的长袍中。卢克又一次伸手去拿他的枪，他一度以为自己还是被骗了。然而，老妇人抽出了一卷羊皮纸，那卷羊皮纸看上去和她一样饱经风霜，一根浅灰黄色的丝带绑在上面。

老妇人把那个卷轴递给他，卢克小心翼翼地从她手里接过。她做了个手势，不耐烦地抖了抖手指。

她说："好啦，你等这个消息等得够久了。读一读吧！"

卢克小心翼翼地解开卷轴上的那根丝带，展开卷轴，不想弄破纤维脆弱的羊皮纸。他仔细地阅读着上面笔迹潦草的言语。

神谕师说："她就在那里。这是我很久以前就看到的，在你的骑士授封礼之前。曾是你母亲的人就在那里等着你，我现在警告你，她知道你要来了。"

你不是唯一一个凝视命运之网的人。"

"没关系。"卢克说道，他的声音冷酷无情，"我要去那里，我要终结这一切。"

神谕师说："你可以这么做。不过，再说一遍，你可以不这么做。"

卢克问道："你是什么意思？"

"对你来说，什么更重要呢，卢克·卡·奇迈罗斯，你的荣誉，还是你的家人？"

他回答道："我没有家人。"

"你有母星，有朋友，有那些你在乎的人。"

他说："不做完此事，我不能去想他们。"

她说："可是，你必须想。即使是现在，可怕的阴影也笼罩在你出生的那个星球上。"

卢克问道："阿德拉斯塔波尔？你知道些什么？"

她说："比我想要知道的还要多。"

他厉声说道："说明白点。什么威胁到了阿德拉斯塔波尔？我要给他们捎个信，警告他们危险的到来。"

她悲哀地说："帝皇已经向我展示了，但并不完全。你要么选择继续追捕，抛弃所有你所爱的人，任由他们死去，要么调转方向，去救他们。"

他生气地问："那艾丽西娅呢？如果我没结束追捕就归家返乡了，我会失去她的踪迹吗？"

神谕师说："我所知甚多，灰烬骑士，但我不知道你会不会失去她的踪迹。我只知道你必须明智地选择自己的道路。你肩负重任。"

不信任和愤怒的情绪在卢克的心中交战不休。他把卷轴揉成了一团，弄得碎片剥落。

他说："这可能都是她的诡计，她想以此来羞辱我，并再次逃过我的追捕。"

神谕师平静地说："有可能。"

卢克摇了摇头，把卷轴塞进腰间的一个口袋里。

他说："我来这里寻求答案，你却只抛给我一些问题。"

她回答道："对那些想要解读命运之网的人来说，就是这样。相信我，我并不以此为乐。说出这些话和你听到这些话一样，都是一种负担。你追捕的猎物是肮脏的，应当用帝皇的光来净化。然而，阿德拉斯塔波尔所面临的威胁和你我一样真实。没有你，他们就会倒下。即使有了你，也许还是会倒下。但转身避开，明知自己没去努力尝试，你真能那么做吗？"

卢克又站了一会儿，沉默不语。然后他又僵硬地鞠了一躬，转过身去。

"谢谢你的话，"他边说边大步走开了，"愿帝皇保佑你。"

神谕师说："还有你，卢克。要做出明智的选择……"

第二章

达尼亚尔·谭·德拉科尼斯站在米诺托斯家族的宝座前。他穿了一件深红色、黑色和金色相间的披风,那三种颜色是他家族的专用色。披风用带子系在他半身装甲的紧身防护服外面。他的额头上戴着阿德拉斯塔波尔至尊王的王冠。他的腰间挎着他的天龙宝剑——誓言守护者。三个华丽的伺服头骨盘旋在他头顶,每一个都经过精心设计,用以再现阿德拉斯塔波尔的三种高贵的野兽:天龙、米诺陶斯和飞马。

米诺托斯家族的宝座位于一个富丽堂皇的书房。马赛克地板描绘了高大的骑士机甲列队奔赴战场的场景。高高的天花板上有一幅帝皇的肖像,把他画成了战神的形象。在他周围独具风格的星域中,英雄和异教徒在战斗。从宝座厅的大厅入口到贵族宝座的脚下,巨大的大理石和铁制雕像沿路列成一排。它们描绘了米诺托斯家族的大元帅,他们挥舞着锤子,大声发出战吼,傲立于胜利的人群中。许多大元帅的身体都与工业机械合为一体,因此他们的眼中闪烁着火焰,张开的嘴中冒出黑色的烟雾。

在那些雕像的后面,是天花板很高的画廊,米诺托斯家族的骑士和朝臣们可以聚集在这里观赏或请愿。这一天,在至尊王的来访期间,画廊挤满了粗壮如牛的战士、穿着披风的技师、严厉的联盟伙伴、穿着蒙头斗篷的圣物维保士和其他许多人。他们嘈杂的谈话声中夹杂着军事咏叹调,那是从高高在上的小天使的圣歌播放器中飘出的,这些声音像海浪一样冲刷着达尼亚尔的耳膜。

他感觉人们的目光聚焦在他身上,沉甸甸的。但跟米诺托斯家族宝座上那个人的凝视相比,这简直算不了什么。

大元帅库尔特·谭·米诺托斯坐在那个由黑色大理石和酒红色皮革制成的王座上,两侧是他尊贵骑士团的骑士。他瞪着眼,上下打量着达尼亚尔。尽管他比达尼亚尔年轻,但库尔特身材魁梧,蓄着浓密的小胡子——威风凛凛，可能会吓到一个气势不如他的人。达尼亚尔挺直腰板，骄傲地站在他面前，露出热情的微笑。

宫廷铃声一响，画廊里的人们便安静下来。库尔特的传令官——骑士威尔霍姆·达·米诺托斯走上前来，清了清嗓子。

"请所有人致敬。"他开始说道，通过肩上的通信扩音器他的声音回荡在王座厅里，"站在此处的是达尼亚尔·谭·德拉科尼斯，他是托尔温·谭·德拉科尼斯的儿子、阿德拉斯塔波尔的至尊王、三个家族的君主、莫扎迪斯星系的盾牌、多纳托斯大捷的胜利者。敲三下钟。"

宫廷的钟声再次响起，按礼制钟声响了三次。旁观者做出天鹰座的手势，并吟诵着宫廷礼仪要求的表示忠诚的话。

威尔霍姆继续说道："看哪，是他把贵族家族联合到了一起！"

在欢迎仪式继续进行的同时，画廊里的男男女女念诵着规定的祈祷文。"看哪，是他带领我们的人民走向荣耀！看哪，是他带领我们的骑士走向胜利！看哪，是他保护我们的人民免受伤害！"

在说最后一句敬语的时候，库尔特·谭·米诺托斯举起了手。威尔霍姆的嗓音颤抖了。

库尔特生硬地说："够了，威尔霍姆。我敢肯定，我们的至尊王是个大忙人。我也很忙。还是让我们谈正事吧。"

人们感到震惊，窃窃私语在画廊响起。威尔霍姆向后退了几步，看起来手足无措。虽然宫廷礼仪冗长乏味，但它是骑士生活的基础。往好了说，打断欢迎仪式充其量算是粗鲁。但往坏了说，至尊王可能会认为这是种侮辱。更无关紧要的原因都曾经成为决斗的导火索。

达尼亚尔向前迈了一步，并深深地、谦恭地鞠了一躬，按后面的步骤继续进行仪式。

达尼亚尔徐徐道来："大元帅库尔特·谭·米诺托斯、大元帅古斯塔夫·谭·米诺托斯之子、钢铁战场和库瑞克高峰的领主，很高兴再次站在您的面前。受您款待，是我莫大的荣幸。"

"今日之荣誉属于米诺托斯家族。"库尔特说，他也重新按仪式发话，尽管缩短了半个多小时的礼节仪式，"至尊王达尼亚尔，您的光临使我们备感荣幸。请说明您的来意，米诺托斯家族会俯首倾听。"

达尼亚尔说："谢谢你，大元帅。我今天是来讨论国家大事的。"

一时间，库尔特似乎将犯下难以宽恕的侮辱之罪，要强迫国王在宫廷前像个普通的请愿者一样商谈事情。

在达尼亚尔的下巴上，有块肌肉抽搐了一下。"还是到密室里去说吧。"

大元帅站了起来，向他的骑士们示意。

库尔特说："当然可以，陛下。请陪我到钢铁密室去吧。"达尼亚尔登上台阶，和库尔特的几个扈从一起穿过宝座后面雕花华丽的廊道。他们大步走过铺着大理石的走廊，周围回荡着军事咏叹调。大元帅快步走着，达尼亚尔与他步调一致。

库尔特问："陛下，您来拜访过我们几次了？"

达尼亚尔问道："从我继承王位以来吗？我想，有七次了。"

库尔特说："比拜访佩加森家族的次数多三次，小心点，他们会认为您这是有所偏袒。"

达尼亚尔说："女侯爵谭·佩加森知道我有多珍视她的忠诚和帮助。她的忠诚毋庸置疑。"

库尔特粗声粗气地说："啊，是的。奇迹女士。"达尼亚尔听出了大元帅的声音中所流露的不以为然，但没发表任何评论。

他们登上一组台阶，台阶上火盆排成了一列，然后穿过一扇装甲大门，进入钢铁密室。身材魁梧的枪械机仆看着他们。这些机仆是长着迈诺特金属头的大块头。达尼亚尔觉察到它们发光的传感器眼睛在跟踪他，他走到哪儿，它们重型爆矢枪上黑洞洞张开的枪管就跟着指向哪儿。

钢铁密室是个六角形的房间，宽约三十米。在它的中央放着一张同样形状的铁桌，高背座椅环绕着桌子。墙上挂着挂毯和圣髑武器。

库尔特说："陛下，请坐，好吗？现在，您肯定有中意的位子了。"大元帅重重坐在自己华丽的专属座椅上，砰的一声把穿靴子的脚抬起来踩在了桌面上。达尼亚尔与库尔特对视，直到米诺托斯家族的领主垂下了目光。

米诺托斯家族的尊贵骑士团小心地保持中立，等至尊王坐下后才纷纷落坐。达尼亚尔能体会他们的心情，不愿意旁听这场讨论，但又不得不遵守礼节。

守门人——骑士奥托维奥——象征性地守在密室的入口处。达尼亚尔认真为他们选好了座位，示意其他人坐下。他们感激地照做了。

库尔特说:"那么,陛下,这次我们何德何能劳您至此呢?"

达尼亚尔说:"大元帅,我今天有两个目的。首先,我想问一下,在实施阿德拉斯塔波尔防务法令方面,你们的进展情况。其次,我向你提出邀请,希望你能接受。"

库尔特点了点头,然后拍了拍手表示有服务需求。

他喊道:"上酒!我们的喉咙都干透了,这样怎么能处理国家事务呢?"

在他的呼喊下,三个家仆匆匆从侧门走进了密室,手里端着铁制高脚杯和盛有古尔利克酸葡萄酒的玻璃酒瓶。他们放下酒杯和酒瓶,动作熟练而又迅速,刻意避开了他们领主和主人的目光。达尼亚尔礼貌地点了点头,接过酒杯,但只让仆人斟了一半酒。这足以避免怠慢主人,但仅此而已。

库尔特端起他的高脚杯,喝了一大口,然后咣当一声放下了杯子。

他说:"陛下,关于您的防务法令,我们进展甚微。米诺托斯家族正集中精力从多纳托斯的灾难所造成的损失中恢复过来,我已经告诉过你们了。只有当我确信自家房子的受损之处已被修复时,我才有精力考虑我们的邻居。这是我对我的子民所负的责任。"

达尼亚尔耐心地说:"大元帅,防务法令是为了确保你的子民和所有其他阿德拉斯塔波尔人民的安全。轨道防御导弹发射井网络在其他地方进展迅速。它为阿德拉斯塔波尔的许多地区提供了更强大的防御,以保护我们免遭行星入侵。"

库尔特说:"我父亲的信念是,我们家族的武装力量应该永远是我们最重要的防御力量。米诺托斯家族的方式是在战场上全副武装迎战敌人,而不是躲在防御激光和导弹发射井后面对抗敌人。我已尽我所能,为这个计划奉献了我能奉献的圣物维保士和劳力,在我的骑士先锋部队强到令我满意之前,我不会再做什么了。"

达尼亚尔问:"那么,米诺托斯家族的空军呢?在多纳托斯战争期间,我们清楚地看到了飞行器的战略适应性和威力。即使你不重视轨道防御,你也必须看到由重型登陆艇和战斗机组成的舰队能让你的家族在战区之间更快地行动,并抵御无数威胁。"

"我承认,陛下,这样的尝试有其优势。"

达尼亚尔问:"那为什么我看不到什么进展的迹象呢,库尔特?亏得最近一批从可孚斯运来的货物，德拉科尼斯家族现在有了足够的重型登陆艇，可以运送三分之二的骑士机甲，以及一百多架战斗机和轰炸机。不过，和佩加森家族相比，我们下的功夫还是相形见绌。"

库尔特说："佩加森家族本来就有强大的空军。他们总是对自己飞行员的能力过于骄傲。飞行器并非没有用武之地，但是专注于这种先进的战术就会忽视掉我们骑士机甲的传统优势。因此，即使我们表现得很强大，实际却削弱了自身实力。"

"那么，工业化计划呢？"达尼亚尔问道，竭力使自己的声音保持平静，"建设新的农业园区，新型能源？我已经开始采取措施来改善我们农奴阶级的生活，提高生产力。"

库尔特说："我已经调动了我认为足够的资源去支持您，陛下。但是，恕我直言，认为这些措施严重忽视了传统价值的并不是只有我一人。我父亲不会希望看到我们的人民因为缺乏辛勤劳动而变得软弱。"

达尼亚尔说："我极其尊重我们这个星球的传统，但被压迫者和不满者在筹谋反抗，大元帅。我们有责任确保我们的人民感受到帝皇的爱，以免不满情绪扎根于他们的灵魂中。这只是我们确保不光彩的污点不会再让我们星球陷于黑暗的方法之一。这很重要，库尔特。我希望你采取行动，宜早不宜迟。不要把有恻隐之心误认为是暴露了你自己的软弱。"

大元帅看起来一下子吃了一惊，但他很快又皱起了眉头。

"陛下，您会发现米诺托斯家族决不软弱。"他一边说，一边重新斟满了酒杯，"在我的统治下，这个家族正在恢复元气，就像我父亲过去期望的那样。我们的同情会留给那些值得同情的人。我们对我们队伍中的任何异教徒都毫不留情，无论他们是什么出身，也无论他们有什么地位。"

达尼亚尔问道："你是在猜想我做过其他的事吗？"

库尔特说："我没有这意思，陛下。我希望灰烬骑士继续追捕那个杀害我父亲的冷血女人。但愿这个星球再也不会陷入黑暗。"

达尼亚尔说："大元帅谭·米诺托斯，你和我一样明白自由之刃誓言的含义。你十分清楚，奇迈罗斯家族和怀沃恩家族已经被彻底清洗了，他们的异端邪说都在帝皇的净化火焰中被清除了。在这方面我们做得十分彻底。帝国国教证实了这一点。请不要掩饰了，库尔特，这会有损你的形象。你要因为拒绝执行至尊王的法令而令你高贵的家族蒙羞吗？"

库尔特·谭·米诺托斯死死盯着他的高脚杯，桌子周围的骑士们身体都变得僵硬起来。他砰的一声把酒杯摔了下去，酒洒到了桌面上。

他说："陛下，我永远不会令米诺托斯家族蒙羞，要是有别人暗示我会给家族带来耻辱，我会跟他决斗。我已经屡次告知您了，我会以最适合米诺托斯家族的速度和方式来颁布您的法令。相信我，当您指望我的时候，我不会让您丢脸。"

达尼亚尔说："不，我没觉得丢脸，库尔特。我看到了一个好人，努力表现出稳如泰山的力量。由于悲剧，统治权早早落在了他的肩上。他看到，投射在墙上的影子还是他父亲而不是他自己。这一点我深有感悟。"

库尔特生硬地说："谢谢您的深刻见解，陛下。我将继续按照我父亲所希望的那样来统治我的贵族家族，同时，我会斟酌您的意见。"

达尼亚尔说："我明白，大元帅。但坦率地说，你的统治面临着孤立主义和倒退主义的风险。当我请求协助驱逐掠夺的入侵者时，你只派出了你必须派出的部队。当我的姐姐驰援响应达赫拉二号星球的求救时，她率领着五支德拉科尼斯家族骑士的先锋部队、四支佩加森家族的先锋部队，但只有一支先锋部队来自你的家族。"

库尔特说："我抽出了那些我认为能抽出的战士，这么多骑士刚刚经过骑士授封礼，缺乏经验，我认为没几个战士做好了战斗准备。只有帝皇知道，米诺托斯家族如今征召的战士太少了。"

达尼亚尔说："我明白你的考量，我并非谴责。但在人们的记忆中，之前两个阿德拉斯塔波尔的贵族家族叛变了，并因为他们所犯下的罪行而被处死。我从不认为你的家族会藏匿异端，大元帅，我想强调这一点。但请理解，在这种情况下，在我必须展示实力之前，我只能包容这么多。"

库尔特手下的骑士们坐立不安，显得很不自在。达尼亚尔想，也许他的话触及了他们的痛处。或者他们恨他。他认真看着库尔特，希望年轻的大元帅放下高傲的一面，做出某种顺从的姿态。

库尔特问道："吾王，您刚才提到您的来访还有一个原因？"

达尼亚尔压下了沮丧的叹息。"我已经听懂了，会好好考虑下。但我们都有很多事要处理。另一个原因是什么，我能问下吗？"

达尼亚尔说："一个邀请。因佩拉图斯大坝终于快完工了。流体力学动力可为三个新的防御激光器供能，也能为瓦拉坦北部的农庄提供光和热。这是星球复兴的标志，也是向帝皇的光辉前进的标志。"

库尔特说："不错的成就，陛下，我敢肯定人民会感谢您的。"

达尼亚尔说："我倒希望他们感谢帝皇和万机之神。我们一样也应当感谢。高等圣物维保士波卢克西斯向我保证大坝的机魂将在一天后觉醒。德拉科尼斯家族的贵宾们将会出席，见证星球历史上的这个重要时刻，佩加森家族的贵宾也会出席。我亲自来向你和你的家人发出邀请。你可以加入我们的行列，向我们的子民展示我们的团结。"

"我万分荣幸，陛下。"库尔特说道，这是那天他第一次对达尼亚尔显得真诚，"可是我……我必须谢绝您的好意。国家大事迫使我这样做。请接受我的道歉。"

达尼亚尔强忍着怒火，咬紧牙关。他想提高嗓门，命令库尔特遵从，这是他身为国王的权力。但他知道库尔特宛如玻璃，如果被压得太紧，很容易破裂，这会对他的家族和星球造成损害。为了用外交手段拉拢古斯塔夫·谭·米诺托斯的儿子，达尼亚尔付出了太多的努力。除非他别无选择，否则他不会崭露锋芒。"当然，大元帅。你必须做你认为合适的事情。"

库尔特说："我很感激您来到这里，向我发出邀请，但我必须优先考虑我的子民。您明白吗，陛下？"

"够明白了。"达尼亚尔边说边从座位上站了起来，"现在，正如你自己多次说过的那样，我们是大忙人。我得走了，否则等觉醒仪式举行的时候，我会缺席。"

"当然。"库尔特说，他和他的骑士们也站了起来，"骑士奥托维奥会护送您回到飞行器那里。"

"谢谢你，大元帅谭·米诺托斯，也谢谢你的盛情款待。"

库尔特说："这是我的荣幸，吾王。赞美帝皇。"他和他手下的骑士们鞠了个躬，同时做出天鹰座的手势。达尼亚尔回以相同的手势，然后转身离开了钢铁密室，骑士奥托维奥与他同行。

一个小时后，在机舱里，达尼亚尔坐在一个系了安全带的指挥座上。在墙边六个这样的指挥座一字排开，他就在其中。还有几个座位坐着保镖，他们都是从德拉科尼斯家族民兵中挑选出来的精英，穿着厚重的铠甲。

他们的首领上尉班诺克，坐在达尼亚尔的右手边。

达尼亚尔的对面坐着他的传令官骑士马科斯·达·德拉科尼斯。白发苍苍的老骑士眉头紧锁，一只手捋着他灰白色的头发。他说话的时候，喉部的发声仿生器官发出机械的刮擦声。那是一处旧伤，是个自认为是神的疯子所造成的。

"那么，那个蠢蛋还是没改变态度吗？"

达尼亚尔说："如果你是说'大元帅库尔特是否重新考虑了他在法令上的立场'，那么没有。我想他没有重新考虑过。但有那么一瞬间，就在我离开之前，看上去他似乎想说些别的什么。"

马科斯说："那他应该说出口，而不是像个见习骑士一样喝酒生闷气。那孩子玷污了他父亲的名誉。"

达尼亚尔说："面临挑战，他会做他认为正确的事情，而且他有潜力。我在他身上看到了潜力。他把领地管理得不错。他按时缴纳什一税。他的先锋部队都是新骑士。"

马科斯说："但他仍然固执地奉行孤立主义。陛下，您不能容许他永远这样下去。"

"我知道，马科斯。"达尼亚尔说，他按摩着太阳穴，"你很了解我，相信我不会那样的。"班诺克递给他一只水壶，他畅饮一口。他之前喝过库尔特的葡萄酒，冰凉的矿泉水冲掉了口中酒的苦涩余味。

"他会来的。"达尼亚尔说，把水壶还给了班诺克，并点头表示感谢，"只希望他是在我不得不仲裁之前。"

马科斯说："情况会恶化。至少，对米诺托斯家族来说是这样。"

达尼亚尔说："就算会引发什么后果，也只是在马上长枪比武而已。我父亲不允许用血腥的方式来解决争端，我也不会。这种传统随着奇迈罗斯家族的灭亡而消亡了。"

马科斯说："你父亲颁布的法令并非全都是明智的。我喜欢那个老流氓，可是他有点太喜欢讨人喜欢了。"

"尽管如此，传令官阁下，但这是我要坚持的一项法令。阿德拉斯塔波尔的骑士们已经彼此争斗得够多了。只要我是国王,我的星球上就不会发生内战。这既是破坏之举,又是狂妄之举,而且在帝皇的眼中,这将是我们的奇耻大辱。多纳托斯之劫让我们失去了许多盟友。"

马科斯说:"遵命。"

他们陷入了沉默。飞行器的引擎轰隆作响。达尼亚尔伸长脖子扭头向身后的观察孔望去。在蓝色的虚空中,他看到了一架喷涂了德拉科尼斯家族专用色的雷霆拦截机。三架这样的飞行器组成了他的空中护卫队。

在至尊王飞行器的下方,多岩石的平原延绵起伏,矿坑和农业园区散布于其中,就像挂毯上的刺绣一样。

达尼亚尔若有所思地说:"米诺托斯家族,像它的骑士机甲一样坚硬,像它的石头一样固执,像它的群山一样高傲。"

马科斯说:"不过,这里矿藏很丰富。在岩石和尘土下面蕴藏着丰富的铁资源。他们应该分享这些财富。"

达尼亚尔说:"我不反对,不过我们目前已经谈得够多了。飞到瓦拉坦北部要花很长时间。我们先吃点东西,然后看看能不能睡上几个小时。帝皇知道,过去这几天我吃得太少了。"

马科斯咧嘴一笑,说道:"哈,国王说得有道理。"班诺克明白了他的暗示,示意他的一个卫兵解开安全带,去取回舱里补给。

卫兵从一个舱口消失时,达尼亚尔靠回椅背上,将目光转向那个观察孔。他看着大地在他脚下延绵起伏,享受着远离他所统治的一切的滋味,哪怕只有短暂的片刻。

"达尼亚尔。"他感觉有只手在摇他的肩膀。"陛下,我们到了。"

达尼亚尔睁开眼睛,眨了眨眼睛驱走蒙眬的睡意。他咳嗽了一声,然后从安全带中端坐起来,昏昏沉沉地望向观察孔外面。天空变成了鲜血和灰烬混合的颜色,火焰点缀着散乱的云朵,地平线上出现了一道金线,宛如流动的黄金。他的飞行器在暮色中降落,熟悉的瓦拉坦草原在下方向四面八方伸展开去,越来越近。在黑暗中,他可以看到成排的居民区、越野车和狮鹫战车级的重型搬运车在它们之间。

他说:"谢谢你,马科斯。现在是什么时候了?"

"六点十分。"马科斯说，他正忙着穿好正式的制服，扣紧粗呢大衣，检查佩剑腰带，"离仪式开始还有一段时间。"

达尼亚尔说："那么，有足够的时间彼此问候。"他摘掉了王冠，让它的纤维束与他的神经插孔解开耦合。王冠的鸟卜仪数据流中断了，他的视野没有扩大。

"制作出这个，波卢克西斯的工作令人赞叹。"他边说边眨着眼睛，伸着懒腰，"但有时把它摘下来一会儿也是种解脱。"

马科斯咕哝了一声，忙着调整衣领以掩盖他的通信仿生发声器。

有感于老导师虚张声势下掩盖的虚荣心，达尼亚尔暗自笑了一下。他用穿在铠甲外的无袖外罩的衣角快速地擦了一下王冠，然后又把它戴上。仿生义肢在他的皮肤上产生了一种冰凉丝绸般的感觉，数据流重新回到了他眼角的余光中。

飞行器慢慢偏转，引擎在最后降落时发出隆隆的轰鸣声，达尼亚尔站起身来。他接过班诺克递给他的涤纶网眼斗篷，把它系在脖子上，再甩到一边肩膀上。他摸了摸脖子上祖父的护身符，然后用意念操控伺服头骨在他头顶盘旋。

马科斯拍着他的肩膀说："您看上去很高贵，跟您父亲一模一样，甚至更为高贵。"

达尼亚尔在飞行器着陆时受了点颠簸。

从机舱内的通话器中传来飞行员的声音："现在降下舷梯，陛下。愿帝皇与您同在。"

液压装置发出呜呜声，符文闪烁着从红色变为绿色，飞行器的后舷梯摇晃着放了下来。

当后舷梯触碰到钢筋混凝土铺成的停机坪时，几十名骑士出现在停机坪外。在高高的、燃烧化学燃料的火盆塔的照耀下，这些骑士分成两列屈膝跪下，形成了一道走廊，达尼亚尔和他的扈从沿着走廊走过。在走廊的尽头，聚集着一群伟大而又善良的德拉科尼斯家族的人，他们等待着。在他们的背后，阿德拉波汀斯山脉隐约可见，群山的顶峰被白昼最后的光芒浸染成了深红色和金色。

达尼亚尔的目光首先落到了女骑士苏塞特身上，她既是他的守门人，又是他这五年来的配偶。作为骑士，她个子较矮，但她身材敦实，头发漆黑，散发出无尽活力，这让达尼亚尔觉得很有吸引力。苏塞特向他投来一个会心的微笑，笑容倏忽一现，又瞬间消失。在苏塞特旁边还站着另外三名骑士：骑士珀西瓦恩，机甲信仰的主人，身材高大，肌肉结实，脸上挂着坦率诚实的笑容；骑士加拉斯，军械总管，身材瘦长结实，脸上总是带着冷笑；达尼亚尔的姐姐——他的第一骑士珍妮卡·谭·德拉科尼斯。

马科斯咕哝道："珍看起来精疲力尽的。"

达尼亚尔说："难道你不累吗？他们比原计划在亚空间里多待了一个月。她真的是刚刚回来，我了解我的姐姐，她可能都没停下来打个盹。"

珍妮卡比达尼亚尔高，但她和达尼亚尔一样，有着目光锐利的绿色眼睛和淡黄色的头发，她头部的一侧剃得光秃秃的，另一侧则剪成了很短的碎发。德拉科尼斯家族骑士常见的文身盘绕在她的脖子和剃光的那边头皮上。英气十足的美和重型装甲的紧身防护服让她看起来令人敬畏。达尼亚尔知道，这是她必须保持的外表，因为尽管德拉科尼斯家族容许女骑士的存在，但她是有史以来第一个拥有如此崇高地位的女骑士。

在她的部下中，有些人对此非常不满。

珍妮卡微笑着说："小弟。"

达尼亚尔咧嘴而笑，回答道："姐姐。"他们俩短暂地拥抱了一下。

她说："我去打了一年仗，你却在这个星球上到处建造农场和水坝。你知道骑士应该四处征战，是吧？"

达尼亚尔微笑着说："你为我们俩做的已经够多了。而且，你知道至尊王就是要统治星球，对吧？我们现在进行的基础设施改善将使我们的人民在未来几年内受益。"

她说："我知道。你的举措为我们的家族带来了巨大的荣誉。"

达尼亚尔回答道："你也一样。战争进行得如何？"

他姐姐的脸上掠过了一丝阴影。

她说："派瑞迪雅挺住了，而且异形被消灭了。有几位骑士获得了特别的荣誉——我已经上报了他们的名字以予嘉奖。不过，也有伤亡。骑士泰伦倒下了，女骑士凯瑟琳也倒下了。骑士杰凯布要被外科医生治疗六个月才能重新坐上他的机械王座。"

苏塞特说:"逝者将因其英勇而被人铭记于心。杰凯布会再次操控机甲的,他的伤痕会让他更聪明。帝国另一个原本会沦陷的星球安然无恙。毫无疑问,女士,如果不是您指挥的话,会有更多的人倒下。"

珍妮卡回答:"但愿如此,苏塞特女士。"

达尼亚尔注意到新来的这些骑士朝他身后瞥了一眼。

骑士加拉斯问道:"那么,米诺托斯家族的代表团没跟你一起来?"

马科斯说:"没有米诺托斯家族的代表团。显然,大元帅库尔特还没有完全理解国王达尼亚尔对我们星球的愿景。"

加拉斯用力吸了口气,表明他所期望的不止如此。

达尼亚尔坚定地说:"他会来的。"

"他会的,"苏塞特表示赞同,"即使是在一两个死神到来的时候。"

达尼亚尔说:"夫人,请你不要也开始冷嘲热讽。我不会在这个问题上和你们所有人争论,尤其是现在。没有时间了。"骑士珀西瓦恩说:"没错,几分钟前,波卢克西斯说他们已经准备好了。请我们尽快到场。"

达尼亚尔说:"那我们就走吧,我会在你们所有人的陪伴下铭记这一刻。再说,我们不应该让女侯爵劳蕾特久等。"

"我们可不想冒犯奇迹女士。"加拉斯说道,语调酸溜溜的。珍妮卡看了他一眼。

珀西瓦恩说:"女骑士谭·佩加森在多纳托斯得以幸存,这简直就是帝皇创造的奇迹。对此你应该心怀敬畏,骑士加拉斯。"

苏塞特说:"此外,我倒想看看你被大口径的加农炮弹击中后是否还能活下来。"

加拉斯懒洋洋地说:"嗯,好吧,好吧。这是王座赋予的奇迹,即使它发生在五年前……"

达尼亚尔说:"够了,我们走吧,现在就走。"

马科斯咆哮道:"仪仗队。"

德拉科尼斯家族跪下的骑士们站了起来,在尊贵骑士团后面组成了一列纵队。达尼亚尔和他的战友们动身穿过了劳动营。

他们迈着轻快的步伐向北瓦拉坦长满青草的山麓走去。他们经过宴会帐篷,里面飘荡着工人们唱赞美诗的声音。他们又从燃烧化学燃料的火盆下走过，它们火光闪闪，映亮了整个营地。在他们到来时，工人们和民兵们都跪下，毕恭毕敬地低头示意。萤火虫在他们头顶上飞舞，像繁星一样闪烁。

在居住区之间的填土公路上，狮鹫战车和全地形越野车靠到一旁，好让达尼亚尔的队伍通过。在营地边缘，巡逻的骑士机甲鸣响了通信喇叭，它们身型巨大，热烈欢迎至尊王的到来。

他们继续往前走，地势陡然上升。宏伟的水力机械大坝就近在他们眼前。它在两个陡峭的山顶之间伸展开来，在暮色中显得又大又黑，它的两侧和顶部点缀着发光的流明设施和电子信标。还有座巨大的天鹰座雕像，其双翼展开，足足超过一千六百米。

达尼亚尔和珍妮卡走在前面，与其他人稍微拉开了一些距离。看出他们有意要私下交谈，尊贵骑士团的其他人都往后退了退，彼此交谈起来。

珍妮卡平静地说："这真是个令人印象深刻的成就，达。这是纪念你作为至尊王的信念和智慧的一座丰碑。"

达尼亚尔说："这是个开始。我只希望它能快点发生。我的统治就是在如此黑暗的背景中开始的——可能要几十年之后才会被遗忘。如果它们曾经被遗忘的话。"

珍妮卡说："我真希望父亲能对我们坦陈他继承王位之前所发生的一切，如果我们知道王冠从奇迈罗斯家族传给德拉科尼斯家族之前的情况，我们就会更密切地关注男爵杰朗特了。"

达尼亚尔说："他不可能让公众知道的，珍，你知道。披露约达克斯远征的细节……会让有关各方蒙羞。最好是让人们相信，继承权是出于尊重而自愿转让的，总好过让人知道王位被夺走是一种惩罚之举。"

珍妮卡说："再说，我想他觉得自己有责任。即使失败属于国王戴弗恩·谭·奇迈罗斯。"

达尼亚尔回答："我一直在大量阅读我们的历史，试图拼凑出父亲的秘密。我不确定，但我相信其中可能有连马科斯都不知道的事。一些我不确定是否想找到的东西。"

珍妮卡问道："比如什么？"

他故作轻松地说："我不知道，我可能永远都不知道想找什么。那些古老的大部头巨著和卷轴都像寓言，模棱两可、避实就虚，还有一些空白之处。

不过在所有这些研究中，我确实发现了一些有趣的东西，是关于祖父的护身符的。等我们回到天龙尖塔时，你一定要提醒我带你去看。我想在父亲要我去寻找的地方的深处埋着一些传家宝。"

珍妮卡大笑起来，说道："这就是那个勤奋学习的孩子，卢克过去常常嘲笑的那个。"

"既然说起这个……"达尼亚尔说道，并不急于发表评论。

珍妮卡说："我没有他的任何消息，达。我来这儿的路上路过了天龙尖塔，那儿也没有收到任何消息。我也没指望那儿会有。卢克离开了，至少现在是这样。"

达尼亚尔说："我知道，珍。我每天都向帝皇祈祷他的追捕进展顺利。如果他能为我们带回艾丽西娅的头颅，我相信那会是一个值得庆祝的理由。"

"更不用说你最好的朋友回来了。"珍妮卡说道，露出会意的笑容。

达尼亚尔说："我不否认，我想念他的战友情谊和忠告。尽管在这方面，我有幸得到了帝皇本人的庇佑。"

珍妮卡回过头来瞥了一眼尊贵骑士团的其他人，苏塞特正在为马科斯讲的某个笑话而大笑出声。她笑了笑。

她说："没错，弟弟。但是伟大亦可传承。你赢得了这些同伴。"

达尼亚尔说："你也一样，可是你很少与他们共处。我理解你的困境，如果你想鼓励更多年轻贵族女性经历骑士授封礼，让更多的兄弟和父亲接受那样的选择，你就必须树立榜样。可是你从来就没待在这儿。"

"帝皇的战争是永远赢不完的。"珍妮卡说，"而且，虽然你是好意，兄弟，但我觉得你不了解我所面临的压力，并不真的了解。"

达尼亚尔说："也许不了解，可是，珍，我很重视你的指引。我想念你。"

她说："达，我也想念你。但是你早就长大成人了，不再需要我看护或保护你了。无论在思想上还是行为上，你现在都是阿德拉斯塔波尔的至尊王了。既然你在王位上做得很出色，我也希望能成为真正出类拔萃的第一骑士。我需要你放手让我去做。"

达尼亚尔说："珍，我永远、永远不会妨碍你。你要知道，你不必逃避父亲的鬼魂。"

珍妮卡向他露出一个狡黠的微笑。"我没有逃避父亲的鬼魂。几年前我就向他告别了。如果还有人能唤醒那个鬼魂，那就是你了。"

达尼亚尔吸了一口气，正要回答，但就在这时，天空之主的赛博小天使从头顶掠过，从仿制的小号中发出微弱的号角声。达尼亚尔意识到，自己站在一道长长的、用火盆照明的斜坡脚下。它弯弯曲曲地延伸到大坝的一侧。

"这将是一个不同寻常的夜晚。"他说道，回头看了看从地平线上消失的夕阳留下的一抹微光。这一幕使他因不安而战栗，虽然他说不出确切的原因。

女骑士苏塞特向他们走近，微笑着说道："我们去看看机魂觉醒仪式吧。"他们一起走上钢筋混凝土铸成的斜坡，走向在大坝顶上举办的盛大集会。

第三章

　　德拉科尼斯家族和佩加森家族的来宾聚在一个大帐篷下，它是为了机魂觉醒仪式预先搭设的，就在大坝的正中央。大坝的中点厚度超过了四百米，除了内、外边缘的导轨之外，大坝的顶部都是平的。宾客们从帐篷可以俯瞰水库的黑暗水域，发电站和调节神龛聚集在山的低坡上。帐篷的底部是升起的阶梯式座位，上面悬挂着三个贵族家族的旗帜和挂毯。一顶结实的聚酯纤维编织的遮阳篷搭在上面，好为聚集在一起的政要们遮风挡雨，他们头顶上方还悬挂着使用电蜡烛的枝形吊灯。

　　尊贵骑士团和他们的护卫爬上镀金的台阶，四散而去，加入已经拥挤在各层座位上的朋友和战友的行列。达尼亚尔带领扈从，经过了骑士、词典编纂者、牧师、交际花、民兵军官、艺术家、仆人和技师。

　　苏塞特说："看到米诺托斯家族的看台空着，真让人难过。"

　　珍妮卡附和道："真让人沮丧，但至少佩加森家族的不少人都来了。"

　　达尼亚尔说："所有能来的骑士和高官显贵，他们都来了。跟我们如出一辙。这是帝皇恩宠的表示。"

　　苏塞特说："还有女侯爵。"

　　皇家包厢就在他们的正上方，结构巨大，从镀金大梁搭建的架构上凸出去，悬在阶梯座位上。戴着家徽的机仆嵌于其中，它们的脸被高声唱赞美诗的扬声器弄歪了。重型火炮追踪每一个新来的人，无一例外。

　　劳蕾特·谭·佩加森优雅地站在包厢的栏杆前。

　　布里甘坦曾经是隶属于奇迈罗斯家族的宫廷诗人，他把女侯爵描述成一个由冰雪和星光雕刻而成的女人，有一颗与冰雪和星光相配的心。她的眼睛是一双昂贵的仿生眼，有银色的瞳孔，用以替换她在多纳托斯濒临死亡时被毁掉的生物眼球。再生治疗消除了她脸上深深的疤痕，让她的皮肤显得光滑而又苍白。她的头发是白色的，从前额到脑后，梳成了精致的辫子，垂在背上，跟电线混在一起。她穿的礼服以她家族的专用色冰蓝和白色为基调，其剪裁掩盖了构成她身体大部分的仿生义肢。劳蕾特的双手放在她面前的栏杆上，一只是纤细的人手，另一只则是一件银色拉丝的工艺品，里面镶嵌的珠宝轻轻地跳动着。

在她身旁站着三名尊贵骑士团的骑士，还有几个更不寻常的人物。这些人穿着连帽的蒙头斗篷，外面披着厚重的教士服和武士服。

他们的脸上伤痕累累，手持看起来很沉重的权杖。在他们身上用铁链捆着宗教书籍。他们的衣服和肉体上都饰有帝国的天鹰座图案，还有卷轴和经文的碎片别在上面。

他们盯着达尼亚尔和他的扈从爬上台阶。

达尼亚尔领着大家走进皇家包厢时，说："女侯爵，见到您真是太高兴了。"

劳蕾特微微鞠了一躬，对他矜持地笑了一笑。

她说道："至尊王达尼亚尔·谭·德拉科尼斯，您的邀请使我的家族深感荣幸。这是一个值得纪念的时刻，这也是一种象征团结一致的豪迈姿态。"

达尼亚尔说："我很高兴您能这样想，夫人。"

劳蕾特问道："看来我们的领主谭·米诺托斯并不同意？"

达尼亚尔回答："似乎并不同意，但我相信他的立场正在软化。"

"他还年轻。"劳蕾特说着，转过身对着栏杆，"他是米诺托斯家族老古董那一派的，倔强，能勇敢地面对错误。如果再给些时间，我相信您是对的，吾王。库尔特会明白这个道理的。"

劳蕾特的随行牧师中有个人嘟囔道："我们为他的开悟祈祷，夫人。"

马科斯厉声说："你就在至尊王的面前。牧师，除非被召唤，否则请保持缄默。"

"夫人，让我们谈谈更有助于成功的事情吧。"达尼亚尔说道，没有理会他们之间的交谈，"我相信波卢克西斯很快就会开始了。"

真正的夜幕降临，与群山的阴影融为一体，置于水面上的巨大火盆点燃了化学燃料。火光跃动，倒映在水库的水面上，映亮了在对岸聚集的大批圣物维保士。

一半的圣物维保士穿着机械教修会的红色长袍，另一半穿着他们所属的贵族家族专用色的长袍，奇怪的机械构造和沉重的蒙头斗篷让他们显得邪恶。

赛博小天使和伺服头骨像密友一样盘旋在他们周围。

在他们中间有两辆圣物维保士的爬行者。这些巨大的战车几乎和帝王毒刃超重型坦克一样大。它们使用装甲的充气轮胎，车身上有德拉科尼斯家族的家徽。维修电枢和成组的伺服臂折叠起来收在它们庞大的外壳上，其间散布着只有内行才懂的武器系统和脉冲传感器神龛。

高等圣物维保士波卢克西斯站在其中一辆爬行者的镀金讲坛上。他的装束比同伴更为精致。他高举双臂。这位高等圣物维保士一只手里拿着一根数据权杖，挥舞着。当他说话的时候，他的声音从圣物维保士爬行者的通信扩音器里轰响而出。他的话语像雷声一样掠过黑暗的水面。

"阿德拉斯塔波尔的各位大人、各位女士，愿万机之神的祝福降临在你们身上。今晚，你们将见证万机之神的奇迹。请大家对接下来的程序保持肃静。在仪式期间，所有的信息流和通信都将停止，以免机魂或扰乱它们神圣的电源谐波频率。为了至尊王达尼亚尔和阿德拉斯塔波尔的荣耀，我们开始仪式。"

达尼亚尔发现万机之神信徒们的仪式挺有趣。当然，这些仪式并不比贵族家族的仪式短，但二进制吟唱、符文敲击和奇怪的机械奥义更能吸引他的注意力。

随着每一道新水闸被献祭和打开，达尼亚尔感觉到了大坝内新涡轮机在隆隆转动。当发电机和电容器的神龛轰鸣起来的时候，伴随着轻微的震动，从水面上飘来了缕缕烟雾和火焰。

苏塞特咕哝道："就像他们唤醒了远处海岸上的天龙一样。"达尼亚尔看了一眼她眉飞色舞的表情，就知道无论他对这个过程怀抱怎样的兴趣，她的热情都远胜于他。苏塞特的守门人职责并没有减弱她对万机之神秘密的迷恋，这使她偶尔会与波卢克西斯不和，产生意见分歧。当觉醒仪式进行到第三个小时的时候，苏塞特的眼睛依然闪闪发亮，像仪式刚开始时一样热情。

达尼亚尔开始变得焦躁不安，尽管多年来忍受自己家族仪式的经验使他能够完美地维持表面上的礼貌，礼节性地表示对仪式的关注。他偷偷地扫了一眼皇家包厢那一排，希望看到茶点服务员在看台上走动。然而，他皱起了眉头，因为他王冠上的鸟卜仪信号显示远处有动静。

他放大视野，看见一个穿长袍的技师沿着大坝顶部匆匆走来，胸前抱着一叠数据羊皮纸文稿。当这个年轻人走到帐篷的台阶底部时,被一个德拉科尼斯家族的民兵叫停盘问。随后进行了一番轻声但热烈的交谈。

达尼亚尔的担忧加深了。他向珍妮卡瞥了一眼,她也看到了。她把手伸向耳边的珠状通信器,显然是想重新启动它。他摇了摇头,示意现在还不是时候,可能是一件小事。

这种希望逐渐消失了,因为这两个人慢跑上了台阶,他们经过那些贵族时,引起了贵族的窃窃私语和关注。这两个人被上尉班诺克盘问,在几个机仆的枪口下又发生了一次争吵。

班诺克浏览着数据羊皮纸上的资料,皱起了眉头。在水面上,仪式仍在隆隆作响地进行着,但几乎无人关注。在阿德拉斯塔波尔,除非有紧急情况,否则神圣的仪式不会中断。看台上的人都知道这一点。骑士们躁动不安。保镖们调整了姿势,开始悄悄地警惕起来,成群的女伴和见习骑士在一起窃窃私语,气氛越来越热烈。达尼亚尔说:"在事态进一步变糟之前,我要看看这到底是怎么回事。"

达尼亚尔还没来得及从王座上站起来,班诺克就急匆匆地赶到了他身边。

他俯下身,说道:"国王达尼亚尔,情况非常紧急。"他声音很轻,但语气坚决。

"有威胁吗?"达尼亚尔问道,珍妮卡重新启动了她耳朵上的珠状通信器。

班诺克说:"有可能,陛下。远程大气鸟卜仪接收到了一个侵入的信号,通过平流层上层快速向这个位置下降。只要几分钟就会到达此处。"

马科斯惊叫道:"而我们现在才听说此事?"

班诺克回答说:"责任不在鸟卜仪技师身上,传令官大人。这个警告本该至少提前半个小时出现,但对方只在他们的符文库上显现了。正如他们所说的那样,就好像是凭空出现。"

达尼亚尔说:"这个问题留待以后讨论。他们知道那是什么吗?"

班诺克说:"不知道,陛下。说那是虚空飞船的话,它实在太小了,但它又具有机器特征。来自对方的读数是矛盾的。"

珍妮卡说:"可能是一艘攻击艇。"

马科斯说:"或者是个弹头。"

达尼亚尔问:"有没有尝试过呼叫对方?"

班诺克点了点头，说道："什么回应也没有。"

苏塞特问道："我们可以拦截吗？有了我们的新飞行器和炮台资源……"

"那没有用。"珍妮卡回答道，专注地听着珠状通信器上的声响，"它正在越过群山，巧妙地穿过我们的炮火覆盖区。这要么是我们的运气太差，要么是对方的计划太好了。为避免干扰仪式，战斗空中巡逻队之前向南迁移了。他们正在快速返回，但要十分钟后才能到。"

达尼亚尔问道："你们放哨的骑士呢？珍妮卡？劳蕾特？"

女侯爵已经把她颅骨扩增仪上的几根电缆插进了一个前臂铠甲上的数据端口，专注地看着符文在其表面滚动。

她说："陛下，我的骑士们正在采取盾牌分散的行动，但对方接近的角度将使此次行动极其困难。试图爬上大坝太冒险了，而且从下面的劳动营来看，即使是那些配有伊卡洛斯底座的人，要想在敌人到达我们头顶之前找到可靠的射击目标，也很困难。"

珍妮卡说："我们的骑士也是这样。为了尊重波卢克西斯的仪式，我们自己没有设防，没有遮蔽。"

马科斯说："我们没有发现任何危险迹象，棱堡舰队没有发出任何警告，阿德拉斯塔波尔已经三年没有与敌对势力交锋过了。在策划这个活动的过程中，对所有可能的战略情况自动进行了威胁模拟。这算不上是判断失误。"

"话虽如此，我们必须马上补救。"达尼亚尔说。他站了起来，激活了王冠上的通信扩音器。

"各位大人、各位女士、各位尊贵的客人，"他开始说道，被放大的声音传遍了所有看台，"请迅速从大坝下去，进入劳动营。骑士们，唤醒你们的机甲，全副武装地前往指定的集合点，拿出武器。其他所有与会者，疏散飞船将把你们从二号、三号、五号和八号停机坪空运出去。请前往指定的出发地点。"

大家的反应非常迅速，和他希望的一样冷静和高效。在家族民兵的护卫下，在他们当中骑士们的英勇指挥下，阿德拉斯塔波尔的贵宾们井然有序地从看台上走了下来。

达尼亚尔说："马科斯，把我的命令转达给劳动营的监工和民兵队长。劳工党将被疏散到瓦拉坦草原上去。让大型登陆艇待命，以备我们需要把那些人全部拉出来。要确保圣物维保士也得到了警告，由于这次仪式中断，他们之后必须安抚机魂。"

班诺克急切地说:"陛下,最多只有几分钟对方就会到了。它的移动速度比我们预计的快得多。您不能留在这儿。"

"我没打算留在这儿。"达尼亚尔说,他朝大坝的顶部瞥了一眼,疏散人员仍在有序地向出口坡道涌去,"班诺克,通知我的飞行器。让它降落在大坝顶上。这比步行要快得多,我们得马上上机甲。来吧。"

当他们匆匆走出皇家包厢,咔嗒咔嗒地走下楼梯时,他目不转睛地注视着灰暗的苍穹。群山现在只现出了剪影,隐约可见,最早出现的星星在山顶上方闪着微光。

苏塞特问道:"你认为它是什么?"

珍妮卡说:"不管它是什么,我们很快就能看到了。现在,机甲已经把它列入战略分布图了。不出两分钟它就会到了。"

达尼亚尔可以看到他的飞行器闪烁的灯光了,它从停机坪升起,向他们疾飞而来。他回头看了看天空,眼睛睁得大大的,因为他看到其中一颗星星比其他的星星更亮,而且越来越近,越来越大。

他喃喃地说:"帝皇啊,快赐予我们速度,我们将短兵相接。"

达尼亚尔的飞行器来了,天鹰座登陆艇在向大坝降落的同时降下了它的后舷梯。引擎排出的下沉气流冲击着他们,猛烈地拍打着他们的外袍,使他们不得不遮住眼睛。

骑士珀西瓦恩说:"我们最后疏散的人都安全了。"

达尼亚尔说:"如果这真的是一枚弹头,也许那还不足以拯救他们。"

"我手下的骑士们正在试图拦截。"劳蕾特说,仍然看着她的前臂铠甲。从下面的营地传来了枪炮的轰鸣声,一道道明亮的射击弧线掠过头顶上方。

珍妮卡说:"角度不对,他们无法及时引爆弹头。"

飞行器轰隆一声落地,他们急忙登上舷梯进舱。

"快走。"达尼亚尔对飞行员说,飞行员猛击一个符文,关闭了后舷梯。

加拉斯说:"安全带不够。你们所有人,都抓个东西固定住自己。"

飞行员为引擎注入动力,引擎轰隆作响。它开始抬升,在水库的水面激起重重波浪。所有人挤在机舱里,紧紧抓住安全带和其他的带子。有几个人绊倒了。一名佩加森家族的骑士跟跟跄跄地往即将关闭舷梯的那个方向滑退了过去。珍妮卡伸手扶住了她。

劳蕾特的牧师们大声而又虔诚地祈祷着。达尼亚尔不理会他们，他紧紧抓住一个导向环，眼睛一直盯着舷梯后面那片越变越窄的黑暗。对方离他们的距离越来越近。他的王冠在解读鸟卜仪的数据，当他看到关于那些轨迹的结论时，他扣住导向环的指节攥到发白。

他在通信器中说道："飞行员，右满舵倾斜转弯！"

飞行员很清楚，不能违抗至尊王的命令。飞行器突然倾斜，机舱里充满了惊慌的喊叫声。一个牧师撞到头，然后昏倒了。

接着传来隆隆响声，然后声音变得响亮，成了一声令人颤抖的怒吼。它再次猛然震荡，流明闪烁着变成了深红色。达尼亚尔咬紧牙关，用尽全力抓住把手。飞行器猛一斜，他的胃里随之一阵翻涌，他做好了迎接撞击的准备。

接着，引擎发出啸声，飞行器最后震动了一下，终于挣扎着恢复了正常。达尼亚尔向观察孔外瞥了一眼，看到下面劳动营的灯光近在咫尺，令人担忧。他能勉强认出那些望向飞行器的脸上目瞪口呆的神色。

"各位大人、各位女士，我很抱歉。"飞行员的声音传了过来，声音听起来很震惊，"对方从离我们几米远的地方经过。为了避免碰撞，我们必须急转弯。"

"那个飞行员应该挨一顿鞭打。"劳蕾特的传令官骑士昆希尔·达·佩加森咆哮道。他保护性地站在女侯爵的身边，她之前成功把自己绑在了一个有安全带的王座上。大量的血从传令官太阳穴处的伤口流了出来。

达尼亚尔严肃地回答道："他刚刚救了我们的命。他应该得到一枚奖章。"

劳蕾特说："飞行员，感谢你迅速行动。那个从我们身边经过的物体，你能认出它是什么吗？"

飞行员回答："是的，夫人。它隶属于帝国。从它的体积来看，是运输飞船或者运兵船，但我从未见过这种型号，而且看得出它在战斗后受损严重。"

达尼亚尔问道："当前位置？"

"瓦拉坦。"珍妮卡说道，一只手放在她耳朵上的珠状通信器上，"骑士们报告在正南方十六千米外的平原上发现坠机。"

达尼亚尔说："有两支先锋部队在坠机现场，他们会和它保持一段距离进行坠机评估。其他骑士分散防御并监视天空。也许会有更多的飞船随之而来。"

驾驶员在通信器里说道："我把您送到哪里，陛下？"达尼亚尔回答道："把我们送到我们的机甲那里去。让波卢克西斯派爬行者去路上接我们。如果坠机后还有幸存者，他们会需要圣物维保士的医疗舱。"

十分钟后，达尼亚尔坐到了机械王座上。他戴好触控手套，将战斗织带横过胸前，然后闭上眼睛，同时伴随着冰冷的金属咔嗒声，数据线与他的神经插孔耦合在一起。数据流流入他的脑海，与来自他王冠的信息交织在一起。他的祖先们低声欢迎他的回归。火焰之誓发出隆隆声，向它致以自己的问候，反应堆在启动时嗡嗡作响。

达尼亚尔感觉力量在他体内流动，通过他机甲鸟卜仪的反馈信号，他的感觉中枢扩张开来。

他精神升华，有如战神。

通过右臂，达尼亚尔感觉到了机甲上热能加农炮脉动的热量；通过左臂，他感受到了死神链锯剑旋转的力量。他转念一想，启动了火焰之誓升级后安装了他的家族圣髑的离子盾牌，以示对他崇高地位的尊重，然后他打开了一系列符文开关。

他听到了从外面传来沉闷的嘶嘶声和叮当声，那是燃油软管和弹药装填断开时发出的声音。他操控机甲踏出圣物维保士的电枢，感觉到地面在脚下震动。

他看见女骑士苏塞特的机甲余烬之剑也在做同样的事。在他的右边，马科斯、加拉斯和珀西瓦恩紧随其后，他们操控的机甲分别是荣誉之光、钢铁巨龙和火焰风暴。

达尼亚尔在通信器上说道："珍妮卡女士、劳蕾特女士，我们正在行军。"

劳蕾特·谭·佩加森回答道："我们也正在行军，在这个地点和我们碰头吧。"

一个符文在达尼亚尔的战略分布图上闪现出来。那个地点在营地南部边界一千六百米外，靠近他的行军路线。

"收到。"他回答道，然后调整了通信器频道，转到那两支聚集在坠机现场的先锋部队的频道上，"我是至尊王达尼亚尔，骑士们，请报告。"

一个骑士引用德拉科尼斯家族的箴言答道："燃起伊克赛尔西厄姆之怒吧，陛下。"

"我是骑士科尔温·达·德拉科尼斯。现在，我率领的先锋部队正从东北方向接近坠机地点。正在与从西北方向来的女骑士谭桑娜·达·佩加森会合。"

达尼亚尔问道："你看到了什么，科尔温？"他操控机甲加速，引导它走上了去往南边的道路。

科尔温说："坠机地点升起一股浓烟。我怀疑浓烟来自局部的丛林大火。看到残骸了，陛下。它犁出了一条长达一千六百米的壕沟，看起来像是人为的坠机。是的，确认残骸完好无损，陛下。有动静……"

达尼亚尔问："骑士科尔温，谁在上面？是朋友还是敌人？"

科尔温说："他们是帝国人，但是……陛下，我认为您得亲自看看这个。我们会控制住局面直到您到达。"

"明白。"达尼亚尔说道，控制好声音没有流露出好奇心，"我们在路上了。"

德拉科尼斯家族和佩加森家族的尊贵骑士团从北边靠近坠机地点，他们的爬行者隆隆作响，紧跟其后。他们的机甲大步穿过瓦拉坦的草原。德拉科尼斯家族的骑士机甲身上有突出的家徽——深红色和黑色相间，四等分，镶着金边。佩加森家族的家徽则是冰蓝色和白色相间。所有的骑士机甲都擎着威风凛凛的武器，升起了信号旗和旗帜，旗帜骄傲地飘扬在风中。它们的流明扫过面前黑暗的平原，它们的到来令大地震颤。

在前方，达尼亚尔看到了科尔温和谭桑娜率领的先锋机甲部队，在仍在燃烧的残骸周围松散地围成了一圈。当他操控机甲沿着那道犁出的壕沟行进时，他看到壕沟附近聚集了许多人，大多数人都站着，还有两个躺在草地上，没有任何生命迹象。

马科斯评论道："这么大的飞船，却没有多少人。"

达尼亚尔放大了他鸟卜仪的侦测范围，研究着站在残骸旁边的那些陌生人。

这群人有八个，是达尼亚尔见过的最杂乱的组合了。有个弯腰驼背的老人，他双手是假肢，拿着羽毛笔，头盖骨上布满了电线，穿着用布和羊皮纸制成的长袍，镂花很精致。两个女人在附近等着，从头到脚都穿着黑色的、涂有橡胶的紧身防护服。她们的面具上有骷髅图案，轻盈的身体上饰有配剑。在他们旁边，有个男人，个头很高，骨瘦如柴，穿着星语者的长袍。还有一个女人，身穿卡迪亚人的卡斯尔金战甲,把头盔夹在臂弯里。更奇怪的是,有个像猿猴的异形蹲在他们身边,他身上的交叉肩带上挂着闪闪发光的小玩意儿。

这群人的首领就像一尊雕像般引人注目。那个男人穿着珍珠白的动力装甲,镶着金边,上面披着一件酒红色斗篷。他的五官线条刚硬,贵族范儿十足,黝黑的皮肤上刻有金丝刺青。然而,吸引达尼亚尔注意的细节是那个风格鲜明的字母"I",在这个男人胸甲的中心部位有,在他的斗篷上也有。

达尼亚尔花了一点儿时间让自己的思绪平静下来,好研判形势。然后他启动了机甲的通信扩音器。

"我是至尊王达尼亚尔·德拉科尼斯。"他说道,他的声音回荡在平原上,"我是这个星球的统治者。请表明你的身份,并说明你们的意图。"

这位身穿动力装甲的男人平静地抬头凝视着火焰之誓,能杀死泰坦的枪炮从四面八方瞄准他,但他丝毫没受干扰。

"愿帝皇的祝福降临你身,至尊王达尼亚尔·德拉科尼斯。"他说,他深沉的声音很轻易地传到了火焰之誓的听觉接收器,"我是塔内·马萨塔,我谨代表帝皇最神圣的异端审判庭。我身负警告和责任来到你身边,至尊王。但愿警告和责任都来得不算太晚。"

"外来人,"达尼亚尔机械王座上的鬼魂嘶嘶地说,"也可能是个骗子。有时敌人会伪装成朋友。如果这是个威胁怎么办?"

马萨塔快速轻敲了几下他胸甲上的那个装饰图案。他盔甲上的一个全息透镜被激活了,出现了一个异端审判庭的玫瑰形图案,投影在他面前的空气中。与此同时,数据流进入达尼亚尔的流形,代码包无疑证实了这个男人说的是实话。

"谢谢你,审判官。"达尼亚尔说,他眨了眨眼点击符文,命令他手下的骑士收起武器,并升起他们的自动信号旗,以庆祝客人的到来,"五年前,我们刚从多纳托斯回来时就听说你要来。你迟迟不来,人们猜测你的飞船迷失在旋涡般的潮汐中了。"

马萨塔说:"是的,我们经历了几个月的险情,而在实体空间中,时间却过去了好几年。多亏了帝皇的恩宠,我们挣脱了束缚,终于抵达了你们的星球。"

"你刚才谈到了警告和责任?"达尼亚尔问,他停顿了一下,仔细斟酌着接下来要说的话,"恕我直言,审判官,你在威胁我们吗?"

马萨塔说："不，国王达尼亚尔。最初，我来是为了清除你们星球的叛徒所传播的腐败。但现在我也收到了来自外界的可怕威胁的警告，就在你们星球的入口处。"

达尼亚尔问道："什么样的威胁？请解释一下。"

审判官马萨塔说："没什么时间了，这些事最好还是私下说。"

听了马萨塔的话，达尼亚尔不禁打了个冷战，但还有一些实际问题需要处理，而且要遵守骑士守则。他眨了眨眼睛，点击了几条在眼角余光中闪烁的符文，发出编码指令，指令在思想空间中一闪而过。

"谢谢你给我们带来这些警告，审判官，我们很快就会在密室里听取其内容。我们的圣物维保士爬行者将为你们提供交通方便，这些骑士机甲将护送你们。我们能为你倒下的手下做些什么呢？"

马萨塔说："谢谢你，他们已经毫无希望了。我的飞行员和医护人员都在坠机事故中丧生了。"

达尼亚尔说："我们向他们的牺牲表示敬意。现在，审判官，我和我手下的骑士们将回到营地去。稍晚些时候，我们在我的住处再碰头吧。"

马萨塔说："如您所愿，国王达尼亚尔。"

达尼亚尔的住处不像他父亲出征时的豪华住所那样气派，是巨大的圆顶状结构，使用德拉科尼斯家族的专用色，里面有个睡觉的地方、一个战略全息投影器、几个用于放置他的武器和盔甲的装备架、一个供奉帝皇的小型神龛，还有一张大桌子，配的椅子足够整个战争委员会使用。他的个人物品极少，只有一个打开的自动行李箱，里面的架子上塞满了书。

他坐在桌子上首的王座上，而女侯爵谭·佩加森和他们各自尊贵骑士团的骑士们则坐在他周围。其他人都不允许进入帐篷内。

达尼亚尔甚至把他的家仆都打发走了。

珍妮卡问道："我们能肯定这个人与他自称的身份相符吗？"

达尼亚尔说："我能肯定。帝皇的异端审判庭的全部特点在《列王之书》中都有记载。他身上的玫瑰形饰物也证明了他的身份。这种技术通常是基因锁定的，不可能被复制或窃取。"

马科斯说："但这并不意味着他是盟友。从名声上来说，审判官可算不上亲切友善。"

劳蕾特说："我们不知道他的目的，这是真的。但我们必须倾听、分析和理解。这些人是帝皇的喉舌，不能轻易质疑或否定他们。"

达尼亚尔的眼角余光中闪过一个符文——他的王冠发来了数据。

达尼亚尔说："别乱说话，照女侯爵的吩咐去做。这个人有权毁灭星球。我们会尊重他的权威，而不是毫无必要地与他对抗。"

气体帘幕打开了，审判官大步走了进来。近距离看，这个人仪表堂堂，他的动力盔甲嗡嗡作响。达尼亚尔注意到了用磁力固定在审判官臀部的短柄动力斧头。他估计这斧头割破铠装紧身防护服会像割破布料一样轻而易举。

"审判官马萨塔。"他说道，站起来鞠了一躬，集合在此的骑士们也跟着他一起行礼，"大人，请坐，好吗？"

马萨塔点了点头，然后重重地坐了下来。骑士们也坐了下来。

马萨塔说："谢谢。为什么我的扈从不能参与这些议程呢？"

"因为他们拒绝交出武器。"珍妮卡说道，眼睛紧盯着审判官。

马萨塔说："他们的行为合情合理。他们无意伤害你们，没必要那样。"

达尼亚尔说："审判官，你说过我们的星球面临危险。现在我想请你详细说明一下。"

马萨塔说："有一支巨大的兽人舰队正在穿越你们星系孟德维尔点以外的外层空间。它将在几天内降落在你们的星球上。"

达尼亚尔问道："你是怎么知道的？从我们的轨道占卜中，我们没有得到任何关于这些异形的警告。"

马科斯喃喃地说："也没得到警告说异端审判庭的登陆艇会穿过我们的大气层。"

马萨塔说："你们很快就会知道了。到目前为止，他们一定已经接近你的外星系信标了。我的飞船逃脱了亚空间潮汐的禁锢，结果却直接落入了绿皮兽人的包围。"

马科斯说："恕我直言，审判官。鉴于那种情况，你看起来还挺有活力的。"

马萨塔沉着坚定的目光投向了那位传令官。

"帝皇会保护他真正的仆人，直到他们完成目标，而我的舰长是这一行的高手。我们在兽人的先遣部队中闯出了亚空间，那支舰队比我的舰队小得多，特性也差了许多。兽人之间似乎发生了某种内讧，导致他们的许多飞船受损。为此我要感谢帝皇。"

达尼亚尔问道："现在你的飞船在哪里？"

马萨塔说："不复存在了，包括飞船上的所有人。"

"舰长拉尼尔拉兹一边用火力扫射兽人，一边把飞船船头转向了你们的星球。但他们还是追了上来。他们的数量太多了，我们只有一艘飞船，寡不敌众。我们很幸运，那群兽人的主力部队被远远地甩在了后面，但当我们到达内星系时，真理之光号还是严重受损。拉尼尔拉兹转头迎战，并以此为我们争取到了时间，我和我的扈从得以乘着一艘运输艇逃了出来。"

达尼亚尔说："只有你们幸存下来了？"

"我的职责使我不得不放弃他们。为了侍奉帝皇，他们英勇牺牲了。"

达尼亚尔说："女骑士珍妮卡，与天龙尖塔建立通信。女侯爵，请你也和佩加森家族的鹰巢建立通信。让他们扫描星系的边缘地带，并立刻回报。也看看伊姆帕里斯山那边有没有什么消息。如果外面有异样的话，星语者的红衣主教团一定会有所察觉的。"

紧张的几分钟过去了，达尼亚尔和他的骑士们在等待对马萨塔来历的确认。马萨塔很耐心地坐在那里，并未进一步提及绿皮兽人的威胁，而在他的周围，骑士们则急切地谈论着战略、补给线和防御力量。然后珍妮卡点了点头，一边侧耳倾听通信器中的话语，一边皱着眉头。

她说："他们已经汇编读数近一个小时了，正准备通知我们。好几个星语者都几近昏厥。其余的星语者报告说，他们看到了一只巨大的野兽，其巨颚正在逼近我们的星球。有人说他们能听到战鼓在虚空中如雷鸣般震响。"

劳蕾特说："我的宫廷预言家也发出了同样的警告，至尊王达尼亚尔。虚空深处的占卜开始接收到星系边缘的信号，来自博拉斯图斯和拉姆诺福尔之外。有东西要来了。"

骑士们面面相觑，从他们的目光中，达尼亚尔看到了他们想法的真实反映。他们对这样的威胁的迫近感到沮丧，决心保护他们的星球，但在这背后是一场奉帝皇之名进行的正义战争，他们越来越兴奋。

达尼亚尔说："谢谢你带来这个警告，审判官马萨塔。你知道，我的战友和我必须立即回到我们的权力中心去，必须警告米诺托斯家族做好防御准备。

在你和你的追随者获得必要的军事许可之前,你们将被安置在有警卫的地方。"

马萨塔说:"国王达尼亚尔,事情可没有那么简单。"

"这话怎么说,审判官?"

审判官说:"我仍需完成我原有的职责。事实上,我早就该这样做了。虽然这个星球即将面临巨大的危险,但我不能再冒险拖延了。阿德拉斯塔波尔已经受到了混沌的影响。我发过誓,我的使命是要根除这种弊病,如果它没有再恶化的话。"

达尼亚尔说:"恕我直言,审判官,那件事已经过去很久了。我们进行了严格的清洗。帝国国教主持了每一个仪式和净化。怀沃恩家族和奇迈罗斯家族的所在地都被火力夷为平地,他们宅邸下面的地下墓穴也被火焰净化。在废墟上举行了流放和重新献祭的仪式。这两个家族的最后一批骑士要么被处死,要么被我们的牧师宣告是清白的,以自由之刃骑士的身份被流放了。"

马萨塔说:"我这辈子都在与混沌势力做斗争。我并不怀疑你们已经尽了最大的努力。我不是在质疑你们的忠诚。但是,不管你们认为腐败有多严重,我向你保证,它扎下的根比你们想的要深得多。"

珍妮卡说:"已经过去五年了,审判官。难道你不认为,如果真有这样的威胁存在,那在这段时间里会有迹可循吗?"

马萨塔说:"混沌十分阴险,女士。我是说我的职责是确保你们的星球不会有叛徒藏匿,我为此发过誓。在我确认,并让异端审判庭满意之前,阿德拉斯塔波尔只享有死刑暂缓执行的权利。在你们的星球上,有两个贵族家族叛变了。如果你们对帝国没有那么大价值的话,你们要面对的就应该是旋风鱼雷,而不是我和我的扈从了。"

桌子周围鸦雀无声。达尼亚尔打破了平静。

"你想做什么,审判官,我们怎样能协助你?我们对帝皇忠心耿耿,无论你要进行什么调查,我们都会全力配合。"

马萨塔说:"很好,我不希望看到这个星球的力量被浪费。我打算前往奇迈罗斯家族的旧址,也就是叛徒艾丽西娅和杰朗特煽动叛乱的地方,自己去确认此事真的被处理干净了。为此,我需要交通工具,并保证在我进行调查时不会受到干扰。"

达尼亚尔说:"你的两个要求都将得到满足。此外,你还将拥有一支仪仗队。

飞机会更快些，但如果你同意在地面上旅行，我可以为你提供一辆重型运输车来运送你的扈从，并提供一支骑士先锋部队来照管你。要是你发现了你所担心的那种危险，他们的火力将很有用。"

马萨塔说："谢谢你，国王达尼亚尔。就按你所说的那样做吧。"

珍妮卡说："我请求允许我带领先锋部队。"

达尼亚尔回答道："你是第一骑士，你的战士们会需要你。"

珍妮卡说："陛下，他们有你，还有尊贵骑士团其余的成员可以倚赖。如果审判官说的是对的，女巫的腐化仍然玷污着我们的星球，那么我们不能任由外人摧毁它。骑士守则迫使我们这样做。"

达尼亚尔默默地深思熟虑了一会儿，然后才说出自己的决定。

他说："你是对的，非常好。审判官马萨塔，我的第一骑士珍妮卡·谭·德拉科尼斯将带领护卫队为你保驾护航。在这个星球上，在协助您追捕叛徒这方面，没有哪个战士能比她更优秀了。"

马萨塔说："我很荣幸。"

"那我们就到此为止吧。"达尼亚尔说着，从王座上站了起来，与他姐姐交换了一个眼神，"珍妮卡女士，无论审判官要做什么，请你助他一臂之力，带着帝皇的恩典去吧。其余的人，我们要留心星球的防御。燃起伊克赛尔西厄姆之怒，让天龙圣火在你们体内明亮地燃烧吧！"

第四章

骑士珀西瓦恩的机甲爬上了一座岩石山脊。火焰风暴对这里的地形轻松驾驭，它在能俯瞰兰斯大道的地方停了下来。宽阔的钢筋混凝土道路从天龙尖塔的大门一直延伸到北瓦拉坦的阿德拉波汀斯山的脚下。这是一条贸易和运输的干线，就像一条大河，它有许多较小的支流。支流穿过了草原，经过了田野和农业园区，也经过了成片奥利达恩灌木林和帝国国教的圣地。

现在，兰斯大道上挤满了难民车辆，从破破烂烂的越野车和笨重的农用运输车，到手推车、货车，还有成千上万的难民徒步而行。手持枪棒的机仆把哞哞叫的牲畜赶到一起。传教士带领着挤在一起的农奴和仆人。他们背着沉重的家当，怀抱着襁褓中的婴儿。有的人唱着祈祷词，有的人号啕大哭或恐惧地注视着天空。

当难民潮在下方席卷而来时，他在通信器中说道："骑士珀西瓦恩向所有的骑士致敬。"

"请确认你所在区域的进展情况。"

有个声音噼里啪啦地响了起来："我是骑士雷卡尔德，确认在第一区稳步推进。纵队前部前进畅通无阻，骑士珀西瓦恩。到目前为止，没有敌人接近的迹象，也没有出现复杂情况。我们现在距离天龙尖塔的大门只有三千米了，正经过诺斯里斯炮台。"

又传来另一个声音："我是骑士卡卢姆，第三区正在稳步前进。一辆农用拖拉机在与西线公路的交界处附近抛锚了，但圣物维保士高斯让他的爬行者拖走了拖拉机，以尽量减少交通阻塞。拖拉机的主人在劝说下放弃了他们的机器，徒步前行。"

珀西瓦恩说："对你们的努力，帝皇报以微笑。对那个地区的格乌戈尔怪要保持警惕。它们的领地穿过树林向东延伸到了交叉口之外。卡珊德拉女士，第四区的情况如何？"

卡珊德拉回答道："第四区进展很顺利。纵队的尾部距离天龙尖塔的大门还有二十四千米。目前还没有危险迹象。另外，我要赞扬民兵为防止人们掉队所做的持续努力。"

珀西瓦恩说："已经注意到了，女骑士。民兵们应付得了那种压力吗？"

女骑士卡珊德拉回答道："他们的五辆奇美拉坦克现在装满了老弱病残和伤员，珀西瓦恩大人。如果有更多的运输车可以接替他们的工作，我相信中尉的部下会满怀感激。"

珀西瓦恩说："我会看看能做些什么。但请记住，帝皇对那些以他的名义辛勤工作的人会青睐有加。"

卡珊德拉说："我会提醒中尉这一点的。我敢肯定他会觉得这是种安慰。"

珀西瓦恩没去理会卡珊德拉的揶揄。许多德拉科尼斯家族的骑士发现珀西瓦恩的虔诚有时让人恼火，但他并未因此感到不快。他们是战士，脾气大，行为粗暴。他的信仰是纯粹的，而他被委任的职责就是用这种信仰来保护他的骑士同伴和他们所照管的人。帝皇总是赐他好运。当兽人到来的时候，他们会为信仰和幸运而感到高兴，这一点他很确定。珀西瓦恩伸手摸了摸用银链挂在他驾驶舱天花板上的那个天鹰座吊坠。

珀西瓦恩切换到一个远距离通信频道，说："骑士加拉斯，你们撤离黄金地带的情况如何？"

加拉斯的回答是："很慢。即使有三十六个圣物维保士和一张说明性挂毯的帮助，那些奴隶也无法自行组成直线行进的队伍。真是磨磨蹭蹭的白痴。"

珀西瓦恩说："要对他们有信心。他们是帝皇的仆人，就像你我一样。"

加拉斯恼怒地回答："当他们能坐上机械王座，驾驭机甲时，他们就能和你我平起平坐了。在那之前，他们是牲口，而且是愚蠢的牲口。我们已经耽搁了三次，其中两次都是一群戈洛兽被引擎的声音吓得惊慌失措、到处乱窜。第二次，我让中尉德拉恩的手下射杀了那些该死的东西。"

珀西瓦恩严厉地说道："加拉斯大人，那些牲畜是德拉科尼斯家族农奴的财产。王室将不得不赔偿那些庄稼人的损失。"

加拉斯说："如果那些庄稼人能大难不死的话，我会亲自赔偿他们的损失。我现在只知道这支难民队伍前头离目的地还有三十千米，后面离目的地还有该死的五十多千米。那群该死的异形可不会等我们抵达安全的地方再动手。"

珀西瓦恩说："还有时间，加拉斯大人。帝皇会护佑我们的。"

加拉斯说："他确实护佑了我们，但一旦我们把这些缺心眼的家伙集中关在天龙尖塔的城墙后，他就会发现护佑我们变得容易多了。等绿皮兽人从天上像下饺子一样掉下来的时候，我可不想还待在这前不着村后不着店的地方，捏着鼻子当奶妈。"

珀西瓦恩说："我们这列纵队已经快到安全的地方了。我会让骑士雷卡尔德负责，然后去找你，看看能不能给你搭把手。全速前进的话，我应该能在一个小时内到达你们那边。"

加拉斯问道："比起让你从至尊王的新大坝跳下来，你无论如何还是更愿意来给我帮忙，不是吗？"

珀西瓦恩自嘲地笑了笑。"你懂我，一小时后见。"

加拉斯酸溜溜地哼了一声，切断了通信。骑士珀西瓦恩向下属迅速下达命令，然后向他的动力传动装置输入动力，开始下山。尽管珀西瓦恩信仰虔诚，信心十足，但即使是他也忍不住偶尔偷瞄了一眼上面的云层。他想：很快，异形就会找到他们。珀西瓦恩操控着机甲穿过风呼啸而过的草原之时，他向帝皇祈祷，希望撤离工作能及时完成。

达尼亚尔走在一条长长的走廊上，他的脚步在石板上发出清脆的响声。马科斯和苏塞特与他同行，班诺克和他的部下在他们身后行进。

他们置身于天龙尖塔的深处，正从圣物维保士团的锻造神殿出来，走向大战略参谋部。四面的墙壁上排列着著名骑士的雕像。

那些雕像的周围悬挂着挂毯、肖像和仪式用的武器。暖暖的光从用电的壁凸式烛台里照射出来，从彩色的装甲玻璃窗里倾泻而下。

达尼亚尔说："波卢克西斯似乎很有信心，相信我们的防御力量会准备就绪。"

苏塞特说："我还是认为他很保守。我相信，如果他们关闭那些非必要的用电的神龛，他们可以从发电机中榨出更多的电力。万机之神会理解此事的。"

达尼亚尔说："小心，你说这话时声音别太大。在圣物维保士眼里这等同于异端邪说。"

她说："我是天龙尖塔的守门人。我的信仰和其他骑士的信仰一样坚定，但我已发过誓要用我的剑保护这座城堡的安全，把敌人拒之于大门外。如果我看到好机会，难道没有责任去尽力争取吗？"

"是的，"达尼亚尔说，用手轻轻抚过她的手，"你的勤奋值得称赞。但你的方法可以更圆滑一些。我需要你和波卢克西斯携手合作，而不是发生争执。"

她说："我知道。我承认他精通万机之神更深层次的奥秘，而我只在青少年时期学习过一些皮毛。但由于他对机器之神的处事方式了如指掌，所以如果他能少储存一点这种智慧，会有所帮助的。"

马科斯说："他是个圣物维保士，他机械师'达'的头衔就意味着机密和神秘。"

达尼亚尔说："他们的确如此。苏塞特，如果你认为有良机，那我相信你。继续用我的权威向他施压，只是尽量别把他惹过头。"

苏塞特说："我会试试看。如果给他造成困扰利于战胜兽人，那么稍微过火一点点，可能也是值得的。"

马科斯说："一切我们能团结的力量都弥足珍贵。根据兽人战争的历史经验，这将是一场艰难的战斗。"

他们转过一个拐角，看见几队家族的民兵正向他们走来。当达尼亚尔和他的伙伴们从他们中间走过时，身穿防弹盔甲和德拉科尼斯家族无袖外罩战袍的士兵们停下脚步，退到一边，毕恭毕敬地向至尊王鞠躬。达尼亚尔尽可能地与更多人进行眼神交流，带着一脸自信的微笑和他们打招呼。

他们继续前进，穿过一个守卫森严的门洞，进入有柱廊的院子。这是个露天的院子，头顶上隐约可见高耸入云的尖顶和塔楼。在更高的地方，可以看到城堡的虚空护盾发出微弱的蓝色光芒。

院子里回荡着叮叮当当击剑的声音。见习骑士在这里打斗，在几位经验丰富的骑士严厉的注视下，其中二十个人正在进行对决。所有的见习骑士都把头发剃得短短的，紧贴着头皮，许多人身上都绑着看起来很折磨人的滚轮架，这是用来限制他们的行动，以便他们模仿在机甲内的动作。

达尼亚尔说："珍妮卡会很开心。我看到在新人中有更多的年轻女骑士。"

马科斯说："无论是好还是坏，她身为榜样的影响正在传开。"

苏塞特坚定地说："这样更好，坐在机甲里面，男骑士能做的事，德拉科尼斯家族的女骑士也能做。如果这意味着我们可以在战场上投入更多的骑士，那就是件好事。这对佩加森家族很管用。"

"我相信您是对的，女士。"马科斯说道，他那机械嗓音中不带任何感情色彩。

达尼亚尔说："他们都必须面对骑士授封礼。那些能在骑士授封礼后幸存的人才有权自称为骑士。至于是男还是女，这并不重要。这一天也不会来得太早。我们将需要能召集的所有骑士。"

马科斯咕哝道："兽人踏上阿德拉斯塔波尔星球。我一生竟见识了两次。我一定是真的惹怒了帝皇……"

达尼亚尔说："你们当时打败了他们，现在我们也将打败他们。来吧，大战略参谋部正对你的到来翘首以盼呢。"

天龙尖塔是一座高耸入云的要塞——一座由黑曜石、塑钢和花岗岩堆砌而成的人造山。它的外墙绵延数千米。它最高的塔楼不得不采用全密闭的结构，以抵御低空平流层致命的寒冷。城墙和堡垒呈三个同心圆状，成千上万个炮台嵌于其上。错综复杂的街道和建筑被夹在城墙和堡垒之间。如果敌人突破了最外围的防线，守军可以退到第二道防线。在最极端的情况下，可以退到第三道防线。

已有数千年，人们没有采取过这样极端的应急措施。

整个宏伟的建筑被复制成精细的全息投影，投射到大战略参谋部的中间。全息投影慢慢地旋转着，闪烁着静电。投影高约九米，占据着房间的中心位置。在它周围，大教堂般的战略参谋部杂乱无序地伸展开来，分为数不清的楼层，上面有平台、阳台和画廊，人行道和拱形的步行桥在其间纵横交错。天龙的形象无处不在，挂在墙上被火焰环绕的旗帜上有，房间的镀金架构中也有。在这个巨大的空间里，唯有帝国天鹰座的图案数量多于天龙。

奴仆、技师和民兵挤满了这个大战略参谋部，达尼亚尔从他们之中穿过。

他在那块全息石前停了下来，用控制权杖放大显示要塞的关键区域。在他的指令下，图像上滚动出现了军力估算和弹药数量。

他赞许地说："看来天龙尖塔已经准备就绪，你的工作很出色，苏塞特女士。"

她说："谢谢您的夸赞，吾王。现在，第五至第二十民兵团已经全部布防就位。第一至第四层在上层建立了储备站,根据需要为太空港或内城墙提供防御。据估计,此时的弹药和药品储备至少足以应对两年之久的围攻,而波卢克西斯则让他手下的技师在所有天龙尖塔的系统上轮流进行祈祷和安抚仪式。通信、防御和电力分配都应该处于最佳状态了。"

"我们现有多少名骑士已经退了回来?"

苏塞特说:"包括我们在内,有二十三人。有五个人在外面巡逻。其他人现在都下了机甲,协助民兵布防或进行战略协调。"

"其余的骑士呢?"

马科斯说:"按照您的命令,陛下,遍布瓦拉坦草原。他们正在协助疏散人员,或者在我们的关键资产周围待命。"

传令官招手示意一个穿长袍的技师,那个技师拿着一块数据板匆匆走了过来。马科斯点了点头,接过了数据板,快速浏览了一下。

"据最新报道,在朗玛驰、南面山谷和阿基洛斯地区的农业园区的人已全部撤离。在我们说话的这会儿,在骑士机甲的护卫下,难民纵队正涌进伊姆帕里斯山和红色毒牙堡。"

苏塞特问道:"瓦拉坦南部的情况如何?"

马科斯说:"更崎岖的地形似乎让撤离的速度减慢了一点。穿过奥利达恩树林的道路是伐木工为运输树木辟出的,无法应付这么大的人流量。不过,三小时前我们在通信器上收到了骑士克里斯图恩的报告,那时高凯尔特就几乎撤空了,德雷克斯克劳矿山也差不多撤空了。但如预期那样,有几个伐木工村庄的人拒绝撤离。那些傻瓜。"

达尼亚尔说:"他们那些人不受约束,与世隔绝。可以预见的是,有些人想靠自己防御。我希望这不算大动干戈吧?"

马科斯边扫视着数据板边说:"上面没说。但是克里斯图恩是个好人。他会尽量宽容一些的。"

苏塞特说:"如果有哪个村庄的人拒绝撤离,那他们将面临来自兽人的可怕危胁。"

马科斯说:"只需几分钟,他们就会被异形毁灭,夫人。但事情不会发展到那种地步。不管他们喜不喜欢,他们都是德拉科尼斯家族和帝国的动产。我们的骑士会想尽一切办法重新安置他们的。"

达尼亚尔点了点头，挥动着他的控制权杖，打开了通向上面画廊的通信链接。

达尼亚尔说："太空航行者大师贝勒斯，关于绿皮兽人，您有什么要对我们说的吗？"

"至尊王达尼亚尔，很荣幸能与您交谈，陛下。"贝勒斯说，他是个低沉的男中音，"在棱堡舰队速度最快的侦察船的帮助下，轨道占卜已经扩展到了最远的范围。我们也从山上的那些星语者那里得到了一些消息。结论……使人惊恐，陛下。"

达尼亚尔问道："形势有多严峻，大师贝勒斯？"

贝勒斯说："估计有九千多艘兽人的太空飞船，陛下。虽然它们的编队十分错综复杂，它们的类型也难以辨别，以致很难做出准确的估计。它们就像一只巨大的绿色拳头，从外虚空飙了进来，目标直指我们的星球。"

苏塞特惊恐地倒抽了一口凉气，说道："这么多！"

达尼亚尔问道："目前，棱堡舰队总共有一百五十七艘飞船，对吗？"

贝勒斯说："就是如此，陛下。其中七十二艘飞船是巡洋舰或以上级别，与其对峙的是数千艘类似的绿皮兽人飞船。"

马科斯说："我们不能在轨道上直接战斗。那样我们的飞船几分钟内就会被彻底击溃。那样的话，它们对兽人造成的伤害，绝对抵不上它们做出的牺牲。"

达尼亚尔说："我们知道情况可能会是这样。大师贝勒斯，舰队舰长是否得到了指示？"

贝勒斯说："是的，陛下。只要舰长们认为风险尚可接受，他们就会观察来犯的敌人。然后他们会撤退，到特里阿托斯卫星的另一边，同时在轨道上尽可能地布轨道雷。"

马科斯说："如果说上次的战争有什么经验可借鉴的话，我估计那些兽人飞船中至少有一半会试图降落行星，也许更多。在上次战争中，那些绿皮兽人大大咧咧地直接出现了，也没耍什么花招。我怀疑从那以后他们会改变作战方式。他们的一些飞船很可能就是些小行星或者太空垃圾堆，兽人把引擎固定在上面，并装满了战士。"马科斯摇了摇头，又说道，"原始动物。"

达尼亚尔说："一旦他们着陆，剩余的兽人就会在轨道包络面上散开，这时候棱堡舰队就可以开始进行袭扰了。贝勒斯，我们是否收到了佩加森家族和米诺托斯家族的消息？他们的舰长已经获准按照这个计划行事了吗？"

贝勒斯说："我们已经收到消息了，陛下。佩加森家族坚决表示支持。米诺托斯家族发出了一份简短的公报，表示'只要该计划直接保护他们的利益'，他们就会支持它。"

马科斯咕哝着，对大元帅库尔特的名誉诋毁了几句。

达尼亚尔问："我们知道兽人何时会到达这个星球吗，贝勒斯？"

"我们估计了一下，陛下。在最坏的情况下，如果他们不因内讧而分心，也不转向攻击我们在赛克托尔上空的轨道码头，那么，不到七个小时大批兽人就会到达我们这里。"

达尼亚尔说："谢谢你，贝勒斯。"

"陛下。"贝勒斯说道，声音犹豫不决，"那些星语者，陛下。他们报告说，看到一只巨兽对着我们的星球张开血盆大口，一口咬下，毁灭了星球并撕得粉碎。他们看到了血淋淋的尸体，看到了着火的机甲堆积如山……他们预见了死亡，陛下，阿德拉斯塔波尔的死亡，还有我们的死亡。"

达尼亚尔平静地说："大师贝勒斯，我不想假装懂得深奥复杂的星语，但你我都知道，他们所看到的只是幻象。它们是帝皇发出的警告，可以进行解释和修改。如果帝皇仍然在向我们的星语者发送幻象，那么他就还在守护着我们。如果是这样的话，任何异形大军都不可能攻占这个星球。"

贝勒斯说："是，陛下。"

达尼亚尔说："你和你手下的技师让我们及时了解了情况，做得非常出色。你在即将到来的战斗中的努力将是无价的，因为棱堡舰队必须成为我们在天上的利刃，攻击这只巨兽的侧翼。这方面我可以指望你吗，贝勒斯？"

太空航行者大师回答道："当然，陛下！我们不会让您失望的！"

达尼亚尔说："我也这么想。接着说吧，大师贝勒斯。帝皇与你同在。"

贝勒斯说："也与您同在，陛下。燃起伊克赛尔西厄姆之怒吧。"

达尼亚尔切断了链接，然后瞥了马科斯和苏塞特一眼。

苏塞特平静地说："他并非唯一一个处于恐慌边缘的人。自从开始战略部署以来，我就让帝国国教的祭司们在尖塔上四处走动，尽他们所能让人们镇定下来。至于农奴，他们一定被吓坏了。关于兽人战争的故事很光荣，但也很血腥。钢铁尖塔的陷落、血海之战、山口大屠杀，在这些冲突中，所有的胜利都付出了极为惨重的代价。"

马科斯嘀咕道:"那些故事被润色美化过了,诸如此类的说法也是如此。我当时就在那儿,不管那些吟游诗人现在如何歌颂兽人战争,实际情况都要糟糕得多。"

达尼亚尔说:"那么我们必须树立一个明确的榜样,我们必须表明,我们有个计划来保卫我们的星球。至少,这是真的,这在很大程度上要感谢你,马科斯。"

传令官回答:"好吧,打这场被王座诅咒的战争肯定有好处,陛下。我们这些还健在的人都还记得绿皮兽人是如何作战的,我再说一遍,当务之急是千万不能让他们压垮我们。我们所做的一切都是为了能拖延他们的攻势,击杀他们的首领,并阻止他们集结军队,这一点至关重要。"

达尼亚尔说:"我们的先锋部队已经上战场了,我们要保护轨道炮台和防御工事。一旦兽人在瓦拉坦草原各地开拓着陆点,我们就会发动袭击。女侯爵向我保证,在此事上她会与我们进退一致。"

马科斯说:"佩加森家族的鹰巢城是所有贵族权力中心中最偏远、最容易防守的地方。人们会希望劳蕾特能把关守隘并抽出大量的战士来发动进攻,特别是她的家族可以调用强大的空军。"

达尼亚尔说:"比起上次兽人进攻的时候,我们可能准备得更充分了,但我们也失去了奇迈罗斯家族和怀沃恩家族。我们投入战场上的机甲更少了,机械王座也更少了……"

"还有米诺托斯家族。"马科斯说,他用仿生发声器官发出的声音掩饰不住他的愤怒,"龟缩在他们的防御工事后面,拒绝离开他们自己家族的领地,这很可耻。"

达尼亚尔说:"我对库尔特的判断感到失望,他对我们计划的回应态度不明朗,应受到强烈谴责。他损害了他们家族的荣誉。"

马科斯说:"希望他不会减小我们获胜的机会。"

苏塞特说:"兽人将在米诺托斯家族的领地上着陆,就像他们在我们的领地上着陆一样。正如你所说,我们可以依赖佩加森家族的坚定忠诚。我们会采用上策排兵布阵与异形作战。我们会取得胜利的。"

达尼亚尔说:"说得好,夫人。马科斯,总揽全局时,我们自己的思路很重要。

一小时内，你和我要全副武装地到泰普尔炮台，在那里与先锋部队会合。"

"陛下，那我们最好快点上机甲吧。"马科斯说着，捏得伤痕累累的指关节啪啪响，"它们迫不及待地想要痛饮兽人之血。"

苏塞特说："祝您狩猎愉快，陛下。我会确保当您归来时天龙尖塔依然屹立不倒。请一定要注意安全。"

达尼亚尔说："夫人，你是最出色的守门人。在你指挥这里的防御时，上尉班诺克和他手下的士兵将担任你的荣誉卫队。我只希望老朋友们都能在这里，在这场战斗中与我们并肩前进。"

苏塞特说："我们也都这么希望，吾王，燃起伊克赛尔西厄姆之怒吧。"

"驾驭内心的火焰，夫人。"他回答道，然后转身走了。马科斯走在他的身边。

在另一个地方，珍妮卡·谭·德拉科尼斯操控着火之蔑视大步流星地穿过阿德拉波汀斯山的岩石山麓。三名骑士——两名来自德拉科尼斯家族，一名来自佩加森家族——跟她排成箭头阵形行进。

每前进一千米，他们就向北边和西边推进得更远，离开了德拉科尼斯家族的领地，进入了曾经被不光彩的奇迈罗斯家族统治的地方。蒙蒙细雨连绵不断，把他们机甲的金属外壳弄得滑溜溜的，让崎岖的地形也披上了一层柔软的面纱，显得没那么险峻了。

在她的机甲的阴影下，审判官的狮鹫战车在圣物维保士特拉克辛的爬行者旁边缓慢移动。马萨塔坚持让那个卡斯尔金，也就是中士卡斯顿驾驶他的车，却拒绝让任何在阿德拉斯塔波尔星球出生的人登上他的交通工具。珍妮卡不得不承认，这个卡迪亚人干得漂亮，这辆运输车顺利地穿越了这片险峻之地。

珍妮卡在通信器中说道："审判官。"

马萨塔回答道："珍妮卡女士，什么事？"

"三天了，我们一直在行进。然而在这段时间里，我们几乎没说过话，你也没有告诉我你担心的是面对什么……"

她等待着，但只听到一条开放的通信线路发出的嘶嘶声。怀着恼怒的情绪，珍妮卡继续前进。

"我们会协助你的工作，审判官，但我认为我这样要求并非不合理。什么事如此重要，以至于不能等到我们解决异形的威胁之后？"

马萨塔说："这个问题不是不合理，但是，作为一个审判官，我没有义务回答这个问题。你胆子太大了，竟敢问出这样的问题。"

珍妮卡说："我的荣誉感驱使我这样做，审判官。我尊重你的地位，但骑士守则十分明确。我和我的先锋部队有义务代表我们的星球协助你完成工作。作为先锋部队的指挥者，我被要求尽可能地收集有关我们所面临的威胁的信息，以便我们更好地应对。"

"很好。"马萨塔说道，他听起来十分恼怒，"珍妮卡女士，我曾在许多不同的星球上，面对过各种形式的混沌。它最大的危险莫过于毁灭优秀的帝国仆人。让人害怕的不仅仅是那些堕落者本身，还有他们的黑暗崇拜所留下的污点。这种腐败的根源比大多数人认为的要深得多，甚至比最虔诚的帝国国教祷词影响的范围还要深。"

珍妮卡问道："你担心腐败已经在奇迈罗斯家族旧址所在地的下面扎根了吗？"

马萨塔说："女巫艾丽西娅·卡·曼蒂克斯，多年来她一直是杰朗特·谭·奇迈罗斯的伴侣，我相信在那段时间里她一直被对混沌的顶礼膜拜所玷污。她有几十年的时间让她的邪恶渗透到奇迈罗斯家族的子孙中，并毒害她居住的城堡。如果我是对的，那么阿德拉斯塔波尔的贵族家族可能犯下了骄傲自满之罪。你们相信已经在你们的星球击败了大敌，反而给了它时间恢复力量，并再次成为威胁。"

珍妮卡生气地说："我们用火与忠诚肃清了奇迈罗斯家族和怀沃恩家族的领地。我们已经做得够多了。大人，我们可没有自满。"

马萨塔说："但威胁可能仍然存在。我只祈祷，我还来得及完成必做之事，以拯救这个星球。"

这时传来一阵沉闷的隆隆声，很快变成了轰鸣声，这让珍妮卡的回答哽在了喉咙里。她运行鸟卜仪，搜寻威胁，同时拔出了枪炮。在高空，一束光清晰可见。它嗖的一声靠近了，就像一颗燃烧的陨石穿过云层。它即将到来的轰鸣声响彻了整个星球，珍妮卡的机甲为之震颤。

她看着岩石和金属巨大的结合体从他们的头顶冲过，被进入大气层产生的火焰环绕着，沿弧线向瓦拉坦飞去。慢慢地，它隐去了。现在可以看到更多急速飞行的炮弹，在平流层中画出射击轨迹。

她说："那颗流星里面有引擎，有枪炮。"

马萨塔说："入侵已经开始了。"

珍妮卡说："不管你认为这里有什么威胁，我们都必须迅速解决，采取行动。阿德拉斯塔波尔的命运危在旦夕。"

马萨塔表示赞同："确实如此。"

第五章

兽人之祸以惊人的狂暴之势从天而降，落在阿德拉斯塔波尔星球上。他们破烂不堪的舰队布满了虚空。一方面，在至尊王达尼亚尔·谭·德拉科尼斯的命令下，棱堡舰队撤退了，而不是面对必然被强大军队毁灭的命运；另一方面，在绿皮兽人飞船进入轨道的那一刻，阿德拉斯塔波尔星球地表的炮台就开始了攻击。

据估计，在异形开始入侵之前，就有一百多艘兽人飞船被来自地面的光矛和导弹火力歼灭了。这确实证明了他们的规模——或者"哇嘎！"之力——但这甚至没有让绿皮兽人有片刻停顿。

他们第一批的护卫舰和武装直升机被炸得粉碎，并在阿德拉斯塔波尔的大气中烧毁，但他们后面的飞船毫发无伤地继续前进。其中许多是被称为"洛克"的入侵军舰。偷来的小行星被装上了粗制滥造的推进器、炮台和控制装置，这些军舰数以百计地降落在阿德拉斯塔波尔。每艘战舰的船舱和船员甲板上都挤满了成千上万的异形，全都充满了对屠杀的邪恶渴望。

当然，并非所有洛克军舰都在从天而降后的火海中幸存了下来。许多军舰未能减速，猛烈地撞向了阿德拉斯塔波尔，喷射出羽状的碎片，杀死了军舰上所有的绿皮兽人。

另一些洛克军舰则解体了，或者失去了控制疯狂地旋转，一头扎向星球上崎岖的山脉中，送乘客走上毁灭之路，或者让他们猛然坠入了无情的海洋中。还有更多的洛克军舰被阿德拉斯塔波尔炮台猛烈攻击，因为它们是非常大的目标，它们的躲避技能可以与猛烈投掷砖块的技巧相提并论。

然而，即使兽人的洛克军舰有整整一半都完蛋了，仍然有数百艘通过自杀式降落获得了成功。在最后一刻发射的反推进火箭起到了缓冲作用，它们坠落的巨大力量冲撞着阿德拉斯塔波尔星球的地表。

那些在开阔的荒野或农业用地上着陆的兽人，立即筑起了堡垒，堡垒的石质侧翼坚不可摧，其炮台能向数千米外的目标开火。更糟糕的是——纯粹是运气不好——撞上了具有战略价值的地标。

乌姆伯兰的农业园区被这样的冲击摧毁了，留在那里驻守的民兵被一举歼灭。伊姆帕里斯山的虚空护盾在又一次经受这样的撞击后超负荷，灾难性的冲击波杀死了阿德拉斯塔波尔的星语者唱诗班一半以上的成员。

瓦拉坦南部一个伐木工居住的村庄被摧毁，所有的居民均遭杀害——这也许是对他们拒绝服从国王命令的公正惩罚。然而，冲击力导致的后续的山体滑坡埋葬了一个轨道炮台和守卫炮台的骑士先锋部队，这让人心绪难平。

受影响最严重的是米诺托斯家族的土地。它只有最基本的轨道防御，就像一道敞开的闸门，大量的绿皮兽人飞船落在那里。

南北两个极地大陆阿德拉萨尔和阿多罗佩也是如此。然而，在那里，绿皮兽人会发现迎接他们的只有茂密而危险的丛林、声如雷鸣的火山和贪婪的超级食肉动物。对待入侵者，它们肯定会极其残暴，即使它们面对这样的残暴之敌也会焦头烂额。

整整一天一夜，兽人的飞船如雨点般落下。无论侵略者在哪里着陆，他们都立刻涌出来，高喊着他们的战争领主的名字：一只野兽，用他们粗俗的语言命名为"戈尔格洛克·科尔菲斯特"。尽管他们用了庸俗艳丽的颜色和肮脏的战利品打扮自己，但绝大多数的侵略者穿的衣物都是鲜艳的蓝色，挥舞的破烂旗帜也是同样颜色。他们的盔甲、皮肤和战争引擎上都贴有白色骷髅的魔幻图腾，这是一种被称为"死亡骷髅"的绿皮兽人亚种的标志。

帝国当局观察到，这个特殊种姓或氏族的兽人在卑鄙的盗窃方面，以及在对其他种族的技术进行异端改造方面，拥有非凡天赋。事实很快证明，在阿德拉斯塔波尔，除了一拨又一拨咆哮的步兵、急速飞行的飞行器和破烂不堪的装甲车辆之外，还有无数被盗的帝国主战坦克。

对阿德拉斯塔波尔骑士所信仰的一切而言，这样的技术异端是一种侮辱，但这还不算是最糟糕的。巨大的绿皮兽人战争雕像在绿皮兽人大军上空赫然耸现，它们的脚步撼动着大地，这些臃肿的巨人穿着废铁盔甲，在它们面前，甚至连高傲的阿德拉斯塔波尔的骑士机甲都相形见绌。显然，这些机械怪物是绿皮兽人所信奉的教义中众神的化身。无论它们沉重的脚步落在哪里，它们的存在都玷污了阿德拉斯塔波尔的土地。

尽管发生了这些可怕的事情，尽管敌人如潮水般汹涌而来，玷污了他们的星球，尽管敌人的虚空飞船成群结队地从高处向他们开火，阿德拉斯塔波尔的骑士们仍然昂首阔步地迎战异形。他们全副武装地行进。

他们遵循把他们集合起来的领导人精心制订的作战计划。他们迫使敌人每前进一步都要付出血的代价。几个星期以来，他们跟绿皮兽人战斗，将他们拒之门外。

——摘自森德拉格霍斯特的著作
《阿德拉斯塔波尔的智者战略·第二十一卷　第二次兽人战争》

火焰之誓穿过一片被烧毁的奥利达恩灌木林，步伐稳健。沿途两边都是烧焦的树干，从土里伸了出来，就像指控的手指。许多树木仍在焖烧，飘来的烟雾污染了空气。达尼亚尔坐在机械王座上，神经插口和触控手套将他和他的机甲连接在一起，让他的脑海里充满了鬼魂的低语。

四名骑士陪着达尼亚尔，组成了一支德拉科尼斯家族的机甲先锋小队，编制完整。至尊王在他们交错的行列的最右边前进。马科斯的守护骑士机甲荣誉之火，走在他的左边，两边分别是骑士瑙曼的豪侠骑士机甲绯红之刃和女骑士梅丽莎的游侠骑士机甲天龙之怒，最后是骑士罗杰特的远征军骑士机甲英勇火焰。

像小天使一样的机仆掠过头顶，在向下面的骑士提供信息时，重力叶轮嗡嗡作响，护目镜扫描着烟雾。这些令人毛骨悚然的生物是德拉科尼斯家族的一队天空之主，由圣物维保士的爬行者远程遥控。爬行者缓慢地行进，与前方机甲相距八百米。

在他们前面，一艘兽人的洛克军舰置身于雾霭和灰暗的曙光中，像一座被打碎的山。

马科斯说：“密切关注你们的鸟卜仪，把手指放在扳机上。绿皮兽人离得不会太远。”

骑士瑙曼回答道：“还没有任何动静，也许这个家伙被抛弃了。”

达尼亚尔从他同伴的声音里听出了希望，对他充满了体谅。

他说："我知道我们已经忙了好几天了。我们都累了。我们都被这个敌人无意识的凶残震惊了。但不要因为虚假的希望而解除你的武装。敌人来了，他们很快就会现身的。准备好，我的骑士们，我们将杀死他们，这种事我们已经干过十多次了，驾轻就熟。"

他们回答道："是，陛下。"

女骑士梅丽莎说："现在离洛克军舰还有五千米。鸟卜仪上有能量特征，返回的信号令人困惑。"

达尼亚尔说："我看到它们了。"由于他的大脑直接与机甲的感觉中枢相连，他对世界的感知能力得到了极大地增强。他看到了鸟卜仪、视频信号传输和数据虹吸管所做的一切，那是一张三百六十度的全景图，上面叠加着信息反馈、热滤镜和智能计算。雪片般飞来的输入会让一个头脑没被强化过的人失控发狂。但对达尼亚尔来说，他从出生起就接受了训练，并配备了他的家族所能提供的最好的仿生装备，这就使他接近于无所不能了。

骑士罗杰特报告说："战略分布图上显示有动静。他们都在那儿，陛下。"

在他说完这番话后，在远处离洛克军舰脚下不远的地方，烟雾中出现了一连串微弱的闪光。

达尼亚尔下令道："举起盾牌。"

他的骑士们将离子盾牌斜向前方。炮弹从烟雾中呼啸而出，在他们身上引爆，激起了蓝色的火花。

马科斯说："正在慎重评估轨迹。"

目标数据被过滤后进入了达尼亚尔的眼角余光中，深红色的线条穿过烟雾向后延伸。

"所有的机甲，停下。"达尼亚尔说道，控制火焰之誓停住了脚步，他的战友们也做出了同样的举动，"马科斯、罗杰特，互换。"

"乐意之至，陛下。"罗杰特说。一堆风暴矛导弹跃出甲壳上的发射装置，他的长枪轰鸣着。马科斯的复仇加特林加农炮咆哮着加速，一拨大口径炮弹在烟雾中呼啸而过。当达尼亚尔看到远处的爆炸时，露出了冷酷的微笑。

反击倏然而至。远处的警笛声渐渐增强。达尼亚尔的声音接收器让他听到了野兽的咆哮和粗制滥造的引擎的声音。

马科斯说："惊动他们了，显示有数百个不同的功率信号。"

"有三尊战争雕像，"达尼亚尔说，仔细研究着他鸟卜仪上返回的信号，"向这个方向缓慢移动，紧紧地聚在一起。它们比斯托帕级别的小。"

女骑士梅丽莎说："我读取到来自洛克军舰的能量精神躁动。当心它的火炮。"

仿佛她的话有召唤功能，她话音刚落，周围一连串的炮口喷火就照亮了洛克军舰的侧翼。炮弹和能量冲击波如雨点般落在他们周围，烧毁的树木被炸得四分五裂，岩石和土壤被抛入空中。震荡波把烟雾撕得粉碎。

达尼亚尔评论道："他们的准头一如既往地糟糕。"

马科斯说："没错，但他们的枪炮也一如既往地强而有力。自满和死亡是激情的盟友，所以请注意你们的护盾戒律。"

达尼亚尔仔细地观察着他的数据流形，挑出众多越来越近的兽人信号。对他而言，数据网络没有任何秘密。"从能量特征传播和地震波反射来看，我估计……兽人超过五百个，但穿盔甲的不到七个，装甲密度低，但确认了有三架重型步行者机甲。他们直奔我们而来，没玩什么花招。"

马科斯问道："我们的计划是什么，陛下？"

达尼亚尔说："形成天龙之颚包围圈。骑士瑠曼、女骑士梅丽莎，你们充当诱饵待在原地，等他们来了就开火。马科斯和我去右边，罗杰特去左边。"

罗杰特说："明白，陛下。"他掉转机甲的方向，大步走开了。

达尼亚尔在通信器中说道："圣物维保士巴纳克索斯。"

"是，陛下。"传来了巴纳克索斯的声音。

达尼亚尔说："我们正在交战，他们数量很多，圣物维保士。做好应付漏网之鱼的准备。"

巴纳克索斯说："我们已经准备好了枪炮，它们的机魂很好战。"

达尼亚尔说："祝你们所有人狩猎愉快。燃起伊克赛尔西厄姆之怒吧！"

他们喊道："驾驭心中的火焰！"

"愿帝皇眷顾我们所有人。"达尼亚尔说着，给他的动力推进器输送动力，驾驶机甲向右翼走去。

兽人迈着大步，穿过枯槁的树林，向空中鸣枪。每个异形都是肌肉强健的杀手，穿着拾荒得来的盔甲，皮革般的绿色兽皮上涂有蓝白相间的战争彩绘。

达尼亚尔想：尽管在这次入侵之前他听过很多兽人的故事，但没有一个真正公正地评判兽人无意识的残暴。

笨重的战斗坦克散布于兽人的阵地中。在它们的背后耸立着三架巨大的步行者机甲，它们穿盔甲的肚子那里鼓鼓囊囊的，枪炮和利爪属于高克金刚和莫卡金刚的类别。

在这群兽人的前面，轻型战车、破烂不堪的摩托车和四轮马车成群结队，在崎岖的路面上疾驰而过。兽人完全不顾自己的安全，加速投入战斗。当他们来时，用超大型枪炮全力开火。

瑙曼和梅丽莎的盾牌在枪炮齐射的攻击下闪着蓝光。梅丽莎用热熔炮在冲锋的绿皮兽人群中灼出了弹坑，而瑙曼则用重机枪扫射绿皮兽人，等敌人靠近，他便可以使用雷击拳套和死神链锯剑。

马科斯说："他们上钩了。"他和达尼亚尔大步绕过侧翼，每走一步，都要把烧焦的树干推倒。

"并非所有的兽人都上钩了。"达尼亚尔说道，眨了眨眼睛，突出显示鸟卜仪上的几群绿皮兽人。兽人发现骑士机甲试图从侧翼包抄他们，便转身朝机甲的方向前进。被兽人簇拥在中间的是自行火炮。体形更小的兽人，瘦骨嶙峋的奴隶阶级，被称为"屁精"，可以看到他们正在把炮弹装填进炮管。

马科斯说："在所有那些废金属下面是蛇怪自行火炮。"

达尼亚尔厌恶地说："我看到它们了。"

两辆被盗的坦克开火，向空中发射炮弹，击中了骑士机甲所持的盾牌。火焰之誓在炮火冲击下摇摇欲坠。达尼亚尔摇来晃去。第三门蛇怪自行火炮发生了灾难性的故障。当炮弹出膛时，锈迹斑斑的炮管爆炸了。火焰炸穿了坦克座舱，烤得里面的屁精屁滚尿流。

"垃圾。"马科斯轻蔑地哼了一声，"就是这样的科技异端邪说招致了软弱。"

他操控着机甲以腰部为轴转动，开火扫射那两辆坦克。数千枚三十厘米长的炮弹布满那两辆坦克的外壳，在金属上留下弹坑，使坦克颤抖、打滑。一辆坦克停了下来，冒出滚滚浓烟。另一辆坦克继续前进，炮手们正疯狂地装入另一枚炮弹。

达尼亚尔说："转过去，设法解决它们，兽人的步兵越来越近了。"

"别让他们爬上你机甲的腿。"他的机械王座上传来一声低语，又有几个声音低声表示同意，"我就是被这样的东西杀死的。"一个声音说道："他说得对，他们会从下面撕开你的骑士机甲的。"

"我明白了。"达尼亚尔喃喃地说，固定住火焰之誓的两腿，用他的枪炮进行攻击。

他的第一炮打中了一群绿皮兽人。那些被困在爆炸中的异形被汽化了，而那些离得远一些的身上着了火。当燃烧的兽人继续奔跑时，达尼亚尔瞠目结舌。尽管身上燃着火，但纯粹的凶猛驱使他们继续前进。

达尼亚尔想了想，用重机枪来驱散这群兽人。但兽人的同伴仍然挥舞着短柄斧和链锯剑前仆后继。

马科斯也在开火，荣誉之光歼灭了他周围的兽人。绿皮兽人开始还击，他们的便携式发射装置发射了简陋的火箭，在空中螺旋式旋转。有几枚火箭飞得很远，但更多的在骑士的盾牌上爆炸开来。一枚火箭击中了达尼亚尔的机甲，在他机甲的胸甲上炸出了一个洞，火花四射，他咬紧了牙关。

火焰之誓愤怒地隆隆作响。

随着一声巨响，最后一辆被抢的坦克又开火了。它瞄准低处，炮弹掠过骑士马科斯的盾牌底部，猛地撞进了他机甲的右腿。马科斯火冒三丈，大肆咒骂起来。

"受伤了吗？"达尼亚尔问道，攥紧他的触控手套，再次开火。

马科斯说："伤势不轻。我可以移动，但一瘸一拐的。该死！"

达尼亚尔说："继续开火，缓慢推进。我们必须在它们对我们造成更多伤害之前击碎它们，否则天龙之颚的包围圈就合不上了。"

他给动力推进器注入能量，按下符文，眨眼点击图标来改变目标向量。达尼亚尔加快火焰之誓上链锯剑的转速，挥舞着热能加农炮去对付兽人东拼西凑起来的蛇怪自行火炮。

炮手们摇晃摆动着身体，挥舞着拳头，庆祝他们的幸运一击。当看到达尼亚尔的枪炮转向他们时，他们咯咯的笑声变成了尖叫，争先恐后地去装另一枚炮弹。

达尼亚尔说："太晚了，肮脏的家伙。"他开了火。

在这场毁灭性的爆炸中，蛇怪自行火炮的炮身瞬间由红转白，在它爆炸前，它的炮手们消失在云状的灰烬中。坦克的弹药自燃了，增加了爆炸的威力。

幸存的兽人还在继续前进，几十个绿皮兽人高喊着战吼向那些骑士机甲狂奔而去。

他们一拥而上，淹没了火焰之誓的双腿。达尼亚尔的驾驶舱里闪动着警报符文，几十把剑和棍棒连续猛击他机甲的双脚。粗制滥造的手榴弹旋转着穿过空气在他的盔甲上爆炸，同时，最鲁莽的绿皮兽人开始爬上火焰之誓的小腿。

马科斯敦促道："当心，陛下。"

达尼亚尔见识过当兽人击中要害时，那些惊慌失措或减速的骑士机甲会有怎样的下场。他可不想被推翻从而遭遇那样不光彩的命运。他加大了对机甲双腿的动力输出，继续大步行走，边走边踢开并狂踩兽人。

与此同时，达尼亚尔将机甲的躯干转向前方，挥舞着死神链锯剑左右劈砍，剑锋扫过一群兽人的头部。

那把武器的每颗切削齿都有六十厘米宽，九十厘米高，以每秒九十米的速度运转。这种武器能够击穿城堡墙壁，或穿透超重型战争引擎的装甲掩体。轻轻一碰，兽人就会被击杀。达尼亚尔每挥一次剑，就杀敌无数，兽人在他面前溃不成军。

兽人转身逃跑，惊恐地号叫着。达尼亚尔冷酷杀敌。马科斯和他并肩作战，他的加特林加农炮击倒了逃跑的异形，发出了尖利刺耳的声音。

兽人无一幸存。

马科斯说："干得好，陛下。"他的机甲一瘸一拐地走上前去，站在火焰之誓身旁。

达尼亚尔一边查看战略分布图和视频实时更新，一边说道："谢谢你，马科斯。"他和马科斯包抄了近八百米，绕过了绿皮兽人大军主力。现在，大量异形正绕着梅丽莎和瑙曼的机甲双脚打转，那两架机甲来回跺着脚，他们的武器上烈火熊熊燃烧。他说："我们需要迅速行动，梅丽莎和瑙曼都被包围了。"

马科斯啐骂道："兽人。无论干掉他们多少人，他们都没有退缩的意思。"

达尼亚尔说："责任要求我们让他们付出高昂的代价。骑士罗杰特，你是否已经就位？"

罗杰特回答："是的，陛下。请求开火。"达尼亚尔说："自主开火，靠近他们的侧翼，让他们尝尝天龙的怒火。"

达尼亚尔给机甲输入动力,向前走去。

他在通信器中对马科斯说:"尽快追上来,延误让瑙曼和梅丽莎暴露了。在敌人爬满他们的机甲之前,我得把敌人从他们身上拉开。"

"当然可以,陛下。"马科斯说道,他的机甲一瘸一拐但不屈不挠地跟在火焰之誓身后,"不要鲁莽行事。"

达尼亚尔说:"女骑士梅丽莎、骑士瑙曼,天龙之颚包围圈正在闭合。"

"很高兴听到这个消息,陛下。"梅丽莎说道,她的声音紧绷绷的,然后当一个兽人用液压爪朝她挥舞时,她突然中断了说话。天龙之怒用链锯剑抵挡攻击,火花如雨点般落在下面的兽人身上。梅丽莎后退。她重新调整,用热能加农炮开火。攻击她的兽人爆炸了,成了一个火球。

"但我们兵力匮乏,被逼得焦头烂额,"她最后说,"请求代祷。"

火焰之誓奔跑着向前推进,脚步咚咚作响,地面在震动,树干在它面前倒下。离得最近的兽人转过身来,凶猛咆哮着发起挑战。达尼亚尔没有减速,像雪崩一样冲击着他们的阵地。

他一边思考着移动,一边发射了热能加农炮,歼灭了一辆装满绿皮兽人装甲的重型运输车。兽人从四面八方向他开火,他挥舞着盾牌左右格挡,集中精力对付那些可能会伤害他的武器。

火焰之誓的一只脚踩在一辆绿皮兽人的卡车上。兽人卡车的油箱爆炸,导致达尼亚尔的机甲突然倾斜。他挣扎着控制住机甲,将火焰之誓从临界点上拉了回来。随着他的机甲逐渐稳定下来,警报声也随之平息,但短暂的分心迫使他慢了脚步。

达尼亚尔诅咒着,一群绿皮兽人沿着火焰轨迹从兽人群中跳了出来。他们绑着火箭背包,笨拙地在空中飞行,像活炮弹一样俯冲,落在他的机甲上。有几个击中了他的盾牌,他们的火箭发动机组爆炸威力强劲,撞凹了达尼亚尔的驾驶舱。一个兽人设法落在他机甲的外壳上,而另一个手部是机械爪的兽人,落在了他的热能加农炮上。

"滚开,害虫。"达尼亚尔咆哮着,操控火焰之誓猛然后退。他看见那头长着利爪的巨兽跌跌撞撞,抓起他加农炮的护盾,把它的金属尖齿深深地插进了地面。机甲踩着脚向后退,但攻击者紧紧抓住不放。

达尼亚尔听到上面传来响亮的叮当声,接着又是一声。他抽空瞥了一眼驾驶舱的舱口，看到舱口在第三次打击下震颤起来，他咒骂了起来。

"小心！"他机械王座的鬼魂呻吟着，"他们很可怕，很强壮。"如果时间再长点儿，这些野兽甚至可以撕破骑士机甲坚硬的外壳。

当一个绿皮兽人猛击舱口时，另一个已经重新站了起来，正兴高采烈地用巨大的手枪向火焰之誓的右臂关节开火。更糟糕的是，那些在他脚边打转的兽人变得越来越大胆，他们向他的骑士机甲射击，并再次试图攀爬机甲的双腿。

"别让他们爬上来。"他的机械王座又传来了那个声音。

"这不是我的本意。"达尼亚尔吐了口唾沫，同时用机枪扫射兽人。

火光在他周围爆发，导弹炸穿了那群兽人。炮弹接踵而至，它们的爆炸声使他的警告占卜发出了刺耳的声音。当烟雾散去时，达尼亚尔看到几十个兽人横七竖八地躺在地上，死了。

"你看起来很恼火，陛下。"通信器中传来罗杰特的声音。

达尼亚尔咬牙切齿地说："谢谢你，骑士罗杰特。你的援助很及时，该死的敌人肆意妄为。"

上面又传来哐当一声，火星如雨点般从他的机甲舱门上溅落。兽人随时都会冲过来，而他根本无法与一只附着在他机械王座上的野兽打斗。

"好吧，你想进来，"他说，从驾驶舱架上抓起爆矢枪，"我来打开它。"

达尼亚尔举起武器，用空着的那只手猛击驾驶舱的打开装置。在上面，舱门弹出并向后滑动，发出释放空气的嘶嘶声。战斗的喧嚣声轰然涌入，那个兽人惊讶地盯着他，举起斧子准备再来一击。

达尼亚尔朝那个绿皮兽人的脸开了一枪。他的爆矢弹炸翻了绿皮兽人，他听到了异形的身体弹开，并从机甲的外壳上掉下去的撞击声和摩擦声。

他喃喃地说："干掉了一个。现在，另一个在哪儿……"

他瞥了一眼视频实时数据更新，上面显示另一个绿皮兽人已经看到了他同伴的坠落。他那张兽类特征明显的脸露出困惑的神色，眉头皱得紧紧的，然后双目圆瞪觉醒了。兽人触发了火箭发动机组，短时的爆炸气浪把他抛射到了火焰之誓宽厚的肩膀上。

"来吧……"达尼亚尔又说了一遍，他的机甲在战斗中继续向后缓行。他顺势摇摆，重机枪不停射击。

突然间，兽人出现了，卡在了舱门里，张大了嘴发出一声咆哮，他的拳头里捏着一颗生锈的有柄手榴弹，正在嘶嘶作响。

达尼亚尔开枪了，击中了他的舱门符文。爆矢弹打中了兽人的脖子。他的眼睛鼓了出来，舱门砰的一声关上了。当异形的手榴弹爆炸时，传来一声闷响。

摆脱了攻击者后，达尼亚尔看到他的骑士们对兽人进行了大屠杀。罗杰特的机甲在一边缓慢行走，而马科斯则一瘸一拐地从另一边赶来，双方都在扫射那一大群兽人，杀敌无数。与此同时，他自己的长驱直入也吸引了足够多的敌人远离梅丽莎和璐曼，使他们能够联手作战。

那些纪律涣散的绿皮兽人因急于与新来的敌人交战而被引向了四面八方，他们已失去了凝聚力。达尼亚尔看到一只咆哮的怪物来回跺脚，挥舞着一把和人差不多大的斧头，试图恢复作战秩序。他用热能加农炮消灭了那只野兽。

洛克军舰的炮火仍然不分青红皂白地肆意扫射，弹如雨下，但骑士们坚持着护盾戒律，这只不过加速了绿皮兽人的死亡。虽然所有的骑士机甲都出现了战斗损伤，但都坚持战斗。

达尼亚尔说："集中精力对付步行者机甲，干掉它们。"

"是，陛下。"传来了回答，炮火扫射着兽人两架幸存的战争引擎。其中一架踉跄了一下，然后像火山喷发一样爆炸了。

另一架对接二连三的攻击置之不理，用一个巨大的、类似老式大口径短枪的武器对准女骑士梅丽莎的机甲开火。

梅丽莎惊讶地叫了起来，一大堆发出噼啪声的绳索朝她抛出。巨石和废金属重物掠过她的盾牌，将她的机甲包裹在一张电网中。冲击力使天龙之怒后退，重物使它失去平衡。女骑士梅丽莎的机甲在它原来站的地方轰然摔倒，电力奔流过它的四肢。

梅丽莎的尖叫声充满了通信器，然后她的声音越来越小，逐渐消失。

达尼亚尔咆哮道："杀了它！"他们立刻一齐开火。兽人步行者在炮火下瑟瑟发抖，骑士璐曼的雷击拳套正中其铁甲护住的头骨侧面，它倒向了一边。

最后一架步行者机甲被烧焦后，幸存的绿皮兽人逃走了。

达尼亚尔命令道："骑士们，别管他们。他们是糟粕。我们必须消除首要目标。圣物维保士巴纳克索斯，女骑士梅丽莎的机甲倒下了。它被某种带

电的网缠住了。她很可能受了重伤,如果还活着的话。上去,尽你所能救她。小心,兽人的大炮仍然很活跃。"

巴纳克索斯说道:"明白,陛下。"

先锋部队剩下的骑士们穿过浓烟,高举盾牌,自动信号旗在微风中飘扬。炮火落在他们周围,击打着盾牌,但他们继续向前推进。梅丽莎的倒下让他们愤怒不已。达尼亚尔感到天龙之火在胸膛里燃烧。

"你们知道这是怎么回事。"他边说边摆脱掉一次爆炸,"散开,瞄准薄弱点,启动系统攻击。"

马科斯说:"陛下,我们无法维持这种状况。梅丽莎……就算她还活着,短期内她也无法再出战了,只有帝皇清楚她机甲的状况。这已经是今天确认的第十起伤亡了。"

"我知道,马科斯。"达尼亚尔说着,固定住机甲,摆出开火的姿势。巨大的洛克军舰升起,悬在他的头顶上,是他那架机甲的三倍高。军舰开火,火焰溅到他的盾牌上,但徒劳无功,"但先让我们完结此事。"

在兽人狂暴的火焰风暴中,骑士们用机甲死死顶住并开火。爆炸席卷了整艘洛克军舰。炽热的光束熔化了火炮甲板,波及燃料储备。骑士诺曼大步走近,用机甲武器猛攻洛克军舰,石头、金属和残缺不全的尸体被撕裂,犹如雪崩般滚落。

达尼亚尔的鸟卜仪显示在洛克军舰内部有活跃的能量波峰。

他说:"就这样,回去。"

骑士们操控着机甲,有组织有纪律地大步后退,远离震动的敌人军舰。兽人和屁精从里面蜂拥而出,从舱口和隧道口跌跌撞撞地滚了出来,许多身上都着了火。骑士们用机枪扫射他们,而洛克军舰在更猛烈的爆炸声中颤抖。这艘曾经的太空船从内部被撕裂,坍塌了,最后成了一座由碎石和尸体堆积而成的燃烧的山。

战斗接近尾声时,达尼亚尔和他的骑士们聚集在梅丽莎倒下的机甲附近。带电的网已经耗尽了它的怒火。倒下的机甲在原地焖烧。巴纳克索斯的爬行者位于他们中间,电枢伸展开来,伺服臂在进行修理,并从内部装料斗里重新装填武器。梅丽莎躺在里面,用绷带固定在医用托架里,她被严重烧伤,但顽强地活着。

巴纳克索斯之前宣称，她生存下来的机会很渺茫。

达尼亚尔说："马科斯，你认为我们难以维持攻势了，是吗？"

马科斯说："是的，陛下。我们的伤亡人数正在增长，已经难以为继。"

达尼亚尔说："同意。但是付出这个代价值得吗？这就是我们赢得这场战争的方式吗，通过牺牲？自从入侵开始，德拉科尼斯家族已经消灭了十七艘兽人的洛克军舰，并杀掉了两到三万的绿皮兽人。"

马科斯说："我们已经重创他们。我知道我说过什么，不要让他们有立足之地，不要让他们保持机动，但这支兽人大军数量庞大。打消耗战的话，我们会输。"

达尼亚尔说："战略专家们说，这支兽人大军至少是斯卡颚之战入侵数量的三到四倍。我同意你的看法。哪怕米诺托斯家族只在他们该死的边界之外作战，那样我们也有更进一步的可能。"

马科斯说："我认为即使那样也无济于事。到目前为止，我们和佩加森家族的骑士们通过这些突袭让兽人受到干扰，并摧毁了很多着陆点。但你今天早上和我一样看到了那些轨道占卜，尽管我们十分努力，他们还是在集结。"

达尼亚尔说："如果他们来的时候我们还在野外，我们就会被兽人大军淹没。"

马科斯说："正是如此，我们已经给了最后一批农奴到达安全避难所的时间。但现在我认为，我们自己也应该撤到更坚固的防线后面。"

达尼亚尔说："你说得对，马科斯。这些野兽在战斗中完全处于纯粹的无组织状态……无法预测他们的行为。再周密的计划在他们身上也会落空。机甲熄灭后，这些野兽喜欢把丧失功能的机械装置拆成碎片，这太可怕了。"

骑士罗杰特说："肮脏的异形异教徒。他们对待我们的机甲就像对待常见的垃圾一样。他们就像贪婪的食腐动物一样把它们拆成碎片。"

达尼亚尔说："别再说了。把话传出去，我下令全线撤退。所有骑士都要撤退到指定的防御工事。在我另有命令之前，机甲要在公开战斗中迎战敌人，只能作为必要的突击行动的一部分。我们必须掘壕固守，忍受他们的围困，要么等到他们溃不成军，我们可以进行反击，要么等到帝国其他军队回应我们星语者发出的求助。"

当马科斯接通远程战略频道并广播达尼亚尔的命令时,阿德拉斯塔波尔的至尊王掉转机甲方向,向天龙尖塔进发。他想,他们正在做正确的事情,是明智之举。在很大程度上,连他机甲里的鬼魂也赞同此事。

可那么多挫败感又是从何而来呢?

第六章

珍妮卡说："我的呼叫没有人回应。有人能听见吗？"

女骑士努阿拉·达·佩加森说："没有，珍妮卡女士。我没有收到通信呼叫的回应，我在鸟卜仪上也没有看到机魂活动的迹象。看守人没有任何消息，女士。"

珍妮卡说："奇怪，就好像他们根本不在那儿一样。"

先锋部队大步穿过沼泽地，他们每走一步，浅层地下水就会泛起涟漪。珍妮卡和努阿拉走在前面带路，在多瘤节的树木之间缓慢地移动，搜寻隐蔽的灰岩坑和坑洞。马萨塔和圣物维保士特拉克辛的车颠簸在淤泥中，混着泥浆的水喷到轮胎的周围，溅到车身装甲的侧面。

骑士里斯和爱德华·达·德拉科尼斯殿后，提防着任何兽人活动的迹象。到目前为止，他们只遇到过零星的入侵者，而且从进入沼泽地以后就再也没有了。然而，粗心大意是没有好处的。

阿德拉波汀斯山远远地屹立在他们身后，但这支探险队已经在昔日隶属于奇迈罗斯家族的农业平原上走了好几天了。

珍妮卡年轻时曾造访此地数次，她记得整饬有序、富饶肥沃的土地上散布着多岩石的小山丘，有清澈透明的湛蓝色湖泊，还有井然有序的定居点。

现在小山丘上长满了大片带刺的植物，遍地盛放看起来就有毒的花朵。不断上涨的洪水淹没了大部分土地，把被淹没的地方变成了沼泽，而剩下的那些村庄则成了空荡荡的废墟。远处有令人难受的沼泽大火在燃烧，气体火焰闪烁着黄蓝色。

他们第一次离开山脉阴影时，珍妮卡曾问过："这样已经有多久了？"

骑士里斯回答道："有几个月了吧，这是一个缓慢的退化过程。我在佩加森家族领地内巡逻，每次我们绕过这些禁地的边界时，它们看起来都更加令人悲伤。"

现在珍妮卡带着新的怀疑目光打量这个被人忽视的地区。以前她看到的是阴郁的平静，现在她看到的是警惕的威胁。水面上的涟漪暗示着饥饿的、隐藏的东西在蠢蠢欲动。废墟上空荡荡的门窗像死人空洞的眼睛一样回瞪着他们。

"我们离喀迈尔堡的废墟只有十六千米了，"珍妮卡说，"从三个贵族家族抽调的民兵组成的常备卫队负责看守这个地方。他们被称为看守人。这是一种忏悔的义务，所以按照传统，他们基本上与世隔绝，但如果他们遇到困难，也有通信设施可用。如果在巡视距离内呼叫他们，他们也应该做出回应。"

马萨塔说："现在他们却没有做出回应。"珍妮卡不喜欢他严肃的语气。

骑士爱德华说："他们没有做出回应的原因可能有很多，也许他们的通信阵列已经失灵了，或者他们可能为了应对兽人的威胁而换了地方。"

女骑士努阿拉说："或许他们在入侵开始时就舍弃了自己的岗位，这些人中的大多数会忠于自己的家族，保护他们的家人。责任可能会迫使他们放弃对空荡荡废墟的象征性守护，而选择与真正入侵的敌人作战。"

马萨塔说："但愿不会，低估这个地方的威胁是愚蠢的。"

珍妮卡说："继续跟他们联络，也继续扫描。在此范围内，他们坦克的机魂应该很明显。你们所有人都做好战斗准备。努阿拉，向前推进，看看能发现到什么。"

努阿拉说："是，女士。"她的守护骑士机甲以稳定的速度加速离开。

珍妮卡通过私人通信频道说道："审判官，你知道这意味着什么吗？"

他回答道："我有所怀疑。向帝皇祈祷，我们会发现你的人死了。其他可能都要糟糕得多。"

喀迈尔堡曾经是一个庞大建筑群，由相互连接的要塞和堡垒组成。它的走廊和防御工事错综复杂，宛如迷宫。奇迈罗斯家族的宅邸坐落在广阔的观赏花园和用于祷告的神殿绿地中，绵延数千米，被认为是阿德拉斯塔波尔众多奇观中最美丽的景象之一。

然而现在，它已是一片杂草丛生的废墟，满目疮痍，一半淹没于草丛之中，被猛烈的破坏弄得伤痕累累。

珍妮卡操控着火之蔑视踏过一堵倒塌的墙，审视着这片曾经是壮观宅邸花园的荒野。近在咫尺之处,枝繁叶茂的树木拔地而起,水雾在树根处缭绕。在树木后面,珍妮卡可以看到喀迈尔堡荒凉的废墟。

她低声说:"如果一切顺利的话,他们至少会派士兵护送我们进去。"火之蔑视隆隆作响发出回应,它也跟她一样不安。

她的通信器噼啪作响。

佩加森家族骑士的声音传了过来:"女骑士努阿拉,到先锋部队这儿来。请集合到我的位置。当心可能的威胁。拿好武器,准备作战。"

"努阿拉女士,请给我一份更详细的报告。"珍妮卡一边回答一边给机甲推进器注入动力。

"这……你亲眼看一看会更容易些。"努阿拉说道,听起来充满恐惧,"这很难形容,但是看守人都死了。我觉得,所有的看守人都死了。"

骑士爱德华问道:"是兽人干的吗?"

努阿拉答道:"不是。集合到我的位置来。快点。"

马萨塔在他运输车里的通信器中发出声音:"骑士们,我和我的团队将会打头。无论我要求你们做什么,你们都要做好足够的准备。无论我怎样吩咐你们,你们都要听从我的命令。"

珍妮卡说:"如果你有任何进一步的信息要与我们分享,现在就是时候了。"

马萨塔说:"做好准备。记住,我是帝皇的喉舌。我希望我们不会太迟。"

珍妮卡皱着眉头,让审判官的交通工具在前面开路,穿过沼泽地的林下灌丛。她向同伴们闪烁着符文,命令他们收紧队形,只有她发出明确的命令才能开火。

他们沿着路线不甚清晰的道路前进,经过深水潭和茂密的灌木丛,那里曾经是植物园。他们到处都能看到烧焦的废墟,以及奇迈罗斯家族的防御建筑、神殿和罪恶之地被炮弹击中的遗迹。

一大片奇异的树木狂野地缠结在一起,他们走出了树丛,进入一片被烧焦的空地,空地上散落着残骸,上面布满了一堆焦黑的尸体。女骑士努阿拉的机甲睿智站在可怕的尸体堆上,用它的加特林加农炮对各个入口进行火力警戒。

骑士里斯喘着气说:"什么?"

马萨塔说:"该死。"

珍妮卡说："那些看守人在这里战斗过。看看这些坑坑洼洼的地方，这些火灾留下的惨象。这是几周前的事了，但空地边缘的林下灌木丛仍有火灾留下的痕迹。"

骑士爱德华说："看看他们的坦克，车体上是什么？"

珍妮卡的视网膜显示器上闪现出符文标识，照亮了散布在空地上被熏黑的掠食者坦克。它是黎曼·鲁斯战斗坦克的一个本地变种，经过大量改装，让人引以为豪的是在炮塔上安装了地狱炮，就是通常在地狱犬火焰坦克上看到的那种。它们最初被设计用来在骑士狩猎时从掩蔽处把格乌戈尔怪赶出隐藏地，火焰温度高，足以伤及这种巨大捕食性动物的厚皮。这些掠食者坦克被证明是如此成功的武器，以至于除了佩加森家族之外，每个贵族家族都把它们加入了自己家族的民兵团。

然而，这些坦克是被烧毁的。残骸显示出它们被逼进了一个不规则的防御圈中，它们发黑的车体板和破裂的炮塔上覆盖着闪闪发光的蓝色晶体。

"那是什么东西？"珍妮卡一边问，一边驱使她机甲的鸟卜仪到晶体上方。

"不管是什么，那些死去的看守人身上也都有。"把视频反馈回来的画面放大后，珍妮卡看见这一幕是真的。那些尸体呈现出扭曲的姿态，几乎所有的尸体都布满了蓝色的、生长的晶体。

珍妮卡说："王座，他们的眼睛被挖出来了，每一个人。他们在战斗中暴毙而亡，但他们没有求救。为什么？"

审判官马萨塔在他的交通工具里说："混沌。这是黑暗诸神的爪牙干的。毫无疑问，他们的阴谋扼杀了这些人的求救声。正如我所担心的那样。"

女骑士努阿拉问道："其余的人在哪里呢？我只能估计，但这尸体的数量看起来还不到预计的一半。"

珍妮卡在通信器中说道："圣物维保士特拉克辛，我无法得到任何有意义的数据。你爬行者上的仪器能做得更好吗？"

特拉克辛回答道："应该可以，谭·德拉科尼斯女士。您是否希望我——"

马萨塔插话说："不。你不能分析这些沉积物，也不能碰这些尸体和车辆的残骸。任何人都不要把仪器对准遗迹。"

珍妮卡说："我们需要了解我们面临的是什么。骑士守则要求我尽我所能找出这个敌人的一切，确保我们的机甲不会落得和那些看守人一样的下场。"

马萨塔说："他们被污染了,女士。与他们的任何接触都有传播这种污染的风险。我们只需要知道我们的敌人是不洁的。必须不惜一切代价根除他们。"

珍妮卡说："那我们就是防守线了。现在,我们必须阻止这一切,确保没有任何残留的污染能逃入阿德拉斯塔波尔的荒野。如果我们失败了,我们的星球就完蛋了,不是吗?"

马萨塔说："是的。"

珍妮卡说："阿德拉斯塔波尔是一颗骑士星球。放任帝国如此宝贵的财富被腐化或毁坏,将是不可原谅的罪过。"

马萨塔问道："你是否忠心耿耿,珍妮卡·谭·德拉科尼斯?是否忠诚于你的帝皇?"

"像你一样忠诚。"珍妮卡说道,火冒三丈,"阿德拉斯塔波尔星球地表之上的每一位骑士都同样忠诚。审判官,你孤身在此,在荒野中,与几个骑士为伍。如果我们被艾丽西娅·卡·曼蒂克斯的异端邪说所影响,你不觉得我们现在会对付你吗?"

马萨塔说："也许吧。但这里有明确的证据表明混沌的污点依然存在。如果你想让阿德拉斯塔波尔被判定是纯洁的,就必须服从我的命令。"

珍妮卡说："骑士准则也如此要求。我和你一样,不会对这里的腐败放任不管。你的命令是什么,审判官马萨塔?"

马萨塔说："我和我的扈从要下去,从这儿步行过去。爬行者的声音太大了。你们的机甲将形成一道警戒线,只通过视觉手段巡逻和扫荡。不会有一个异教徒躲过监视。如果我们赶出一窝敌人,它们会确保没有一个敌人会幸存。与此同时,我想让你陪我一起进入废墟。就当你是阿德拉斯塔波尔的代表吧。"

珍妮卡说："我不会让别人说我们的星球是由陌生人拯救的,而我们却袖手旁观,什么都没做。"

骑士爱德华在通信加密频道跟她说话了："珍妮卡女士,这是明智之举吗?"

她回答："骑士守则要求这么做,但更重要的是,我不信任马萨塔。这里发生的事比我们眼前看到的更多,爱德华,我敢肯定。"

爱德华问道："如果他们被证明是错误的,你孤身一人,会怎么做?"

她说："我会做我必须做的事。至尊王已经在与敌人对阵了,我不会让他腹背受敌。"

骑士爱德华说："我们会和你一起去，全副武装。"

珍妮卡说："你们不会与我同行。到目前为止，我们这一路还算幸运。除了我们之外，这里没有什么能吸引兽人。但我们不会总是交好运，我可不想被一群绿皮兽人困在喀迈尔堡的废墟里。此外，审判官说得对，我们的机甲会惊动潜伏在废墟中的东西，即使它们现在还没被惊动。"

"女士，我真的——"爱德华开口了，但审判官马萨塔通过公开频道讲话，打断了他的话。

"珍妮卡女士，无论你手下的骑士对这个计划进行了怎样善意的质疑，你已经解决了吗？时间很宝贵。"

"我已经列出了他们的巡逻路线计划和通信器密码，"她冷若冰霜地回答道，知道她先锋部队的战友们完全有能力自行决定这些细节，"但你要求我们无论如何也要继续前进。不过，我不会让火之蔑视留在这片空地上，不想离这些被污染的尸体这么近。"

马萨塔回答道："明智的预防措施，女士。"

珍妮卡检查了一下鸟卜仪，发现了一座荒废的建筑，穿过树林还有数百米远。她绕过灌木丛，小心翼翼地走向废墟，她机甲的脚步声震落了废墟碎石上的尘土。

珍妮卡巧妙地操控火之蔑视退进了空心的塔楼，然后开始了下机甲的例行操作。她小心翼翼地调用了警戒程序，如果上机甲的人不是她，程序就会向机甲的外壳发出致命的电脉冲。

"当心这个男人，"从她的机械王座上传来了几个声音，"异端审判庭既令人畏惧又十分强大。"

"胡说，他们是帝皇喉舌的杰出典范。"

"哦，但那只是他们的面具。我见过这样的事——星球在燃烧，数以百万的忠诚仆人被杀。当一个人看到周围都是谎言，他就会因谎言而变得扭曲。"

珍妮卡喃喃道："你们冷静点，我不知道马萨塔的身份和职业是否如他所言，但我希望与他说的相符。我要睁大眼睛，紧握剑刃去做这件事。不管用什么方式，我都要保卫阿德拉斯塔波尔。"

当珍妮卡成为第一骑士时，圣物维保士波卢克西斯和他手下的侍僧为她制作了一套独特的紧身防护服，以纪念这一任命。它的装甲比大多数紧身防护服的装甲都要重，但仍然足够光滑，可以置于她机械王座的织带中，它方形的甲板上绘有她家族的家徽。现在，她将一把沉重的自动手枪、几个备用弹药夹和一把长长的格斗刀固定在紧身防护服的磁力腰带上。在对剑柄喃喃地念了几句祷词后，她将天龙宝剑插进了内置的剑鞘。最后，当她脱下触控手套，在一只耳朵上戴上通信器的头戴式耳机时，珍妮卡检查了她左手食指上戴的华丽的爪形戒指。这个戒指曾经属于她的母亲，里面藏着一个能切割钢铁的数字激光器。

满意之余，珍妮卡让火之蔑视的机魂进入休眠状态，并给它的系统上了护罩，将反应堆的功耗降至最低。然后她解开了神经插口耦合，爬下梯子，把阴暗的驾驶舱抛在了身后。

珍妮卡发现马萨塔和他的扈从在附近等候。他们把运输车开进了一片杂乱的灌木丛中藏起来，现在全副武装站在那儿准备战斗。

这群人穿过杂乱的林下灌木丛出发了，马萨塔和他手下身着青铜色盔甲的那个中尉在前面带路，其余的人排成战斗队形跟在后面。昆虫在四面八方吱吱作响，头顶上传来了雄鹰清澈响亮的鸣叫。

珍妮卡落在队伍的后面。她想，她要观察她的新同伴一段时间，尽量了解他们的情况。

他们小心翼翼地穿过杂乱的灌木丛，一直紧贴着树丛最密集的地方走。在一些地方，他们蹚过齐腰深的泥浆和水，珍妮卡拔出匕首，从她的盔甲上剥下铁锈色的水蛭。他们慢慢地走近了那些在树丛中若隐若现的已成废墟的建筑。他们走近的时候，周围的寂静变得更加令人警惕和压抑。

"这个地方不欢迎我们的到来。"那个卡斯尔金喃喃自语道，她在珍妮卡旁边就位。她把带再生式氧气面罩的头盔挂在背包上，露出了一张轮廓硬朗、伤痕累累的脸。她有一头乌黑的短发，眼睛呈蓝灰色。她把地狱之枪紧握怀里。

珍妮卡回答道："这是一个黑暗的地方，是那些曾经住在这里的人把它变成这样的。"

"你的人。"卡斯尔金说。

珍妮卡皱起了眉头，回答道："不是我的人。阿德拉斯塔波尔的贵族家族各走各的路。奇迈罗斯家族误入歧途，而且带着怀沃恩家族跟他们一同叛变。"

卡斯尔金回答道:"你的星球,所以是你的人。"

他们默默地走着,一边走一边清除灌木丛。离喀迈尔堡被火熏黑的废墟越来越近了。

卡斯尔金突然说道:"中士卡斯顿,来自卡迪亚第八十五军。在哈伦拯救马萨塔性命之时犯了错。"

珍妮卡说:"我没问。"卡斯顿哼了一声。

"我不是想交朋友,殿下。但如果我们遭到伏击,你知道我们的名字会更有用。看见那个穿着青铜色的盔甲,脸像欧格林人拳击沙袋的男人了吗?他是审讯牧师奈什。那两个拜死教刺客是莎内玛和谢玛拉,别跟她们说话。除了马萨塔,没人跟她们说话。那个双手持羽毛笔的机械术士叫林蒂吉斯·莫滕斯。另一个身穿长袍手持权杖的是我们的星语者,名叫文奎斯特,也别跟他说话。"

"那是什么?"珍妮卡指了指在泥泞中摸索前进的那个猿猴异形。她打量着他过分鲜艳的橙色皮毛、闪亮的眼睛和长长的看起来很灵巧的手指。

卡斯顿说:"德布科,他是个太空猿猴。"

珍妮卡问道:"为什么审判官要养一个异形?他是个宠物吗?"

"德布科的物种是具有独特天赋的技术专家,而且非常聪明。"林蒂吉斯·莫滕斯一边回答,一边退到后面加入他们,"女骑士珍妮卡,你手上戴的那枚戒指,德布科可以用最简陋的一堆破铜烂铁瞬间制造出比它杀伤力强三倍的致命武器。"

珍妮卡惊恐地说:"那是科技异端。"

"他是太空猿猴,挺有用的。"卡斯顿说道,她的眼神冷酷无情,"异端审判庭做它必做之事。帝皇也有同样的期望。"

珍妮卡摇了摇头。她说:"不管他是什么,别让他靠近圣物维保士。他们会烧死他的。"

卡斯顿说:"他是我们的战友,殿下。他拯救过的帝国星球比坐在高高的机械王座上的你所拯救过的还要多。"

卡斯尔金落在后面殿后,留下珍妮卡和林蒂吉斯·莫滕斯并肩艰难跋涉。那个男人的长袍被泥浆和汗水浸透了,他球状的仿生颅骨像发条装置一样咔嗒咔嗒地响个不停。

莫滕斯说:"异端审判庭并非典型的帝国组织。女士,请理解,为履行我们的职责,我们必须面对可怕的真相,使用奇怪的武器。为了达到目的可以不择手段。"

珍妮卡回答说:"我敢肯定,当杰朗特·谭·奇迈罗斯与叛徒结盟,去夺回他认为理应属于他的王冠时,他就是这么想的。"

莫滕斯不慌不忙地说:"毫无疑问。不同之处在于,他被一个混沌女巫引入了歧途。而我们的特权是帝皇亲自授予的,所以无论我们做什么事,都是正义之举。"

珍妮卡侧身瞥了一眼这位上了年纪的术士,惊讶地扬起了一边眉毛,因为他竟然了解杰朗特的异端邪说。

她说:"听起来好像你并不相信。"

他回答:"我相信,一个人被赋予的权力越大,他做出判断时就必须越发谨慎。我们必须警惕,一个人的行动能力不会超越他思考、衡量和观察的能力。如果我们能认识到自己是正义的,特别是因为我们懂得权力有多容易让我们堕落,我们容易出错的人类感官有多容易让我们失望,那就更好了。一旦我们以这种方式定义了自己,我们就有责任观察周围的人是否也有同样的倾向,或缺乏这种倾向。"

她说:"你和我弟弟会相处得很融洽。"她凭直觉感到自己受到了一种刺探,淡淡的笑容从脸上消失,她举起了自动手枪。

莫滕斯说:"这个地方让你感到紧张不安。这一点在这个团队其他的战士身上也表现得很明显。"

珍妮卡回答道:"我觉得……有人在监视我们。难道你没感觉到吗?"

审讯牧师奈什做了个安静的手势,示意他们应该谨慎前进并保持警惕。他们蹑手蹑脚地穿过多刺的灌木丛。只能听见他们踩在泥泞中咯吱咯吱的脚步声,以及动力装甲和武器的低鸣声。

被监视的感觉已经变得令人难以忍受。伴随他们来到废墟的微风停了,珍妮卡感到心口沉甸甸的,喘不过气来。没有鸟,也没有昆虫来打扰这坟墓般的寂静。

珍妮卡一边前行,一边举起了自动手枪,同时另一只手放在剑旁。莫滕斯紧跟在她身边。卡斯顿在他们后面紧跟着,用一只胳膊托着她那把笨重的枪,同时用一个手持的鸟卜仪扫描整个区域。在前面，其他人也收紧了队形。

林下灌木丛开始变得稀疏，日光如水，珍妮卡觉得他们失去了遮蔽。泥土被钢筋混凝土路取代，但路面支离破碎，被多年前的炮火炸得坑坑洼洼，不时有钢筋突出地面。

审讯牧师奈什在通信器中说："我们正在接近废墟外围。"

"警戒协议。"中士卡斯顿突然开始慢跑，清除右翼附近的障碍，把珍妮卡和莫滕斯留在后面。

喀迈尔堡的遗迹隐约出现在他们的上方。他们默默地走过城堡的残垣断壁。曾经高耸的钢筋混凝土棱堡变成了空壳，在炮火的轰炸下坍塌，被净化的火焰熏得黑乎乎的。庭院里满是瓦砾，杂草丛生，树木歪歪扭扭。在一些地方，他们走过墙皮剥落的走廊和人行道，这些残存的走廊和通道往往以疯狂的角度倾斜，到处散落着被打碎的雕像和被烧焦的旗帜。

"这是你们的人干的吗？"莫滕斯问道，他们正在两处废墟之间，小心翼翼地穿过一条破裂的隧道。隧道的墙壁被烧焦了，上面涂满了天鹰座图案和祈祷文。

珍妮卡说："是我们干的，我们先是净化了奇迈罗斯家族，然后净化了怀沃恩家族。我还记得我们炮轰这里时起了漫天大火。炮击持续了十天，然后民兵一拥而入。他们由帝国国教牧师率领。他们是……很彻底。"

莫滕斯说："好吧，至少不能怪你们的人行事激烈。我认为，这场清洗不仅仅是出于虔诚。在这种破坏中有真正的仇恨。"

珍妮卡说："他们背叛了我们，他们背叛了帝皇。在所有敌人中，你最恨的莫过于背叛你的朋友。"

莫滕斯喃喃地说："正是这样，那人民自身又怎么样了呢？仆人们，民兵们？那些没有在多纳托斯打过仗的骑士？"

珍妮卡悲伤地说："他们被家族的关联玷污了。他们与我们为敌。他们的尸体躺在前面的墓坑里。他们……"

当他们出现在日光下的时候，珍妮卡的声音逐渐变弱，渐趋无声。一幅严峻的景象呈现在他们眼前。在他们周围耸立着中心城堡主楼的废墟，在被毁之前，它曾是座壮观的建筑。摇摇欲坠的外墙仍然矗立在那里，但它们不过是一个被掏空了的外壳而已。瓦砾堆积成山，彩色玻璃的碎片闪闪发光，到处都是残骸——王座、桌子、雕像、机械装置、家具和其他没有被饥饿的火焰吞噬的东西的残骸。

在废墟的中心是一片开阔的空地。倒下的石头堆放在奇迈罗斯家族成员的墓坑上，每个墓坑的顶部都有一个黑色的天鹰座，还铺着多层祈祷纸。

在它们中间，铺设了一块巨大的大理石板，用来封住通往城堡主楼下古老茔窟的入口。这是一种象征性的做法，目的是把奇迈罗斯家族已入葬的祖先也用墙围起来，让人们避开和遗忘那些祖先。

现在，这块大理石板从中间裂开了，一个破洞向下通向黑暗。大块的大理石散落在周围，它们飞过的距离证明石板是被暴力砸碎的。

"碎了。"马萨塔说道，低沉的声音回响着，"是从下面被砸碎的，由内向外。"

奈什指着更多露头的水晶状物质说："这里有反向旋涡的残留物。"

"墓坑周围有干扰？"中士卡斯顿在通信器中说道，她正在用鸟卜仪横扫整个地区，"有东西已经深入其中了。"

珍妮卡看到，卡斯顿是对的。至少有两个墓坑被玷污了。

它们的两侧挖了许多深深的洞，就好像有巨大的蛆虫在地上钻了洞似的。往下望入阴暗处，她看到了骨头和皮革质感的经过木乃伊化处理的肉体迹象。

她说："沃尔夫登基恩经常出没于这一地区。也许它们挖开了墓坑以尸体为食？"

"野生犬科动物，扒开碎石去寻找古老的尸体吗？"卡斯顿问道，"不太可能。"

马萨塔说："似乎你们星球的秘密并不想继续被埋藏。"

珍妮卡说："无论是什么弄成这样的，我以帝皇的黄金王座发誓，我要终结此事，让阿德拉斯塔波尔得到净化。"

马萨塔点了点头。

他说："那就给你五分钟吧。检查要带进去的设备、口粮配给和水，需要做什么祷告你就做。然后我们进入黑暗，去看看这个地方下面到底正在酝酿着什么，并摧毁它。"

第七章

达尼亚尔站在大战略参谋部里,在一片忙乱之中,他所站之处倒像是风暴中心宁静的小岛。尊贵骑士团和高等圣物维保士波卢克西斯被叫到他的身旁,无数的技师、奴仆和抄写员在他身后忙忙碌碌、来来往往。

至尊王穿着装甲的紧身防护服和防弹盔甲,插入剑鞘的誓言守护者悬在他的腰间。达尼亚尔双臂交叉在胸前。那双锐利的绿眼睛仍然盯着密室中的全息主屏幕。每块屏幕都显示着阿德拉斯塔波尔的一个区域,这些符文详细说明了友军和敌军的兵力、需要防御的战略地点、进攻和撤退的路线,以及其他上百个小细节。

他问道:"这些显示是最新的吗?"

马科斯检查了一下数据板。他说:"它们有差别。瓦拉坦中部地区的显示几乎是实时更新的,对此我们要感谢波卢克西斯的天空之主。但在更远的地方,我们只能依靠剩余的卫星占卜。我们正在看的信息源是高空的鸟卜仪扫描,以及通信报道,但很多都是几个小时前的了。"

达尼亚尔低语道:"王座,看一下所有的显示。"

从米诺托斯家族的荒野到佩加森家族的山谷,再到瓦拉坦的大片土地,挤满了绿色的符文。

骑士珀西瓦恩说:"他们一天前攻克了卡戎堡的围墙。在过去的十二个小时里,他们两次闯进伊姆帕里斯山,但每次都被打退了。红色毒牙堡被包围了,高凯尔特正在燃烧,先锋部队经过的农业园区里都挤满了异形。"

达尼亚尔说:"我看到了,骑士加拉格尔提前让他的人安全撤出了卡戎堡。这很好。"

马科斯说:"天龙保佑那个秃头混蛋。他总是太固执,不愿意输掉任何一场战斗。"

珀西瓦恩说:"也有更多关于异端技术渗透进来的报道:带电网的发射器、

能使人迷失方向或暂时驱除机魂的加农炮、能把战争引擎固定在原地并拆开的磁波束……"

马科斯说："'兽人是愚蠢的'这一古老箴言的故事似乎不会成真了。这些肮脏的异形是如何偷走这么多帝国坦克的，这一点都不神秘，对吧？"

达尼亚尔说："再发一次警告，让所有骑士注意不寻常的兽人武器。王座保佑我们，不要看到他们对机甲做那样的事。佩加森家族和米诺托斯家族有什么消息？"

"报告说，最后一次与佩加森家族联系是在两小时十六分钟前。"苏塞特说道，检查着一个穿长袍的奴仆递过来的一叠羊皮纸，"从考瑞尔到爱阿索斯的通道是安全的。为了阻止绿皮兽人的突破，他们用炸药炸塌了瑙斯温山口。虽然他们损失了三架机甲，女侯爵认为他们在那次雪崩中杀死了一千多名兽人。他们正在考虑进一步引爆，卡宾、杰西塔和亚伊尔山口有争议……"

"那米诺托斯家族呢？"

苏塞特说："最后一次联系是在三十八小时前，他们的信息是由一个通信技师传达的，说他们正在牵制敌人。"

骑士加拉斯哼了一声。

他狡黠地说："啊，他们可真高尚。"

达尼亚尔说："信息越简短，他们的骄傲就藏得越深。库尔特的人肯定是被打得抬不起头来，所以我们收到的消息才这么少。否则他会很乐意告诉我们，所有的胜利都是他独自取得的。"

"要是我们有多余的机甲来帮助他们就好了。"骑士珀西瓦恩说道，他指着几个屏幕，"但看那样子，帝皇也准备考验我们的勇气。"

"这就是我召集你们的原因。"苏塞特说，用一根控制权杖做了个手势。几个信号从二级成像器滑到了全息主屏幕上，形成了由天龙尖塔、诺斯里斯炮台、兰斯大道和瓦拉坦中心地带组成的概况图象。

"两个战团，"达尼亚尔说，"一个从北边来，一个从东边来。"

加拉斯说道："陛下，你还不如称骑士为机仆。他们算不上是战团，就是游牧部落而已。"

达尼亚尔沉浸在这些数据中，他的王冠提供了补充的信息流，叠加在他的视野上。

他说："保守估计，从东边来的那个部落有两到三万绿皮兽人。从北边来的那个部落规模是它的五倍，也许是六倍，但离这里足足有六个小时的路程。再过不到一小时，我们就会见到来自东边的访客了。他们有飞行器、装甲战车、步兵、重型和超重型步行者机甲。"

珀西瓦恩说："我们的战略抄写员认为，从东边来的那个部落是由一个体形较小的兽人战争领袖领导的。飞行器突击队一直在努力接近对方，但他们已经确认有高夫部落专用的黑白色，以及与一个名叫"卓戈"的战争首领有关的旗帜。从北边来的那个部落更容易确认，主要是死亡骷髅部落的颜色。我们看到了一些真正巨大的战争引擎，而圣物维保士们都不知道如何给他们的军备分类。陛下，他们还悬挂着他们主人的旗帜。看来战争领主戈尔格洛克本人认为我们是值得挑战的对象。"

达尼亚尔说："卓戈的军队会先到达。他想干什么？包围我们？在他主人到来之前把我们钉在原地，切断我们的路？"

马科斯说："也许不是。在上次战争中，高夫部落首先参战，而且打得最狠。巨大的野兽都带着伤痕，长着獠牙，充满仇恨，而且还很刚愎自用，一直想当家做主。"

达尼亚尔说："所以，这是对领导地位的挑战。"

马科斯说："有可能，陛下。兽人崇尚力量。如果卓戈先到达我们这里，并在戈尔格洛克到达之前摧毁天龙尖塔，他就可以挑战整个部落的领导权。"

"我宁死也不会让天龙尖塔成为某个战争领主的战利品。"苏塞特说道，言辞激烈。

"毫无疑问，异形的最佳解决方案将关乎我们所有人的存亡，包括你自己。"波卢克西斯说，惹来了怒视，他蛮不在乎地忽略了，"幸运的是，从统计上看，来自东部的绿皮兽人部队靠自己实现这一目标的机会微乎其微。"

达尼亚尔若有所思地说："他们冲向我们的防御工事，我们从城墙上杀死大概三分之一，或者一半，然后他们就会撤退，等待戈尔格洛克的到来。"

加拉斯说："如果我们登上机甲，在加农炮开火的间隙见缝插针，加强我们的火力，那肯定能干掉一半的部落成员。我们可以把他们撕成两半。"

"即使我们确实击倒了一半的部落成员，那还是有超过一万五千名绿皮兽人可以在戈尔格洛克到达时增援他。"达尼亚尔说，"除此之外，幸存者还会挑战我们的防御工事。他们可以就攻击模式和我们防御的薄弱点向主人提供建议……"

苏塞特问道："陛下，您在想什么？"

达尼亚尔若有所思地说："如果我们在他们到达城墙时发起反击，趁他们还处于混乱状态，我们可以杀死首领卓戈，让第一个部落失去核心力量，吓跑绿皮兽人。让戈尔格洛克手下的兽人看看屠杀的后果，减缓他们前进的步伐，甚至让他们停下来。"

女骑士苏塞特点了点头。"这比仅仅躲在墙后更有骑士精神。我对剑起誓。"

珀西瓦恩说："这是一种冒险，我们会遭受更多损失。"

马科斯说："还有，兽人会在战场上让我们陷入困境。最多只有五小时的作战时间，但如果戈尔格洛克部落的第一批人嗅到战斗的气息，他们可能会更早到达这里。"

达尼亚尔说："波卢克西斯，我们在不离开城墙保证安全的情况下，打败这两个兽人部落的机会有多大？"

波卢克西斯沉默了一会儿，在他沉思这个问题的时候，他的护目镜微微暗了下来。他说："对抗这么多兽人，有意义的胜利概率为百分之三十九。在被围困一个月以上的情况下，天龙尖塔的守军存活的概率是百分之四十八。"

"如果我们在戈尔格洛克到来之前击溃了卓戈的部落呢？"达尼亚尔问道，战友们在彼此交换严肃的眼神，而他并未理会。

波卢克西斯再次踌躇。他说："戈尔格洛克可能会有所延误，因为他的部队占领了北部升起的轨道炮台。补充一点，我建议那里的守军立即撤离。若将这一延迟因素考虑在内，胜利概率为百分之四十八，而守军存活的概率则为百分之六十一。在统计时，没有计入以后可能被卷入攻城战的更多的绿皮兽人。"

达尼亚尔说："注意到了，波卢克西斯。我已经下令撤离了。与此同时，我们有没有收到远程通信消息？有我姐姐的消息吗，或者正在赶来的救援部队发来的消息？伊姆帕里斯山的星语者或深层虚空的鸟卜仪有什么消息吗？"

苏塞特说："什么都没有。"

达尼亚尔说："那么目前我们必须假定我们孤立无援，要自己打这场仗，赌上德拉科尼斯家族的未来。胜算不大，但总比没有好。我们现在所取得的一切进展，都给了我们更多机会，让战局向对我们有利的方向倾斜。"

马科斯说："珍妮卡会马上这么干的。为了胜利，我有什么资格计较风险呢？"

加拉斯说："我的剑渴望胜利。反正我已经厌倦了等他们来找我们。"

珀西瓦恩说："很好。让我们做帝皇的工作，至尊王达尼亚尔。"

达尼亚尔命令道："吹响号角，让德拉科尼斯家族的所有骑士登上机甲。"

苏塞特旋转控制权杖，打开了一个属于天龙尖塔的通信宽频。

"我是守门人。"她说道，低沉洪亮的声音回荡在走廊和房间里，"绿皮兽人的攻击迫在眉睫。全面封锁协议正在实行中。兰斯、考夫、莱辛格和拉明这些民兵队长现在对他们的封地区域拥有军事权力。吹响号角吧，让帝皇指引我们的剑。"

当她结束声明时，一个嗡嗡作响的声音从石像鬼嘴中的通信扩音器传遍了整个天龙尖塔，从最底下的地下室到最高的塔楼，再到军械库和鬼魂室，声音越来越高，最后变成了嘹亮的召唤。

达尼亚尔看到了苏塞特的眼睛，看出了对战斗的渴望在她的眼中跳跃。

她语气狂热地说道："开战！"

他说："开战！"

烈火之喉大门打开了，巨大的齿轮在门框里转动着，把高耸的装饰塑钢板和艾德曼合金板拖开了。火焰之誓站在那里等着它们开启。在达尼亚尔的机甲后面，有一群铁甲巨人——三十五架德拉科尼斯家族的骑士机甲。在广场周围筑有防御工事的建筑物里，家族民兵自豪地看着，欢呼着，挥舞着旗帜。

达尼亚尔在查看视频实时更新时，看到外城墙东边的每一扇大门都在重复这一幕。德拉科尼斯家族的全部兵力都集结在凸角处。他的尊贵骑士团的成员挨个在通信器中确认，他们的战队已经准备就绪。

在烈火之喉、钢铁利爪、天龙之翼、黑色毒牙和天龙之眼这些大门后面，骑士们集结起来。

"以帝皇的名义，以我们祖先的名义，我们列队出发。"达尼亚尔说着，紧握着他祖父的护身符，"摧毁他们。"

马科斯喊道："燃起伊克赛尔西厄姆之怒吧！"

骑士们吼叫着回答道："驾驭内心的火焰！"随着发电机的隆隆声和伺服马达的呼啸声，骑士们开始行动了。

达尼亚尔操控着火焰之誓前行，穿过大门，穿过一条长长的、有回音的隧道，看到一张张面孔从上面城垛上的攻击洞向下凝视。然后他来到瓦拉坦平原上，兽人部落逼近发出的噪声对他造成了冲击，就像真的揍了他一拳一样。引擎的尖啸声和履带的辘辘声与数以千计的异形兽性的战吼声混在一起。当部落接近时，浓烟和灰尘笼罩着他们，兽人整体变成了一个模糊的巨大黑影，正迅速向他们逼近。

他通过尊贵骑士团的指挥频道，问道："不要让攻击落空，好吗？"

苏塞特说："决不会落空的，陛下。现在正在向墙上的炮手发出射击命令。"

在达尼亚尔的身后和上方，矗立着天龙尖塔的外城墙。纯钢筋混凝土和耐用钢筑成的城墙高达六十米，城垛上枪炮林立。在内城墙和天龙尖塔上，位置越高，其防御工事上的炮位就越大。

现在这些炮台开火了，向冲过来的兽人大军进行了猛烈的齐射。在平原上，爆炸声在兽人中响起。从城墙上，达尼亚尔听到了民兵们的欢呼声，他发觉自己也不禁和他们一道欢呼起来。

马科斯说："几天来，我们一直被困在城墙后面，等待着时机。现在，是时候把我们的剑刃刺入这些异形垃圾的身体里了。"

"那我们就这样做。"达尼亚尔一边沉浸在鸟卜仪的数据中，一边用机甲上的仪器扫描着前进的大量兽人，"他们分成两拨前来，前面是快速的机械化部队，徒步的兽人和步行者机甲速度缓慢，走在后面。他们的队列已经拖得很长了，而天龙尖塔的炮火正进一步驱散他们。加拉斯和珀西瓦恩从侧面绕过第一拨兽人，开始对第二拨兽人进行骚扰性射击。看看你们是否能拖住他们，拉开他们阵形之间的间隔。苏塞特、马科斯和我将三管齐下攻击第一拨兽人，将其歼灭。然后我们就会向剩下的敌人集中开火。"

"收到，陛下。"马科斯说，"所有骑士都要注意他们的飞行器。它们可能看起来像是要从天上掉下来了，但它们速度很快，而且配备了很多枪炮。"

苏塞特说："同时，请注意在第二拨兽人的中间，我看到了一个巨大的东西，是泰坦级的。你们应该很快就能看到了。当心它的火力。"

达尼亚尔说道："夫人，你的鸟卜仪一如既往地敏锐。骑士们，前进。"

在他的战略分布图上,达尼亚尔看到了德拉科尼斯家族部队的符文标识按照他的计划向外移动。当代表敌人的大量绿色符文逼近时,他一边给机甲输入动力,一边感到了一头扎进危险中的兴奋。他的鬼魂低声赞许,并告诫他要小心。在他身后,先锋部队的骑士们以迅雷不及掩耳之势前进,他们清除了大门处的威胁,并扩大火力范围,向四面八方散开。

"好吧。"他说道,全神贯注地看着前方旋转的尘埃云,"你在哪儿呢,卓戈?"

数以百计疾驰的机械在阴暗处消失于无形。在地面上,摩托车、越野车、破烂不堪的卡车和超速行驶的废旧坦克不断靠近。兽人在车舱里挤作一团,或挂在他们的车厢上,成群结队地号叫着。在头顶上,破旧的飞行器越飞越近,身后拖着黑色的烟痕。

达尼亚尔说:"伊卡洛斯加农炮,开启防御模式。现在。"

确认的符文一闪而过,二十多个伊卡洛斯阵列向天空大肆喷吐出火舌。这些骑士机甲为飞进火力范围的敌人编织了一道相互交织、密不透风的火力网。几架黑白相间的兽人飞行器爆炸了,更多的飞行器急急转身,仓皇而逃,机翼和机尾都被打掉了。其余的飞行器在空中开火,加农炮轰鸣,炸弹击中机甲的盾牌和盔甲。在达尼亚尔的流形上,他看到代表骑士马赛厄斯的符文突然变黑,同时显示出其他几架机甲的损伤指标。

他说:"护盾戒律。当心他们回到这里。敌人的地面部队正在进入火力范围。他们会很快到达我们身边,比看起来更快。豪侠骑士机甲,上前反击。"

达尼亚尔手下的骑士们开火了,随着炮弹和能量的爆炸,战斗的喧嚣变得更加激烈。摩托车和越野车在空中翻滚,打着滑停了下来,变成了燃烧的残骸。卡车爆炸或起火,疯狂地蛇行,上面搭载的兽人被烧伤了。达尼亚尔发射了热能加农炮,把一堆轻型车辆变成了灼热的熔渣,并从一辆战车上切下了它的驾驶室。被击中的坦克翻了个底朝天,爆炸让它晃个不停。

苏塞特在通信器中说道:"敌人伤亡惨重。"

马科斯说:"这儿伤亡也不轻。但要小心,他们这边人数众多,而且后面还有重型装甲。"

兽人的战车进行了还击。它们准头不够,就用弹药来凑。当绿皮兽人大军进入射程时,达尼亚尔的盾牌因被击中数十次而亮起了蓝光,子弹和爆炸如狂风暴雨一般。

在他的左边，女骑士劳蕾特的守护骑士机甲在激光的多次冲击下摇摇晃晃，其右臂关节处被劈断。炮弹在头顶不断飞过，连续猛击着骑士戈德韦恩的机甲。机甲的排气管着火了，当戈德韦恩被迫净化能量时，代表他的符文在达尼亚尔的流形上变成了黑色。

兽人后方阵地的黑暗中，有东西闪过。一枚巨大的炮弹击中了火焰之誓右边数米的地面，并在骑士队伍中来回炮轰。弹跳起来的炮弹撕裂了一架机甲的腰部，从另一架机甲的下半身横扫过它的双腿，最后击中第三架机甲，砸得它仰天倒下。达尼亚尔惊恐地瞪着眼睛注视着，他的鸟卜仪分析着嵌在机甲残破盔甲中的炮弹构成，那是骑士尤塞夫被干掉的机甲。

他说："炮弹几乎全是铁，差不多就是个巨大的铁球。"

骑士霍拉第奥在通信器里说："陛下，以天龙之名，那是什么鬼东西？它把机甲的盾牌给弄崩溃了，就像机甲没有盾牌一样！"

"那是泰坦的加农炮发射的炮弹。"达尼亚尔说道，对他的震惊置之不理，"所有的骑士都要警惕，以防又来一炮。你们的盾牌挡不住它。集中注意力，躲开。"

马科斯通过私人频道说："一炮就能干掉三架机甲。"

达尼亚尔说："苏塞特夫人，让天龙尖塔搜索那个泰坦。只要他们找到了它，就报给我。"

"已经找到了。"苏塞特说道，她说话的声音中夹杂着枪炮声，"他们正在唤醒尖塔上部巨型加农炮炮台的机魂，系统技师相信他们能确定射击角。"

达尼亚尔说："如果他们能击中它，就开火。"

尽管伤亡惨重，兽人的战车还是缩小了对阵距离。他们用枪炮连续扫射骑士机甲的腿。达尼亚尔在一辆坦克撞到他的机甲小腿前炸毁了它，然后站到一边，用被铁甲包裹的脚踩在一辆正在附近减速的轻型卡车上。当他们的车爆炸时，车上的乘客猛摔出来，逃到安全的地方。达尼亚尔用重机枪扫射过去，又杀了几个兽人。

他命令道："惩戒之炎，守护你们的战友；豪侠骑士机甲，瞄准他们最大的战车。别让兽人爬上你们的腿。以帝皇之名，杀死他们！"

绿皮兽人在骑士机甲的脚下打转。这些龇牙咧嘴的异形用斧头和利爪攀爬机甲的腿甲，而其他兽人则在近距离向他们发射火箭。骑士们用他们的机枪扫射对方的机甲，在不伤害战友的情况下清除兽人。不过还是有一些绿皮兽人侥幸逃脱。又有两个符文在达尼亚尔的流形上变成了黑色，那两架机甲倒了下去，它们的双腿和臀部都受损了。

"陛下，在您的左边。"从通信器中传来一声喊叫，达尼亚尔看见一群身穿动力盔甲的兽人，笨拙地朝他走来。他们的活塞利爪在冲锋时噼噼啪啪地打开又关上，火箭弹从安装在他们肩上的发射器中射出。

"王座。"他咆哮着，挥舞着盾牌承受攻击。

一枚火箭弹呼啸而来，撞在他的机甲外壳上爆炸了，把他的机枪炸成了碎片，火花四溅。达尼亚尔听从了机械王座的敦促，发射了热能加农炮，成功地汽化了三个绿皮兽人。另外两个绿皮兽人继续冲他奔来，盔甲还着了火。他一脚踢出，火焰之誓的脚正中其中一个怪物的上腹部，把他抛向了空中。另一个绿皮兽人挥舞着爪子，在达尼亚尔的机甲脚踝上划开了一道口子，导致警告符文在他的仪器上亮了起来。

"有个满身盔甲的兽人想扯掉我的脚，"他说道，声音因专注而绷得紧紧的，"请求援助。"

"我来助您一臂之力，陛下。"离得最近的骑士回答道。一枚风暴鹰火箭从她机甲外壳的发射器中射出，猛然撞在兽人的背上，把他甩了出去，脸朝下趴在了地上。

"打得好，女骑士。"达尼亚尔赞赏地说。当警告符文突突作响时，他操控火焰之誓往后退，咬紧了牙关。火花从他的机甲脚踝上滚落下来，脚部的驱动装置没有反应。"看来我得一瘸一拐地走了。"他说着，压低了热能加农炮，把那个试图站直的装甲兽人给炸飞了。

苏塞特说："我可以叫圣物维保士到你的位置去。"

达尼亚尔说："不，让他们的爬行器待在城墙后面。之后，我们会迫切需要他们。我不能在围城之初就让他们冒险。"

她说："那么小心点，陛下。看起来那个脚踝要完全被锁住了。"

从高处传来了雷鸣般刺耳的声音，响彻了整个战场。从天龙尖塔的大型加农炮中射出的炮弹穿过薄雾。它们的爆炸把烟雾和尘埃驱到了一旁，露出一个巨大的形状。

马科斯咒骂道："天龙之血，那是个加尔冈巨人。"

苏塞特说："射击系统技师报告联络失败，炮弹击中了某种形式的能量场。他们认为至少炸塌了一个。现在，塔尖上的人正在重新装弹。"

加尔冈身形庞大，足有骑士机甲的三倍高，而且更宽，密度也更大。那是一座废金属山，看上去类似于一个大腹便便的兽人，手臂都是枪，脑袋像是个有激光眼的地堡。一门巨大的加农炮从它的肚子里伸了出来，烟雾从它那大而空的炮筒里飘出。

在它周围，有更多的兽人步行者机甲在前进，相比之下，它们看起来就像屁精。然而，每一个兽人步行者都和杀死女骑士梅丽莎机甲的机械一般大小。一群异形围着它们，狂热地呼喊着卓戈的名字。

达尼亚尔说："侧翼部队，报告。"

珀西瓦恩说："我们已经拖住了他们的一部分军队并将其歼灭。承蒙帝皇之恩典，我们在他们的左翼就位，只受到零散的攻击。"

加拉斯说："我们右翼的情况很糟糕。他们有个脑细胞稍微多一些的首领，他们包围了我们，而不是直接与我们正面交锋。这里也有很多超重型的步行者机甲。按我的机械王座的说法，是斯托帕级。"

达尼亚尔命令道："保存实力，同时阻止那些兽人向中心位置增援。珀西瓦恩，现在向他们的侧翼移动。他们的第一拨士兵已经被打成了筛子，但如果我们让那个加尔冈巨人任意妄为，它会大肆屠杀我们。"

仿佛是为了呼应他的话，它的枪炮亮了起来。导弹从它肩上呈螺旋形飞出，接连猛攻马科斯的骑士机甲，激光从它的眼睛里射出，火炮甲板上射出火焰风暴，吞噬了苏塞特的小队。它内部的加农炮再次开火，达尼亚尔感到怒火在他体内升腾。

达尼亚尔机械王座上的鬼魂在窃窃私语，他们在潜意识里吵闹不断。

他在通信器中说："不要再耽搁了，你看到那畜生肩膀上的旗帜了吗？卓戈在上面，我的鬼魂十分肯定。让我们杀了加尔冈，杀了兽人首领，我们就击溃了那群兽人。所有机甲，向加尔冈前进，消灭它。"

火焰之誓一瘸一拐地穿过咆哮的怪兽海洋。每走一步，它就会把更多的兽人碾成肉泥。达尼亚尔听到小型武器不断向机甲躯干开火的声音。他感受到他的机甲跛脚走路时的挫败感，它想冲上前去击败前面的怪物，但他牢牢地控制住了他的机甲。

"如果脚踝断了,我们就会一头栽倒,那我们也就没用了。"他嘟囔着,把一部分注意力集中在战略分布图上,关注受损的流形、弹药和燃料计数器、鸟卜仪阵列和其他十几个辅助系统。

他在通信器中说道:"马科斯,绿皮兽人的飞行器来了。它们的攻击矢量表明它们会直接进入你们的上空。"

马科斯说:"陛下,谢谢您的提醒。我们会热情招呼它们的。"

马科斯的骑士们熟练地从空中击落兽人的飞行器,高射炮的炮火布满了天空。更多的加农炮炮火和炸弹回击了德拉科尼斯家族的骑士机甲,然后这些飞行器画着弧线飞走了,当它们俯冲到自己队伍上空时,枪炮仍然在连续射击。

达尼亚尔厌恶地摇了摇头,说道:"不分青红皂白的野蛮人。"

巨型加农炮再次开火,声震如雷,滚滚而来。一颗炮弹没击中目标,它的爆炸消灭了几个较小的兽人。其他的炮弹则击中了加尔冈的盾牌,盾牌在攻击下闪着光,然后一个接一个地失效。以牙还牙,加尔冈向天龙尖塔投掷燃烧弹,袭击了它的虚空护盾,但没有造成伤害。

马科斯催促道:"趁他们还没恢复过来,现在就出击。"

达尼亚尔在通信器中说道:"珀西瓦恩。"

珀西瓦恩的回答传了过来:"是,陛下。现在开火。愿帝皇指引我们的目标。"他手下的骑士们发动了攻击。火箭弹和炮弹撕裂了加尔冈的装甲。爆炸波及它的侧面,在他们后面留下火花四溅的残骸和滚滚烈焰。

作为回击,加尔冈挥舞着它的右臂,用一柄巨大的三棱形能量武器瞄准它的攻击者。当能量在它周围噼啪作响时,达尼亚尔感到脖子后面汗毛都立起来了。珀西瓦恩的机甲震动起来,然后飘浮到了空中,他的通信器里充满了惊恐的喊叫声。

"帝皇,请您护佑我!"珀西瓦恩喊道,火焰风暴摇来晃去,闪闪发光的能量围着它跃动不休。加尔冈的枪发出了脉冲,珀西瓦恩的机甲向后飞去,狠狠撞上了他手下的骑士机甲。

四架机甲相撞后倒下了。珀西瓦恩的机甲也在其中。爆炸撕裂了巨大的战争引擎,金属扭曲撕裂。

达尼亚尔在通信器中反复呼叫道："珀西瓦恩，珀西瓦恩！"

"他没有反应，陛下。"珀西瓦恩的副手骑士波卢斯的声音传来，"他的机甲在燃烧。我们该怎么做？"

达尼亚尔说："继续攻击加尔冈，集中精力消灭那个能量武器。"

"让我们向黄金王座祈祷，期待珀西瓦恩的神佑好运依旧。其他人，把你们的机枪和热熔武器都对准绿皮兽人。继续前进，把所有的主炮都对准铁皮巨人。"

个头较小的兽人步行者机甲进入射程后就开始开火了。粗制滥造的加特林加农炮向骑士们喷射出一连串的火焰。能量炮喷射出等离子体的球体，或者噼啪作响的电流，导致离子盾牌产生火花并崩溃。德拉科尼斯家族的骑士们摆脱暴击，继续开火。

加尔冈因爆炸而全身颤抖。它的内部被撕开了十几处，兽人从它燃烧的内部涌出，翻滚着死去。它肩上的炮塔爆炸了。一枚好运的炮弹击中了它的头部，在它的脸上炸出了一个大洞。达尼亚尔看见一个巨大的绿皮兽人怪物从火焰中冒了出来，头戴有犄角的头盔。这个兽人从加尔冈支离破碎的头骨里爬了出来，他在头骨里就像坦克指挥官在炮塔里一样。

马科斯说："陛下，伤亡人数正在增加。我们必须马上结束这一切。"

达尼亚尔低声咆哮道："这该死的东西就是死不了。豪侠骑士机甲，对付那些较轻的步行者机甲。别让它们靠近我们。"

在前方，豪侠骑士机甲与行动迟缓的高克金刚和莫卡金刚正面交锋。雷击拳套和死神链锯剑切开了金刚的外甲板和机械头部的炉子。而金刚用巨大的活塞爪进行了反击，撕裂了骑士机甲。

苏塞特说："陛下，我想我已经有答案了。我在加尔冈的核心部位，也就是它的加农炮的后膛后面，读取到了大量聚集的热信号。"

"是动力源吗？"他问道，挡住了一排火箭弹。

她说："动力源，再加上那门加农炮的炮弹和推进燃料。要是给它点火花……"

达尼亚尔说："那整个战争引擎就会爆炸。"加尔冈的加农炮又开火了，它从牙缝里发出嘶嘶声。这一次，它发射了一对由一条长长的链条连接的炮弹，大小有如坦克。炮弹像流星锤一样旋转着，击中了骑士胡根机甲的大腿部位。

链条卡住了，缠住了机甲的双腿，把它掀翻在地，机甲把几十个兽人压得粉身碎骨。

达尼亚尔说："不能再让它开炮了。侧翼的骑士们，瞄准加尔冈的头。看看你们是否能把卓戈从他的位置上打下来。我的部队，全部向那门加农炮开火。以天龙之名，重创那个可恶的东西。"

他冒着机甲脚踝受伤的危险，给推进器注入动力，同时来了个近距离点射。爆炸在加尔冈的肚子上形成了涟波。装甲钢板松动了，旋转着脱落下来。火花如雨点般落下，火焰喷涌而出。加尔冈的加农炮炮筒在炮火的重压下变形，部分炮管被撕裂了。

苏塞特凶狠地说："卓戈似乎不吃我们这一套。"

枪声响起时，兽人首领咆哮着，做着手势。加尔冈正转身离开火焰风暴，速度犹如冰川移动般缓慢，一边走一边拖着长长一溜火焰和残骸。

达尼亚尔说："追猎它，勿要手软。"

他侧身让过一架冲锋的步行者机甲，用链锯剑割过它的脖子，它的金属头颅滚落在地。在前面，另一架步行者机甲向他冲来，它的加农炮正在喷吐炮弹。他用热能加农炮轰击它，然后狂风般冲过它冒泡的残骸。

近距离观看，加尔冈摄人心魄，高高耸立在他的上方，周身环绕着火焰和烟雾。

"以帝皇之名，受死吧。"达尼亚尔说着，发射了热能加农炮。炮弹的爆炸在加尔冈加农炮的右边钻了一个洞。随后剧烈的爆炸让达尼亚尔的光学系统变得白茫茫，什么都看不清。这尊战争雕像的金属腹部在爆炸前膨胀起来，变得畸形，然后被炸开。残骸和弹片在空中胡乱飞舞。更多的爆炸撕裂了铁皮巨人上身的结构，它摇摇欲坠，颤抖不已。

达尼亚尔大喊道："往后退，所有的骑士机甲，撤退。"

达尼亚尔无视机甲腿部发出的呻吟抗议，尽快退去。在加尔冈内部发生了更多的爆炸，一次爆炸会引发另一次爆炸，爆炸的速度越来越快。他看着它的炮塔火光冲天，炮手们从逃生舱口中涌出，尖叫着逃离。在这尊战争雕像的肩上，卓戈被烧死在火柱中。

"顶住！"达尼亚尔喊道，锁住他的动力推进器，斜持离子盾牌。加尔冈抽搐了一下，开始东倒西歪，火焰从它体内呼啸而出，像火山喷发一样把它的脑袋给炸飞了。达尼亚尔的盾牌在火焰的冲刷下闪着蓝色的光。他的机甲在颤抖着，当大块的残骸从外壳上反弹出来时，机甲也随着撞击而抖动。他的鸟卜仪充满了静电，他的音频接收器也转为静音模式，以免损伤他的听力。加尔冈的头砰的一声落到地上，变成了一大块烧焦的废金属，离他只有十几米远。它的身体下垂，被掏空了，慢慢开始在烟雾中缩成一团。

在脑海中，达尼亚尔听到这个机械王座上的鬼魂在低声表示认可。

绿皮兽人的士气崩溃了。孤立的小部队继续战斗，但加尔冈的暴死在他们毫无防御的队伍中造成了严重破坏，对大多数异形来说，战斗似乎已经结束了。

当这些异形混乱中在瓦拉坦草原上四处狼狈逃窜时，达尼亚尔操控火焰之誓一瘸一拐地返回天龙尖塔。

他在通信器上通过公共频道说："胜利属于我们，德拉科尼斯家族的骑士们！今日，帝皇会对我们绽放笑容！"欢呼声传回到他耳中，幸存的骑士们升起了自动信号旗向他致敬。他疲惫地切换到了指挥频道。

他说："这比想象中要痛苦得多。"

马科斯说："兽人，总是更顽强、更有破坏力，陛下。但我们击溃了他们，伤亡数量尚可接受。卓戈和他的战团不会加入攻城战了。"

达尼亚尔说："没错。加拉斯，你的部队情况如何？"

加拉斯说："精力充沛，陛下。他们已倾尽全力，但那远远不够。"

达尼亚尔说："那么，我把最后一次追捕的荣誉授予你们。去追击卓戈手下剩余的兽人，杀了他们。我将出动我们的飞行器支援你们。"

加拉斯说："谢谢您，陛下。我们会惩罚这些肮脏的异形。"

达尼亚尔说："看出来了，你们的确会这么做。不过，不要越过第十四象限，加拉斯。戈尔格洛克即将到来，等他来了，我可不想看到你们被困在城墙外。我们今天损失的已经够多了。"

加拉斯发送了一个表示赞同的符文，他手下的骑士机甲已经在战火燃烧的平原上大步奔跑起来。

达尼亚尔说："苏塞特，给圣物维保士发信号。批准他们进行抢救和治疗活动。修理工作留待进了城墙再进行。他们有两个小时的时间，然后我想让他们回到城墙内。"

苏塞特说:"当然,陛下。"

达尼亚尔问:"请让他们优先考虑珀西瓦恩,好吗,夫人?"

苏塞特说:"我会的,陛下……"

达尼亚尔说:"他要么活着,要么死了。帝皇以前曾对他微笑过。如果他活着,很好,我们在未来的日子里会需要他;如果他死了,我们就要为他报仇。"

苏塞特说:"当然,我们在这里做了正确的事情。我知道我们失去了骑士机甲,但如果我们让这些兽人得以与戈尔格洛克的部队联手,或者放纵那个加尔冈到达外城墙,我们可能会损失更多。"

达尼亚尔说:"我希望你是对的。"

她坚定地说:"我是对的。而你,下令发动这次袭击,也是对的。不要再想你父亲是否也会这样做,继续做决定吧。"

达尼亚尔发出一阵无奈的笑声。

他说:"马上。啊,王后,我一如既往地欣赏你的智慧。"

她说:"理所应当。兽人来了,我们需要坚强,并做好准备。"

"我们会的。"达尼亚尔说道,很高兴地发现自己相信这一点。

第二幕

第八章

卢克看着阿德拉斯塔波尔的轨道面被兽人的飞船包围了。它们像成群的食人鱼一样包围着这个蓝绿相间的球体,向这个星球倾泻火力,在某些情况下,它们还会互相喷射火焰。较小的飞船在笨重的利维坦巨兽飞船周围不规则地飞行,它们身后拖着一道道油污和碎片的痕迹。

残骸飘浮着,在阿德拉斯塔波尔的大气层中燃烧起来,闪烁着樱桃红色的光芒,然后落到下面这颗饱受折磨的星球上。在更远的地方,在兽人粗制滥造的传感器的检测范围之外,悬浮着一艘帝国巡洋舰。舰身上的帝国海军纹章早已被抹去,取而代之的是可怕的、灰白的甲胄。它的名字叫坚不可摧号。

在飞船上,卢克惊恐而又入迷地盯着他母星的奇观,这些景象直接投射在他的视网膜上,细节令人极为痛苦。他强迫自己看下去。被织带牢牢固定在机械王座上,他感到英雄之剑在不安地隆隆作响。

"我们还不算太晚,"他说,他不确定他是在安慰自己,还是在安慰自己的机甲,"他们还在战斗。"

卢克看着一艘兽人巡洋舰在一团火焰中解体,舰身的下半部分被来自下方星球的激光束穿透。他的战友们,被固定在他们自己的机甲内部,这些机甲站在他机甲周围的磁约束装置中,观看着同样的实时更新画面。

拉纳尔夫·沃-盖斯在通信器中说道:"你的星球正濒临死亡。很快你就会和你的战友们一样,无家可归,名誉扫地。也许到那时你就不会再对我们颐指气使了,不是吗?"

女骑士埃克哈特里娜说:"注意你的言辞,沃-盖斯。不过他说的确实有道理,卢克。绿皮兽人可不会留情。"

卢克能看出真相。几朵蘑菇云像癌变的树一样从星球的主要大陆上升起,它们的阴影慢慢地散开。汹涌的火焰风暴已经席卷了其他地区,而大气很糟糕,充斥着撞击产生的碎片和狂乱的风暴。

卢克说:"他们需要我们的援助。先知的警告是真的。帝皇对我们寄予厚望,我们不会让他失望的。"

玛雅说:"你被骗了。我们在这里耽误工夫,而我们的猎物却在别处。"

卢克问道:"当泰伦虫族来袭的时候,你难道没有竭尽全力去拯救你的母星吗?"

她回答道:"我尽力了。"

他说:"那么,你肯定能理解为什么我现在必须帮助我的人民。"

她说:"不,我发的誓是要战斗,而你发的誓是要追捕,可你却没去追捕。"

杰马杜斯·赫斯说:"我们已经谈过了。事实上,已经谈过好几次了。以我们目前的实力,我们对真正的猎物无从下手。我们成功的机会可谓微乎其微。如果我们要打败那个女巫,需要卢克以前战友的帮助。"

玛雅说:"我们是需要帮助没有错,但我们不需要他们的帮助。这些骑士具备什么帝国其他盟友所没有的东西呢?"

卢克说:"仇恨。他们对艾丽西娅的仇恨仅次于我。其他人可能会产生动摇,或者臣服于她的意志。可他们不会。"

埃克哈特里娜说:"那在没人能帮助我们之前,我们最好赶到星球边上去,把他们高贵的屁股拖出火坑。谈论这个问题不会有任何结果。"

沃-盖斯说:"这一切都不会有任何结果。要救卢克以前的朋友,只会把我们都害死。"

卢克生气地说:"沃-盖斯,如果你再继续逼我,我就把你拖进拳击场,揍得你满脸开花。现在,你到底要不要跟我们一起行动?如果答案是否定的,你可以留在这艘该死的飞船上。"

沃-盖斯说:"我是个流亡者,仅此一点就够了。"

卢克切换了通信频道,然后说:"目前算是足够了。沙斯舰长,我们准备好了吗?"

舰长的声音传了回来。在通信器里,瓦尔哈兰的口音听起来十分明显。卢克几乎可以闻到他呼吸中维罗德酒的味道。

"是的,我们准备好了,可以开始空降了。圣物维保士正在享受最后的圣歌。他们的铁腿固定好了,装备好了。你的雇佣兵在运输艇里,安全带绑得结结实实的。"

卢克问道："我们的路线怎么样？是否畅通无阻？"

沙斯笑了，笑声让人联想到熊病得很厉害的样子。

他咯咯地笑着说："就像一次视察巡航，顺利的平稳之旅，你甚至注意不到那些兽人。"

卢克说："沙斯。"他的声音中充满了警告的意味。

沙斯说："泰洛克女士有条航线，你找不到比她精心谋划的航线更好的选择。我不知道你们的屏幕上是否看不清楚，但你的母星到处都是异形。我会把你空降到我能空降的地方，卢克。除此之外，它受帝皇之手的掌控。"沙斯发出一声喟叹，有喉音，卢克知道这声音伴随着大幅度的耸肩。

卢克说："舰长，让我们安全降落。之后你们自己也要活着出来。"

沙斯凶狠地回答："没有一个活着的异形能把坚不可摧号从天上打下来。不是我们担心他们，而是他们担心我们。"

卢克说："好极了，舰长。我命令你，开始进攻。"

"我们要像雪崩之怒一样狠狠打击他们。异形的肮脏势力不会有机会立足。全体人员，各就各位！卢克？"

"什么事，舰长？"

"告诉那些雇佣兵，我在他们的运输艇上给他们装了个小礼物，好吗？要是他们检查储物舱的话，会发现一些额外的甲板拖把。"

卢克开口问道："甲板？"

"因为他们在空降的过程中会吓得尿裤子！"

卢克失望地摇了摇头，切断了通信，沙斯的笑声戛然而止。

埃克哈特里娜说："那个人是个疯子。他会把我们都害死的。"

卢克说："实际上，我相信能让我们活着渡过难关的人寥寥无几，我想他可能就是其中之一。但尽管如此，向帝皇祈祷几句也无妨。"

舰长沙斯在皮制指挥座上坐得比较靠前，一只手紧握指挥座的扶手。另一只手是做工粗糙的仿生义肢，他抚摸着八字胡时，会发出嘶嘶声和咔嗒声。沙斯完好的左眼紧紧盯着舰桥上的全息屏幕，而在仿生右眼的显示屏上则源源不断地涌现实时数据更新。他穿着一件毛皮镶边的大衣，胸前挂满了沉甸甸的勋章。

在沙斯周围，舰桥上熙熙攘攘，船员们在各自的岗位上工作，或者沿着铁制起重机架匆匆前行，手里拿着卷轴，或者跪下来向机魂祈祷。军法官霍普特维尔在他们上方的通道上徘徊。瓦尔哈兰的胜利赞美诗回荡在舰桥上的通信扩音器中。

"好了！"沙斯吼道，他在阅兵场上的声音传遍了整个舰桥，"你们都知道我们在做什么；你们都知道我们的对手是谁；你们都知道，你们要效力于你们的帝皇、你们的飞船和你们的舰长，否则我们的好军法官会把你们杀了，弄脏我们的甲板，对吧？"

船员对他喊道："对，舰长。"沙斯露出一个大大的、充满渴望的笑容，从屁股兜里抽出酒瓶，喝了一大口。

他喊道："那么，奉帝皇之名，我们开始！引擎组，全速前进！舵盘组，遵循泰洛克女士的航线，你们不要为任何事情偏离轨道；枪炮组，打开所有甲板的防护罩，给光矛炮台输送能量；护盾组，准备迎接枪林弹雨！"

沙斯的手下迅速而又顺利地做出了反应，他感到一种温暖的满足，与维罗德酒无关。坚不可摧号启动了驱动器，像被掷出的矛一样向着星球跃去，沙斯看着主屏幕上显示的星球越变越大。

沙斯的大副克莱姆先生站着，双手紧握，背在身后。沙斯壮得像头熊，而克莱姆却瘦骨嶙峋，像老树根一样饱经风霜。

"兽人很快就会察觉我们的，舰长。"他说道，声音很急促。

沙斯回答："他们会的，但还不够快，嗯？"

克莱姆说："那就有希望。外面有很多巡洋舰，长官，更不用说巡弋在北极上空的那艘令人厌恶的无畏级战舰了。"

沙斯轻蔑地嗤了一声，一只厚实的手掌在空中挥了挥。克莱姆说："长官，您只用元音就能表达蔑视的能力令人印象深刻。"

"兽人很危险，"沙斯说，"也很疯狂。但是他们毫无纪律可言。除非近在眼前，否则他们不会注意任何东西。这就是为什么我们要从后面进来。泰洛克女士的航线挺不错的。在他们知道我们在那里之前，我们不会开火，然后我们掠过大气层，把你们空降下去，在绿皮兽人知道发生了什么之前利用行星的重力弹射离开。愿帝皇向我们微笑，这在几分钟内就会结束。"

克莱姆先生重复道："那就有希望，长官。"

现在，这艘飞船在震动，那稳定的隆隆声表明它已经达到战斗速度。沙斯的仪器上闪烁着符文，表明舵柄、引擎、护盾和炮甲板均已准备就绪。在飞船的内部，一队队汗流浃背的工人正沿着装载轨道拖着巨大的炮弹，准备把它们塞进船上巨大的加农炮的炮膛里。武装人员将拿着准备好的霰弹枪沿着走廊慢跑，部署在关键路口，以防敌人登舰。

他说："好吧，我们开始吧。"

从鸟卜仪上传来了马尔森先生的声音："长官，异形已经发现了我们。几艘有撞角的军舰和护卫舰级别的军舰正在启动机动推进器，意图截击。"

沙斯说："已经注意到了，马尔森先生。射击组，暂时不要动。船舵组，我们的航线如何？"

沙斯手下的头号舵手弗伦特先生的声音传了过来："我向宇宙航行学致敬，是最佳航线。两分钟后接触大气层，最佳角度切入，宇宙垃圾碰撞的影响最小。"

一名舰桥的科技贤者报告道："正在打开护盾。到目前为止，遇到的轨道碎片危险已被消除，舰长。在万机之神的护佑下，我认为我们的航线上没有重大障碍。"

马尔森先生喊道："敌人开火了。更多的飞船觉醒了，舰长。其中有好几艘巡洋舰。"

沙斯命令道："准备好抵御撞击。射击组，给他们来个达斯瓦诺夫式的敬礼！"

炮弹击中了他们的护盾，整个甲板都在颤动，坚不可摧号的加农炮呼啸着进行了回击。在全息屏幕上，他注视着光矛光束和巨型加农炮弹向外发射，将小型绿皮兽人飞船炸成了尘埃。

"赞美射击组。工作很出色！"

克莱姆先生在飞船的震动中站稳脚跟，对着一块辅助屏幕点了点头。

"鱼雷快艇转向左舷，长官。"

"我看见了。"沙斯说着，又拿起酒瓶偷喝了一小口，"射击组，他们认为这是一艘鱼雷快艇。让他们知道这真正意味着什么。散射，拦截向量，但要注意重力井。"

一个表示同意的符文在他的仪器上闪起了光，不一会儿，一连串方格状的鱼雷带着火焰流飞驰而去。沙斯看着那艘船头甲板很厚的兽人战舰，试图齐射鱼雷以还击。

他恶狠狠地说："你们离开得太晚了，害虫。"

兽人的鱼雷冒着一缕缕肮脏的烟从鱼雷发射管里射出，沙斯战舰发射的鱼雷猛然撞上了兽人的鱼雷，并穿过了后面的舱室。火焰照亮了虚空，一次又一次的撞击使兽人的飞船颤抖不已。当那艘巡洋舰船身倾斜并朝着阿德拉斯塔波尔的大气层坠落时，欢呼声充满了舰桥。

"给那个炮手来一瓶维罗德酒！"沙斯喊道，拍着指挥座的扶手。

鸟卜仪在通信器中通报："来了更多的敌舰，舰长。它们现在真的觉醒了，长官。事情麻烦了。"

"即将开始掠过大气层，十、九、八……"随着船舵组的倒数，沙斯紧紧抓住指挥座的扶手。

克莱姆先生问道："请允许我抓紧不放手,长官？"沙斯哼了一声作为回答，大副紧紧抓住舰长指挥座的后面。

他们猛地冲进了大气层，有那么一阵子，克莱姆的双脚离开了甲板，然后又哐当一声落了下去。舰体的震颤加剧。

机械贤者恰克·里尔报告说："我们的护盾正在遭受猛烈的攻击。运行效率下降到了百分之五十三，而且还在继续下降。"

彼得罗诺夫女士报告了损害控制方面的情况："十七号到二十一号船舱起火了。船尾下部炮甲板的军火库爆炸了，已被废弃到太空中去了，但防爆护盾还在。鸟卜仪九号阵列被击中，显示已无法使用。"

沙斯用低沉的声音说："保持航向。稳住，我优秀的虚空航行者们，稳住！帝皇在注视着我们，我们的好朋友霍普特维尔也在注视着我们！"

射击组的杰萨伯先生汇报说："正在阻止敌人攻击，舰长。"

弗伦特先生叫道："三十秒后投放坐标。"

机械贤者恰克·里尔警告说："第二个船尾护盾崩溃了。"

彼得罗诺夫女士吼道："鱼雷击中了那个区域。船尾三号炮甲板损坏。舰尾生命维持系统受损。右舷救生舱受损。亚空间核反应堆堆芯现在有危险，舰长。"

沙斯狠狠诅咒起来。

"机械贤者，把我该死的护盾恢复原状！船舵组，开始空降。"

"十五秒倒计时——"

舰长沙斯吼道："我会数数，弗伦特！照我说的做，然后带我们安全离开这里！"

"开始空降。"弗伦特先生说道，他的声音绷得紧紧的。在他的屏幕上，沙斯看着一堆飞船脱离他飞船的停机坪飞驰而去，急速坠落，划出了火红的轨迹。在它们中间有一座空中防御工事，装备了可怕的装甲和炮塔，上面配有重力降落伞、制动火箭的推进器和陶钢镀层的防热护盾。

那是卢克的空降舱，流亡者们就是乘着它奔赴战场的。

"打得好，灰烬骑士。"沙斯说着，举起酒瓶向卢克致敬，"现在带我们离开这里，你们这帮喜欢调戏兽人的家伙，否则我以王座起誓，我会亲手砸碎你们的脑袋！"

在空降舱上，卢克感到胸中升起加速的快感，与肾上腺素刺激神经带来的激动混在了一起。在轰隆轰隆地穿越大气层的过程中，空降舱摇晃着、颤抖着。

他的王座上传来一个满含酸楚的声音："回到你出生的星球去吧，流亡者。"另一个声音补充道："誓言尚未兑现，依然名誉扫地。你觉得他们会怎么招待你？"

卢克把他们的话从脑海中抹去，甩掉那些永远不属于他的回忆。

他一边检查着仪器，一边说："空降仪式已成功完成。圣物维保士多尔瓦、上校格斯蒙德，报告。"

"我是多尔瓦，大人。"传来一个低沉的声音，说话时夹杂着二进制音，"确认安全降落，应该赞美万机之神。我们的飞行机仆报告说，进入大气层的角度很合适。"

那个维萨林上校粗哑的声音传了过来："我是格斯蒙德，所有空降飞船都离开了，并遵守返航协议。但那个瓦尔哈兰的醉鬼过早地丢下了我们。我们偏离了航线好几百千米。"

卢克说："我看到了，上校。考虑到坚不可摧号所承受的火力强度，我认为他的决定是合理的。"

"是，大人。"格斯蒙德说道，听起来语气充满了怀疑。

卢克说："让你们的手下准备好，先生们。除非发生意外，不然再过三分钟，我们就会降落在危险的敌方领地。我们担不起犯错的代价。"

多尔瓦和格斯蒙德齐声表示同意，然后卢克切换了频道。

他愤怒地说："帝皇啊，那个该死的疯子，他把我们丢下就走了，错误地空投到了阿德拉波汀斯山的另一边。我们还算幸运，没有降落在该死的海洋里。"

埃克哈特里娜说："不过，你没得说错，他确实应该让我们到达安全的地方。"

卢克说："如果我们能再见到他，我会感谢他的。"

杰马杜斯说："我已经算出了我们着陆的精确坐标，现在向外传输。"

卢克研究了这些数据，将数据转到他的战略分布图上。

卢克说："那是佩加森家族的领地，透明高地。"

玛雅说："在我们空降的地点附近似乎有一座建筑。"

卢克说："这是一个边境要塞。如果有驻军，可能会很有用。即使它被占领了，它的远程通信器也有可能仍在运行。我们可以连入当前的指挥频道，与天龙尖塔取得联系。"

拉纳尔夫问道："如果我们在佩加森家族的领地着陆，跟他们的统治者谈一谈不是会更有效率吗？"

卢克说："不，达尼亚尔会协调防御。我要跟他谈一谈。"

沃－盖斯不置可否地哼了一声作为回答，卢克没有理会。

埃克哈特里娜说："我在那座建筑物周围读取到了分散的信号。我们离得太远，无法判断信号的来源，但这些分散的信号看起来不像是帝国的。太无序了。"

卢克点了点头。

他在通信器中说："所有飞船，空降到你的战略分布图上要塞再往北五千米的地方；圣物维保士，在我们的炮塔覆盖范围内着陆并部署铁腿。上校，派两艘你们的飞船到我们旁边，另派一艘飞在前面。部署部队并侦察这座建筑。"

上校格斯蒙德说："明白，大人。我会派波克欣手下的小伙子们去。"

卢克说："流亡者们，一旦吊闸升起，就要做好足够的准备。在我们离开电枢的阴影之前，不要让我们的机甲被绊住脚。"

埃克哈特里娜说："我们准备好了，卢克。只需确保你自己准备好即可。"

空降舱像铁锤击打铁砧一样撞到了基岩上。自动号角呜呜吹响，吊闸哗啦哗啦地向上升起，一层又一层的隔热罩在吊闸前滑向了一边。

阿德拉斯塔波尔清晨暗淡的日光洒了进来，当机甲的全身覆满日光时，一股怀旧之情涌上了卢克的心头。

他用意念操控着英雄之剑前进，驾驭着骑士机甲大步走出了空降舱，在经历漫长的岁月后第一次重新踏上了阿德拉斯塔波尔的土地。有那么一会儿，他觉得头晕目眩，他在与一种想法做斗争：时间一点也没有过去，他的整个流放过程只不过是一场奇怪的梦。其他流亡者跟在他后面，像一群半神战士一样从他们的要塞里走了出来。他们响亮的脚步声把卢克带回了现实。

他们着陆的地方是一片寒冷干燥的冻原。放眼望去，除了植被摇曳的草地和露出地面的岩石，几乎看不到其他东西。卢克知道，如果向北边走得够远，就会看到这片冻原向大海倾斜。在他们的南面和东面，阿德拉波汀斯山脉呈朦胧的灰蓝色线条上升。走近一看，黑色的烟柱懒洋洋地盘旋着升向了天空。

拉纳尔夫·沃-盖斯评论道："没什么可看的，也没什么可杀的。"

"耐心点，沃-盖斯。"杰马杜斯说道，他高大的骑士机甲大步穿过草原，"我在边境要塞附近读取到了异形的机械信号，你很快就会被杀掉。"

"这个地区可能看起来不怎么危险，但行走时要小心脚下。"卢克说，看着圣物维保士和雇佣兵乘坐的运输飞船降落下来，"高地横跨高原，绵延数百千米，到处都是裂缝和洞穴系统，大部分地区还处于原生态。粗心大意的人会遇到很多危险，如果机甲的驾驶员很鲁莽，那就会踩进许多洞里，扭伤机甲的脚踝。"

运输飞船降落了，当他们放下沉重的液压起落架时，火焰在下方舔舐着飞船。

舷梯猛然放下，卢克这支非常规军队其余的人出现了。

他们的圣物维保士乘坐着重型机械步行者，颇似昔日霍克施罗德家族的风格。它们有点像星界军使用的哨兵机甲，但体形更大，由四个有关节的活塞臂支撑，而不是两个。这些重型机械步行者被亲切地称为"铁腿"，头重脚轻，带有伺服臂、万能工具、弹药库、弹药料斗，以及机器之神的技师们使用的无法破译的技术奥秘。它们随身携带重型武器进行自卫，每辆都由一名圣物维保士和几名辅助型机仆驾驶。

另外，再说说那些雇佣兵。他们是卢克在塔诺斯基地雇佣的维萨林人。他们身穿深蓝色的铠甲，戴着有顶饰的头盔。上校格斯蒙德率领几个排的重装步兵，全都配备了牛头战车，使他们能够跟上付给他们军饷的骑士的步伐。他们配备了多种便携式重型武器，并由一个中队规模的毒犬化学坦克提供支援，他们曾多次向流亡者证明他们的价值。

卢克在通信器上说："列队，兽人随时可能会袭击我们。我们需要迅速行动。"

埃克哈特里娜通过私人频道说道："卢克，歇歇气。照顾好你自己。要是你仓促行事，犯下错误，那就一点儿忙都帮不上了。"

卢克说："我知道，女士。我只是……很久没到这里来了。有很多事情要考虑。我得和达尼亚尔谈谈，确保我的老战友们还活着。"

她问道："弄清楚他们是否真的欢迎你归来？"

他说："那也是目的之一。"

格斯蒙德在他的指挥牛头车上用通信器说道："侦察兵已经降落并部署好了。他们在能看见边境要塞的视线范围内找到了一处峡谷，并报告有零散兽人。陛下，没有保皇派部队的迹象，要塞已经被兽人占领了。"

卢克说："那么，让我们向帝皇祈祷，希望至少它的通信阵列完好无损。等我们到了，让你的侦察兵袭击那些绿皮兽人。所有部队，全速前进。"

卢克和流亡者们率领军队前进。有维萨林人在后面随军支援，他们没有隐匿自己的行踪。要塞进入他们的视野时，卢克看到这座高耸的建筑已经部分被大火烧毁，部分城墙已经倒塌，到处都涂抹着兽人的魔幻图腾。这些粗鲁的生物已经开始用破烂的旗帜和尖刺来装饰建筑，尖刺上挂满了佩加森民兵的尸体。正门前躺着一架被干掉的机甲，卢克厌恶地看到绿皮兽人像蛆虫一样聚集在它的尸体上，用撬杆和巨大的扳手把它大卸八块。

当骑士机甲大步进入视野时，兽人群起咆哮，但流亡者的一轮齐射消灭了一大片兽人，也逼得许多其他的兽人逃进了草原。维萨林人竭尽全力，确保那些兽人逃不远。

从要塞内部响起兽人的矮人直升机的轰鸣声，狂躁的飞行员驾驶直升机俯冲向机甲，火箭从直升机的发射装置中喷涌而出。离子盾牌闪起了光芒，流亡者的枪炮怒吼着做出回应，将兽人的飞行器从空中击落。

当最后一架矮人直升机坠毁时，剩下的绿皮兽人夹着尾巴掉头逃跑了。

"他们没多少战斗力了。"拉纳尔夫一边说着，一边向着四处逃窜的兽人开枪扫射。

"永远不要因狩猎的轻松而快快不乐，"玛雅说着，她机甲的脚踩在一架坠毁的直升机上，"他们留下的可以杀的敌人不多。"

沃－盖斯哼了一声，他显然对这种事情不感兴趣。卢克没有理会他们，操控着机甲大步走向破碎的要塞大门。

卢克说："使命无边、空虚和怒火难逃，你们跟上校格斯蒙德一起建立一道防线。深红色死神和我将带人扫荡这整片废墟。格斯蒙德，我们需要你手下最优秀的两支小队来支援我们。"

他的仪器上闪烁着表示同意的符文。卢克关闭机甲的动力，解开与神经插孔的耦合，然后抓起武器，下了机甲。他在机甲投下的阴影里遇见了赫斯。这位前克拉斯特家族的骑士比卢克矮，被抛光的镀铬装饰物和从他身体伸出的多束纤维线使他显得矮胖。他穿着涂有红色橡胶的紧身防护服，披着蒙头斗篷，拿着一把经过改装的爆矢枪，尽管他有一副机械教修会的做派，他的脸却出人意料地像人类。他朝那个要塞瞥了一眼。

"下机甲，"他咧嘴笑着，仿生义眼的瞳孔里散发着活力，"这与我的旧数据规则运行的每一个策略子程序都相矛盾。"

卢克哼了一声。

他问道："你很高兴，是不是？"作为回应，赫斯咧嘴笑得更开了。

两辆牛头车隆隆有声地开了过来，提供支援的维萨林人从车里走了出来，他们的靴子踏地，发出雷鸣般的轰鸣声，护身防弹衣也铿锵作响。他们拿着无托设计的激光枪，准备就绪。同时，他们中的几个人还抱着咝咝作响的火焰喷射器，这是清理建筑物的理想选择。他们的军士走上前来行礼。卢克认识这两个人，他们是昂多和德万萨。

中士昂多说："报告，请求允许带领扫荡部队进入，各位大人。"

卢克点了点头。"去吧，中士。德万萨，你的人殿后。我们待在一起，向位于要塞顶部的操作密室前进。那里就是通信阵列所在地。"

昂多点了点头，向他的手下示意。那些维萨林人散开了，举起枪，准备向最近的城墙缺口前进。骑士团排在后面，中士德万萨的手下紧随其后。

他们爬过带缺口的碎石，绕过被埋在残骸中的那些民兵和绿皮兽人的尸体。

赫斯说："这些尸体的死亡时间已经有三天零五个小时了。视觉占卜显示这里有过一场短暂但激烈的交火。城墙先是遭到了猛烈的炮击，然后又被战斗步行者机甲强行攻破。它们现在都不在这儿。"

卢克喃喃自语道："但愿如此。不过我想，如果它们在这儿的话，我们现在应该已经看到了。"

在要塞的集装箱编号场里还躺着数十具尸体。一架兽人步行者机甲的残骸躺在他们中间，民兵的残肢断臂散落在它周围。

赫斯说："一架无畏机甲。小心，中士昂多。我读取到了微弱的生命迹象。"

听到警告后，昂多僵住了。他向手下发出信号，让他们分散包围倒下的机甲。

那架无畏机甲瘫倒在一边，它的双腿已经成了一坨乱糟糟的金属，两条长长的液压悬臂在那坨金属下面拧成了麻花。

当维萨林人靠近时，卢克听到那架无畏机甲的里传出一声低沉的咆哮。机甲的一只胳膊无力地抽动着，试图张开那把巨大的工业剪刀，活塞喘着粗气，引擎呼呼作响。维萨林人逐渐后退，举起了枪，但那架无畏机甲没有进一步移动的迹象。

卢克在那架机甲前踱来踱去，俯下身子，透过生锈的观察孔盯着里面。红色的眼睛盯着他，因仇恨和痛苦而灼灼发亮。他几乎辨认不出那架无畏机甲的驾驶员，只影影绰绰地看到一团肉，仍然连在已经成为其坟墓的机甲上。那个兽人用嘶哑的声音说话，粗鲁的声音听起来就像拳头在击打肉体。

卢克说："我不知道他在说什么。但我敢肯定，他不高兴看到我们。肮脏的异形，闻起来就像活活烂在里面了一样。"

赫斯说："随他去吧。它显然没有威胁性，也没有显示出有远程通信能力，向盟友警示我们的存在。"

卢克说："这个不洁之物绝不会再污染我的家园了，哪怕是一分钟都不行。

对这些异形决不留情。你明白吗?"

卢克冲一个维萨林人招了招手,从他手中接过火焰喷射器,把它的喷嘴对准无畏机甲的观察孔。在机甲里面,那个身形巨大的异形乱扑乱撞,咆哮着。他的机甲的手臂又动了动,剪刀发出咔嗒声,张开了一半。

卢克扣动了扳机,火焰从他借来的那把武器中喷涌而出,充斥那架无畏机甲的内部。肉体在燃烧,脂肪在火焰的烘烤下噼啪作响。那个兽人最后发出一声痛苦的吼叫,然后就没了动静。

卢克将那把武器交还给了它的主人,然后转身向要塞的中心塔楼走去。他拔出链锯剑,加快剑锋的转速。

他说:"来吧,我们进去。"

在要塞里,他们没再发现活着的绿皮兽人,只看到了尸体和残骸。

当他们爬上另一组亚光钢板楼梯时,赫斯说:"为保卫这个设施,他们打了一场漂亮仗。"他们正接近操作密室。地毯上到处都是被屠杀的尸体,这些尸体和佩加森家族倒下的旗帜纠缠在一起,他们小心翼翼地穿行于其中。

卢克说:"这儿的民兵做得很好,女侯爵会引以为豪的。"

维萨林人的中士昂多绕过楼梯的最后一个转弯,然后停了下来,举起了枪。他说:"各位大人,操作密室就在前面。那些门都凹进去了。有火灾损坏的痕迹,但没有动静。"

卢克说:"如果你要跟万机之神说句好话,杰马杜斯,现在正是时候。中士,前进并确认那个密室是否安全。"

昂多的声音从通信器传出,告知警报解除,他们随后进了屋。这个密室很大,从它的拱形窗户和玻璃圆顶的天花板可以看出,它曾经通风良好,宏伟壮丽。现在,密室的大部分被烧得焦黑,装饰和家具都被毁了,玻璃被烟灰弄得脏兮兮的。维萨林人打开了挂在他们枪下的探照灯,灯光刺破了黑暗,露出了成堆的尸体和被毁坏的机械。

骑士赫斯说:"在那儿,在那些倒下的绿皮兽人下面。通信阵列就在那儿。"

他们小心翼翼地穿过房间,走向那堆被熏黑的机械和尸体。当维萨林人把异形的尸体抬到一边时,卢克看到了符文在一层烟灰下隐约闪烁。

"是的,那儿有动力。"赫斯说着,挥动爆矢枪,对着阵列俯下身去。他挥开一团令人窒息的烟灰，露出一个控制台，虽然破旧，但还能用。赫斯咕哝着祝祷词，从紧身防护服的缝隙中展开几个机械树突，开始工作。

卢克环视被炸毁的房间和堆积如山的尸体，觉得他对兽人的仇恨在燃烧。他会让他们为阿德拉斯塔波尔人所流的每一滴血付出代价。

骑士赫斯从阵列中退了出来。"我已经尽我所能重新神圣化了这台机器，使它那困惑的机魂平静下来，并查询了它内部的沉思者。我已经获取了阿德拉斯塔波尔主要的指挥频道供你使用，卢克。"

"谢谢你。"卢克说着拿起了通信员的头戴式受话器，把耳机放在自己的耳朵上，话筒置于自己的嘴边。他操纵着阵列的控件，并选择了与天龙尖塔的优先通信频道。他感到口干舌燥。

他开始说道："请注意，天龙尖塔大战略参谋部的通信阵列，我是灰烬骑士。我已经带一支军队空降在阿德拉斯塔波尔，并寻求与至尊王达尼亚尔·谭·德拉科尼斯进行即时通信交流。重复……"

经过二十分钟的反复询问，他才和一个激动不安的通信技师取得了联系，又花了十分钟，才让他相信卢克与其自述的身份相符。

卢克被告知，一场重大的军事行动正在进行中，任何随便占据这个频道通信空档的人都将被处以死刑。但卢克一再坚持，说实在的，他对没受到更不友好的对待而感到惊讶。

最后，经过将近一个小时，谈判变得越来越令人沮丧，充满静电干扰，一名送信人被派去请至尊王。

卢克坐在通信员的指挥座上，向后靠在座位上，摆弄手枪的手柄。那些维萨林人以警戒的姿势蹲着，和他刚进房间时一样有效率。骑士赫斯已经走到了房间的另一头，仔细检查着受损的系统，尽他所能地安抚并修复它们。

突然，一个声音在卢克的耳边响起。

"卢克？"

有那么一会儿，他确定那是至尊王托尔温还魂了。真荒谬啊，他想到，那个人早就死了。

那个声音再次传来："卢克，是你吗？"

达尼亚尔的声音听起来更成熟、更强硬，也更自信。尽管如此，卢克还是意识到这声音中带着犹豫。卢克自己也有类似的犹豫。

"至尊王达尼亚尔,"他清了清嗓子说,"听到您的声音真是……太好了,陛下。"

达尼亚尔说:"卢克!王座,我也很高兴听到你的声音,兄弟。你的回归让人出乎意料。"

卢克说:"这并非巧合,我收到警告,说阿德拉斯塔波尔濒临灭亡。我是来帮忙的。"

达尼亚尔问:"警告?有人知道这场入侵的到来吗?"

卢克说:"没有什么特别的。这只是个关于危险的预言,并不确切。"

达尼亚尔沉默了片刻。卢克感到一阵沮丧,这并非他想象中他们重逢的方式。

达尼亚尔说:"你的誓言,它是?"

卢克说:"艾丽西娅还活着,但我终于知道她的下落了。有了你的帮助,我就可以打倒她。"

"我明白了……"他说,接着是一阵令人紧张的停顿,"那是……那就以后再说吧。"背景中嘶嘶作响的静电干扰声插入了他们尴尬的沉默中。

卢克再次说道:"我是来帮忙的,一群骑士与我同在。一支由自由之刃和雇佣兵战士组成的先锋部队。雇佣军有一百多名士兵,配备了战斗车辆。"

达尼亚尔说:"我们欢迎每一位战士。我们伤亡惨重。天龙尖塔陷入重围。"

卢克问道:"珍呢?马科斯呢?还有别的人,他们?"

达尼亚尔说:"活着,不过珀西瓦恩受了重伤。圣物维保士们正在尽力救他。而珍妮卡……嗯,这很复杂,但据我所知,她还活着。"

卢克问:"更多的事晚点再聊吧?"

达尼亚尔说:"我很高兴你回来了,虽然有点疑惑。我还在协调整个星球范围内的战争,以对抗极其野蛮、数量众多的敌人。我们现在没有那么多时间来讨论这些事情。"

"我明白。"卢克说,他惊讶地注意到,上次他们谈话时,他的朋友还没有那么气势逼人,"事情并没有像我们想的那样发展,但我现在在这里,身边有战士,随时准备提供帮助。你需要我们做什么呢?"

达尼亚尔说:"你是个知名人士。那些贵族家族认可你的身份。他们知道我们是朋友，无论好坏，在你以前的家族覆灭之后，我们的友谊依然长存。"

卢克说："他们中的许多人无疑都看不起我。可是你说得对。那又如何？"

达尼亚尔说："对现在盘踞在天龙尖塔周围的兽人部落来说，你率领的部队只不过是杯水车薪罢了。七万绿皮兽人从北方聚集，占领了诺斯里斯炮台，然后包围了城墙。现在我们收到消息，其他较小的战团很快会增援他们。兽人在瓦拉坦草原上部署有武器，没人知道是什么。他们已经攻击虚空护盾连续两天了，几乎没有停止的迹象。到这里来就是送死，卢克。"

卢克说："为了帮助你，达，我们大老远过来，跨越了银河系，偏离了我们的追捕路线。无论有多少艰难险阻，我都不会避开。"

达尼亚尔说："我为此感谢你，卢克，但还有更好的办法。绿皮兽人的首领来了，就在城墙外。就我们所见，他已将诺斯里斯炮台当作了他个人的指挥所。马科斯说，如果我们杀了戈尔格洛克就能让兽人陷入彻底的混乱。一半兽人会逃跑，另一半兽人会陷入内讧，我们将有机会让这场战争重回对我们有利的态势。"

卢克说："但要做到这一点，你需要一支救援部队。"

达尼亚尔说："一支强大的救援部队，佩加森家族和米诺托斯家族的骑士们必须出征来帮助我们。他们必须像铁锤击打铁砧一样，把戈尔格洛克的部落撵向城墙，从而前后夹击，击溃他们。我需要你去——"

耳边传来静电干扰的尖叫声，卢克缩了缩身子。达尼亚尔的话湮没在一阵干扰声中，通信控件再怎么努力也无法突破静电干扰。他咒骂着，扯掉头戴式耳机，丢了下去。

赫斯投来询问的目光。"断了。"卢克回应。

那位前克拉斯特家族的骑士问道："大气干扰吗？"但卢克摇了摇头。

他说："干扰太强了，太突然了。"

赫斯问道："那是什么原因呢？"

卢克说："我不知道。我们必须期望，帮助他们还为时不晚。"

第九章

　　珍妮卡拔出天龙宝剑，沿着喀迈尔堡下方一条黑暗的隧道前行。她脚下的石板凹凸不平。马萨塔扈从的探照灯射出的灯光摇来晃去，那是他们唯一的照明。他们的靴子与石板摩擦的声音在她耳边回响着。

　　有些地方的天花板裂开了，潮湿的泥土撒到了地板上。有一次，他们被迫爬过一大堆瓦砾，匍匐在地上从缝隙中爬了出来。感谢帝皇，还好没有更多的坍塌之处。其余的时间，他们被迫在到处滴水的黑暗中排成单列前进。

　　"扈从们，"马萨塔说，他低沉的声音在珍妮卡的珠状通信器中噼啪作响，"确认状态。"

　　从殿后的中士卡斯顿开始，他们按队列向前一个接一个地低声确认。珍妮卡排在队伍中间，在审讯牧师奈什后面。在轮到她时她做出了回应。德布科哼了一声，而拜死教刺客莎内玛和谢玛拉则反馈了非语言的符文。

　　马萨塔说："鸟卜仪读取的数据显示前面的空间会更广阔，仍然没有生命迹象，但这并不意味着什么。你们是献身于异端审判庭的人，要保持警惕。"

　　莫滕斯在珍妮卡身后咕哝道："感觉我们好像已经被困在下面这个地方好几天了。哪怕空间宽敞点也令人愉快。"

　　珍妮卡说："我们待在这儿的时间还不到三个小时，我相信你会没事的。"

　　机械术士嘟哝道："这对你来说没问题。我想，你一直坐在机甲里面，已经习惯了狭窄的空间。"

　　她说："不，那感觉完全不同。火之蔑视感觉很安全，你可以看到方圆数千米内的一切。在这里却感觉……被困住了，被埋葬了。不知怎么的，感觉有恶意，好像被什么东西注视着似的。"

　　奈什扭头说："是有人在注视，是帝皇在注视。好了，现在别说话了，照主人的吩咐保持警惕。"

　　珍妮卡憋住了要出口的话，跟着奈什走到一道门楣下面，那上面刻着奇迈罗斯家族的家徽，已经褪了色。

他们走进一个宽敞的房间，里面的柱子很矮，房间的天花板上曾经镶嵌有一幅错综复杂、令人不安的马赛克画，上面有缠绕在一起的蛇、野兽和人。珍妮卡皱起了眉头。

房间的地板上摆满了石制的长凳，一大块天花板断裂掉下来，砸在了长凳上，有几排石凳被压成了碎石。密室的另一端依然完好无损，保持原样。

那里矗立着一个精心堆砌的石制祭坛，祭坛后面有两个黑洞洞的门道通向前方。

奈什说："一个亵渎神明的神殿。"他的怒容逐渐加深。文奎斯特，那个星语者，倚着手杖，把手放在了太阳穴上。

他说："这里有回声，来自痛苦、黑暗崇拜、堕落。"

马萨塔问道："是在最近吗？"

文奎斯特说："年代久远。那是数十年的堕落行为。"

马萨塔瞥了一眼珍妮卡。她意识到她的表情一定是流露出了恐惧。

她说："我们并不知道。我们和他们并肩战斗，共享筵席。我们把他们当朋友。"

马萨塔深深地皱起了眉头，说道："我相信你。然而，它仍在继续。异教徒把他们的邪恶隐藏得如此之深，其他人怎么可能会知道呢？"

珍妮卡说："这是一个古老的星球，审判官。自从骑士授封礼以来，如果说我学会了一件事的话，那就是阿德拉斯塔波尔向我们隐瞒了许多秘密。并非所有的秘密都令人愉悦。"

中士卡斯顿说："有些秘密是致命的。有东西杀死了林中空地上的那些人。有东西留下了这个。"

那个卡斯尔金绕过了房间中的一根柱子，用她的枪指着柱子底部的一堆骨头和破布。珍妮卡走过去站在她旁边。水晶般的沉积物在探照灯下闪闪发光。

她说："那些是民兵制服。"

卡斯顿说："看起来像。驻军里还有你的人吗？"

"不。"珍妮卡说，一个可怕的念头突然袭来，她的脸色变得苍白。

"这些是年代更久远的制服标记。那是升天前德拉科尼斯家族的家徽。总有人在喀迈尔堡附近失踪，但失踪被归咎于沃尔夫登基恩兽群。它们通常不算危险，但众所周知，它们数量众多，有时还会拐走独行的农奴和民兵。"

"好吧，这不是投机取巧的捕食者的杰作。"林蒂吉斯一边说，一边调整着他的护目镜，"看看这些骨头被破坏的痕迹。"

卡斯顿说："那是咬痕，莫滕斯。这几乎证实了关于沃尔夫登基恩的推测。"

那位机械术士说："他们是人类。这些人骨被人为破坏过。"

"保持警惕。"马萨塔重复了一遍，然后瞥了一眼文奎斯特。他的眼神短暂而微妙，星语者的回应是摇了摇头，同样短暂而微妙，但这两个瞬间都被珍妮卡捕捉到了。

马萨塔说："这儿什么也没有。不管还剩下什么腐败，它都在这个地下世界的深处。我们继续前进。"

珍妮卡在扈从队列中就位，准备好剑和手枪，紧跟在奈什后面。但是，当他们陷入更深的黑暗时，审判官和他的星语者进行交流的那一幕在她的脑海中挥之不去。

这群人穿过了迷宫一般的地下通道。他们沿着螺旋形的斜坡前进，经过洞穴和牢房。他们走过满是灰尘的通道，古老的骑士雕像矗立着，旁边有带有奇怪纹饰的旗帜。他们穿过黑暗的门廊。那里黑到让珍妮卡浑身起鸡皮疙瘩，觉得随时都可能有人从黑暗中伸出手来一把抓住她。此时，她比以往任何时候都更想念舒适坚固的机甲驾驶舱。

他们行走的时候，莫滕斯低声说道："这些通道比上面的废墟要古老得多。"

珍妮卡说："我本可以告诉你，这下面的纹章太古老了，我都认不出来了。不管这是什么，早在奇迈罗斯家族在上方修建城堡主楼之前，它肯定就已经在这里了。"

莫滕斯说："这么长时间以来，这一切都是秘密。这在奇迈罗斯家族中，不可能是众人皆知的事。有人会谈论，或者有奴仆会看见。假设这个女巫知道这件事。我推测，她在奇迈罗斯家族的骑士或仆人中有个内部圈子，她引导并展示了通往下面通道的路线。"

珍妮卡说："只是猜想罢了。"

莫滕斯回答："经过深思熟虑再猜想是我的专长。基于数百个微小的决定性因素和神谕的概率进行猜想，这就是马萨塔留住我的原因。我很少说错的，谭·德拉科尼斯女士。"

珍妮卡说:"那么,我道歉。也许它蛰伏于此长达数个世纪了,却不为人知。也许是艾丽西娅找到了它。"

奈什说:"前面有东西,读数很奇怪,举起武器。"

珍妮卡缓慢前行,准备一有风吹草动就点燃她的剑。他们的脚步扬起阵阵尘土,在探照灯射出的光束中翩翩起舞。她看见前面有蓝色的水晶在闪闪发光,当眼前的景象渐渐消失时,她皱起了眉头。宽阔的走廊突然中断,被数百吨倒塌的碎石压垮了。一个鸟类雕像从落石堆中突了出来,一只爪子举了起来,好像在乞求。

珍妮卡走近一步,用她的灯照着那只扭曲的爪子,但卡斯顿突然伸出手来,一把抓住了她的胳膊。

她说:"最好不要,殿下。如果有恶魔崇拜者的话,危险会潜伏在奇怪的地方。"珍妮卡又看了看那些石头爪子,瞅了瞅它们锋利的黑玛瑙爪尖,想象着它们像卡斯顿那样抓住她。这个想法令人不安,她赶紧移开了视线。

马萨塔站在那里,双臂交叉在胸前,盯着地板上一个暗坑。坑宽到会让一辆掠夺者坦克掉下去,看上去就像阴影中的一口更深的黑暗之井,它不规则的边缘镶嵌着蓝色晶体。成堆的碎石铺在它周围,还有更多奇形怪状的沉积物满满地堆在那里。晶体发出的光似乎发生了折射,坑口看似在蠕动。

马萨塔说:"奈什,你对此有什么看法?"

审讯牧师一屁股坐在地上,盯着那个坑的边缘。

他瞥了一眼自己的鸟卜仪,说道:"坍塌之后,某种东西造成了这种情况。它是从下面被钻孔或者炸开的,不是用热武器,否则岩石会呈现玻璃的光泽。也不是用挖掘工具或爪子挖开的——它们会留下凿痕。再加上还有这些沉积物,我认为这是黑暗巫术造成的,也许是为了逃脱陷阱而费的劲儿。"

马萨塔点了点头。

"我的想法也是如此。我怀疑这个坑还往下通向更深的密室。我们必须调查那些密室。"

奈什说:"不管是什么东西吸引了那些人,它很可能就在下面。文奎斯特,那儿有什么东西吗?"

文奎斯特说:"有种持久不变的邪恶意识,恶意、痛苦。没有更具体的了。

我又不是鸟卜仪，奈什。"

德布科快速地敲打指关节，发出一连串的咔嗒声和噼啪声。珍妮卡意识到这个生物正在用某种代码进行交流。

马萨塔说："是的，我看到了。坑壁表面非常粗糙，可供攀爬。可以推测出那些神秘的袭击者是如何进出的。不过，这很危险。"

德布科哼了一声，指了指挂在他交叉肩带上的一个发光的小装置。

马萨塔说："拜托，那将大有帮助。"

卡斯顿说："我打头阵，那架机甲可以跟我来。"

奈什说："我殿后，你们其余的人走在我们俩中间。"

珍妮卡知道最好不要争论，尽管有异形参与其中，她不想因为拒绝而使她的星球蒙羞。然而，当她蹲在坑边时，她停下来专心地倾听。

她问道："还有其他人听得到这个吗？"卡斯顿蹲在她身边，歪着头。

她说："有动静吗？有呼吸吗？声音太微弱了，无法确定，而且时断时续。"

"甩点炸药下去试试怎么样？"奈什问道，假意向坑里扔克拉克手榴弹。

卡斯顿说："那将有再次坍塌的风险。"

奈什说："你们要最先下去。我让你们来决定是否值得冒这个险。"

卡斯顿说："救世主照明弹，先把它们扔下去，然后准备好武器跳下去。如果下面真有什么东西的话，它就会被强光弄瞎眼，然后被我们干掉。"

珍妮卡问道："跳下去？除非我们有办法知道这个坑有多深……"

奈什查阅了他的鸟卜仪后，说道："垂直距离差不多有六十米。一个很大的房间。"

"那么，除非我们会飞……"珍妮卡说道，话只说了一半就不说了。

马萨塔说："有了德布科的帮助，这种方式是不会飞的情况下最佳的选择。现在，问题已经问得够多了。卡斯顿，是时候执行帝皇的旨意了。"

卡斯尔金从带状织物中抽出两个巨大的炼金术照明弹，把它们的顶部相互对撞，撕下了让它们保持惰性的寂灭密封。火焰嘶嘶作响，白光迸射而出，珍妮卡赶快移开了视线，以免失明。

她意识到德布科正在操纵他的发光装置，他修长的手指移动得异常迅速，十分灵巧，发光装置发出了闪光和嗡嗡声。当卡斯顿走向那个坑并扔下她的照明弹时，金色的能量束从那个异形的装置上跃出，将卡斯顿包裹在一个闪亮的光环中。一秒钟后，她走下坑边，消失了。

珍妮卡跟在她后面，当她跨过坑边时，她压下了涌上心头的恐惧，周围的能量闪耀着光芒。她对下面的落差感到令人眩晕的恐惧，然后她就开始坠落。

珍妮卡发现自己在以稳定的飘移方式下降。速度并不慢，也许跟慢跑差不多，但比起让她身体绷紧的极限跳水还差得很远。在她的下方，卡斯顿正往下飘，而在她的上方，珍妮卡可以看到照明弹的刺眼光芒正从他们身边翻滚而过。炼金术装置击中了基岩，发出微弱的撞击声，珍妮卡看到它们的光里有动静，紧张起来。嘶嘶声和喘息声从下面传了过来，还伴随着大量混乱的脚步声。

马萨塔命令道："交战。保持我们的入口安全畅通。"

卡斯顿把激光枪对准两脚之间。当她开火时，尖叫声响彻了那个坑。激光光束闪电般向下射去，下面发出了撕心裂肺的喘息声和的咔嗒声。

珍妮卡抬起头，看见那两名拜死教的刺客正悬在她的头顶上。她用手枪瞄准坑底，试图绕过那个卡迪亚人获得清晰的视野。闪动的灯光和阴影让她很难看清，但她感觉有东西在蠕动，有身体在急匆匆地跑动。她连开了几枪，密集的枪声之后，有东西发出了尖叫声。

卡斯顿说："二十秒后着陆。他们在下面，数量很多。"

随着一声饥饿的咆哮，一个蓝色的火球从下面蹿了出来。它差一点就击中了卡斯顿和珍妮卡，擦过她们的身体撞到了坑壁上。珍妮卡咒骂着，眨了眨眼睛好让残影消失。又一次狂暴的爆炸接踵而至，离珍妮卡的脸仅有毫厘之差。火光掠过的时候，她没感觉到热，只感到彻骨的恶心和可怕的刺痛，好像她脸上的皮肤暂时失去了知觉。

奈什怒吼道："以王座之名，这究竟是怎么回事？卡斯顿，我们被锁在这儿，都快成殉道者了。"

珍妮卡现在能看见他们了，在照明弹渐熄的光和卡斯顿枪上闪光灯的照耀下，模糊的人形身影被照亮了。她有了一个短暂的印象，肉色惨白像尸体一样，瘦弱的身体上伤痕累累。在他们中间，她看到了一个更大的身影，一个笨重而肮脏的东西，带有鸟类特征，长着卷曲的角。他举起一根扭曲的法杖，异样的火焰在法杖顶端聚集。

卡斯顿的激光火力从上面击杀了这个生物。他抽搐了一下，在瘫倒之前设法发射了炮弹。当炮弹尖叫着从珍妮卡身边呼啸而过时，她吓了一跳。

从上面传来一声尖叫，她抬起头来，看到有个拜死教徒可没她这么幸运。这位身穿皮衣的战士正扭动翻滚着身体，蓝色的火焰在她身上飞舞。当这个教徒的身体扭曲和萎缩时，珍妮卡感到一阵厌恶。蓝色的晶体从教徒的肉体中突然冒了出来。

在她的下方，卡斯顿终于着陆了，她的靴子重重地踩在噼啪作响的照明弹旁边。她立刻被包围了。苍白的变种人发出嘶嘶声和尖叫声，从四面八方向她发起攻击。卡斯顿转过身来，喷出火焰，猛击这些堕落的魔物的脚。

她大喊道："掩护我。"珍妮卡不停地射击，用自动手枪向这些魔物射击，弹如雨下，直到她的弹夹咔嗒一声打空为止。她看到那些东西向卡斯顿逼近，沮丧地咆哮起来，她下降的速度太慢了。

终于，她的脚着地了。珍妮卡直接落在卡斯顿的身后，天龙宝剑燃烧着。她挥动着武器，宝剑呼啸着划出一条弧线，在他们冲向卡斯顿毫无防备的后背时，她解决了两个憎妖。变种人向后退去，但更多的变种人涌上来包围他们，挥舞着势如棍棒般的拳头。

奈什喊道："让开。"

珍妮卡抬起头，看见那个浑身着火的拜死教徒朝他们冲来。她垂下肩膀，猛地撞向卡斯顿的背部，把那个卡迪亚人撞到一边，和她一起趴在地上。燃烧着的尸体轰隆一声倒在他们先前站着的地方，紧随其后的是还活着的莎内玛。

那个拜死教徒发出暴怒的战吼，冲进了变种人的队伍，剑刃左右劈砍，血雨腥风中，剑光雪亮。

赤裸的脚和扭曲的小腿围在珍妮卡身边，他们对她拳打脚踢。她还在为自己穿了有装甲的紧身防护服感到庆幸的瞬间，下巴上就重重挨了一击。她的头猛地往后一仰，大脑变得迟钝，意识有些模糊。她隐隐约约感觉到了炮火的闪光，然后有人用力地把她拽了起来。

"……醒醒吧，殿下。"卡斯顿厉声说道，她慢慢变得清晰起来的声音让珍妮卡集中了注意力，"战斗！"

珍妮卡摇了摇头，让意识清醒，然后重新点燃了剑，用力一挥，把一个变种人打得踉跄后退，浑身是火。

卡斯顿说："他们不喜欢火。"

"很好。让他们烧死在火里吧。"珍妮卡啐了一口，又砍又刺。这场战斗十分混乱，毫无秩序可言，但他们的敌人除了牙齿、拳头和奇怪的人类大腿骨之外，几乎没有别的武器。紧接着，马萨塔的扈从一个接一个地落地，并带来了他们的武器。

文奎斯特庄严肃穆地落在地上，一只手压在太阳穴上。一群变种人后退了几步，恐惧地发出嘶嘶声和尖叫声。有几个人倒在了原先站的地方，鲜血从眼睛里喷涌而出。德布科跟在文奎斯特后面，珍妮卡对这个异形的强大技术感到惊恐，能量冲击波竟从他一只手上戴的戒指上跃出。她脑海中不由自主地闪现出这样的画面：有人用这样的武器来对付她的机甲。她迅速从脑海中赶走这恐怖的一幕。

在他们后面落地的是马萨塔、审讯牧师奈什，以及紧贴在奈什身边的林蒂吉斯·莫滕斯。当奈什的手枪轰响之时，马萨塔抽出斧头，舞得虎虎生风，在空中划出流星般的弧线。奇怪的能量在斧头后面噼啪作响，每个被击中的变种人都被炸成了一团灰烬。

珍妮卡瞥见了这些魔物，当时她正与中士卡斯顿背靠背进行激烈战斗。那个卡迪亚人砍倒了嚎叫的变种人，近距离射穿了他们的躯干和面部。珍妮卡又砍又刺，从下方横扫砍断了一个变种人的腿，然后刺穿了另一个，最后砍断了第三个变种人的手臂。那些受伤的变种人尖叫着踉跄逃开，他们的身体在天龙火焰中燃烧。这些活火炬在他们的战友中间穿行，到处散播着恐惧和恐慌。

"以帝皇的名义，把他们赶回去！"马萨塔大声说道，声音低沉洪亮，"摧毁他们！"

珍妮卡一次又一次地挥剑，突然，一根骨头棒打在了她的肋骨上，力道很大，让她痛得直哼哼。她回击，用剑柄猛击袭击者的脸，把他打得晕头转向。她又劈又砍，给自己留出安全空间，为了不被他们的人缠住四肢，她不得不用膝盖和胳膊肘猛击那些苍白的肉体。

突然，潮水般涌来的敌人退去了。前一刻，珍妮卡还在和一群发出嘶嘶声的暴徒竭力搏斗。紧接着，剩下的那些衣着褴褛的变种人就退入黑暗，穿过洞穴逃跑，身后留下成堆的尸体。

马萨塔命令道："原地待命。"

莎内玛无视他的命令，在全速追赶逃跑的变种人时，发出了一声充满死亡意味的呐喊。

马萨塔大声喊道："莎内玛，穷寇莫追！别忘了你还欠帝皇的债！"

那个拜死教徒停了下来，看着杀害她姐妹的凶手逃跑了，因沮丧而全身发颤。

不过，珍妮卡倒是很高兴地服从了命令。她深吸了几口气，集中精力减慢心率。流淌在身体里的肾上腺素耗尽了，下巴和肋骨疼痛不已，就像激战之后骑士机甲外壳被撕裂一样疼痛。她熄灭剑上的火焰，检查它的燃料储备。

她咕哝道："百分之六十，够好的了。"

珍妮卡抬起头来，打量着周围的一切。这个洞穴粗糙不平，坑坑洼洼，钟乳石和石笋点缀其间，还有一些看起来油腻腻的水塘。一扇带栅栏的、沉重的大门的残骸从一堵墙上突出，似乎那些堆满走廊的落石把门从铰链上砸了下来。在另一个方向，也就是变种人逃跑的方向，洞穴隐没在黑暗中。

马萨塔命令道："奈什，用鸟卜仪扫描，如果那些魔物回来了，我希望收到警告。剩下的人，检查弹药，包扎伤口。莫滕斯，检查一下这些变种人，看看你能发现什么。任何人都不许碰谢玛拉的遗体。我们会为她报仇，但她的身体已经腐化了。"

珍妮卡看着这个拜死教徒皱巴巴的遗体，不禁打了个寒战。

"谢谢。"卡斯顿在她身边说道。这个卡迪亚人正从背包里取出冒烟的激光电池，换上一个新的。

珍妮卡一边给自动手枪重新装满子弹，一边问道："为什么谢我？"

卡斯顿说："你刚才把我撞到边上去了。不然的话，可能躺在她尸体下面的就会是我的尸体了。我欠你一条命。"

珍妮卡说："在阿德拉斯塔波尔，我们遵循骑士守则生活。它的原则不允许我在力所能及的时候眼睁睁看着盟友受到伤害。"

卡斯顿说："不过，还是谢谢你。"珍妮卡很有风度地点了点头。

奈什的视线离开鸟卜仪。他抬起头，说道："这个洞穴往那个方向延伸了四百米，还有另一个隧道口，看起来挺狭窄的。"

卡斯顿问道："渗漏吗？"

马萨塔说："到时候我们会找到路的，最坏的情况是我们回到这里，爬上竖井。但如果谭·德拉科尼斯女士没说错，而且这些魔物多年来一直在喀迈尔堡周围的荒野中捕食，我们就可以假定他们肯定有其他通道可以逃脱。"

珍妮卡说："真是难以置信！变种人、巫术都潜伏在我们的脚下。感谢帝皇，这些东西似乎不喜见光……"

马萨塔说："这迫使他们留在地下，像中毒的伤口一样溃烂。不过，即使伤口只有一处，如果感染了，也可能会杀死整个身体。"

珍妮卡挥舞着剑，说道："对那些威胁我们的东西，我们用火焰焚烧。"

"女骑士，你可能还需要进行更多的焚烧。"莫滕斯说，他弯下腰去看那个体形更大的变种人的尸体，他直起身子，把护目镜翻了回来，一边说，一边用羽毛笔在一张羊皮纸上仓促涂写，"在体形较小的变种人中，四肢扭曲、牙齿变尖和一定程度的骨畸形似乎就是他们受恶魔祝福的极限。然而，这种魔物是真正的异端。他有一个皮下的标记，是个魔符。为了你自己的精神纯洁，我就不给你看了，但他可能传达了真正的虚无力量。注意他的鸟类特征，脖子和肩膀周围生有羽毛，肌肉组织有所增强，更不用说他爪形的脚了。再看看他的法杖，异常的火焰就是从那儿被召唤出来的。"

奈什问道："那么更高阶的变种人？一个领袖种姓，也许会得到他们的神更多的奖赏，因此更强大。"

莫滕斯说："有可能。而且我相信，这样的变种人肯定不止一个。我们碰巧遇到变种人唯一的领袖，先不谈这样的几率有多大，单说地表看守人遗体上的晶体沉积物，仅凭一个这样的生物是创造不出来的。"

马萨塔说："先不管，我们继续前进。"

在洞穴的中心，他们找到了失踪的看守人，或者说他们的遗骸。血迹染红了尸体周围的地面。

"这至少解释了他们在这里等我们的原因。他们在这个洞穴里进食，在我们下来之前被我们的灯光吸引了过来。"

马萨塔说："让我们希望就只是这样吧。"

出了可怕的进食地，他们发现洞穴变得越来越窄，直到其末端消失在奈什所说的隧道。这条隧道很窄，宽度勉强够让他们单列前进，而且隧道的天顶部很低。

奈什说："莎内玛将会走在前面。她是我们所有人中最适合在如此狭窄的空间作战的人。我会带着鸟卜仪跟在后面，以确保我们不会走错路。"

马萨塔说："文奎斯特会带路。在这里，他能感知我们猎物的精神迹象，这对找路更有帮助。"

珍妮卡皱起了眉头。

"审判官，我们依赖鸟卜仪的明确数据不是更好吗？"

文奎斯特说："女骑士谭·德拉科尼斯，在开阔的战场上，你对战争了如指掌。但在这下面，在帝皇的视线之外呢？这是我们的战场。继续挥剑，剩下的就留给我们去操心吧，好吗？"

珍妮卡戒备起来，但没有吭声。

在这条隧道里，空间非常狭小，足以引发幽闭恐惧症。它的顶部压得很低，墙壁似乎在向中间收缩。空气像沟渠中的死水一样静止不动，珍妮卡不得不拼命压下这种感觉：隧道就像某种可怕的怪物的喉咙一样，随时可能关闭，把他们硬塞进它的食道里。

他们向前推进时，珍妮卡紧跟在中士卡斯顿后面。她捂住自己的珠状通信器，对那个卡迪亚人低语。

"中士，你说过你欠我一条命。"

卡斯顿充满期待地回头看了一眼。

珍妮卡说："作为补偿我想要求你解释一下，审判官到这儿究竟是来干什么的？"

卡斯顿的脸色依然很平静。

她说："要从这个星球清除你们未能清除的腐败。他想寻找证据证明你们不是串通一气的。"

珍妮卡低声说道："恕我直言，中士卡斯顿，但那种想法就跟格乌戈尔怪的粪便一样。我看到他不停地和那个星语者交换眼色，还有现在他把那人放在前面的方式就像一只猎犬，异端审判庭谴责的威胁是悬在我头上的一把利刃，令我印象深刻。但我知道，而且你也知道，阿德拉斯塔波尔贵族家族犯下最糟糕的罪行就是相信帝国国教已经完成了他们的工作。我们在这下面到底在干什么？他在找什么？"

卡斯顿压低了声音回答。她的目光平静而又紧张。

她说："危险的问题会得到危险的答案，女士。不要冒险揣测审判官知道什么，或者不知道什么，也不要冒险揣测他在这里做什么。只要挥舞你的剑，显现你的荣耀。记住，好奇的头脑最容易被肮脏的真相毒害。"

卡斯顿转身继续走，珍妮卡生气地跟在她身后。

奈什说："他们还在外面。我正在看前后方的有关读数。"

"我们的路线是对的。"文奎斯特回答说，这时队伍在隧道里走了一个紧靠左边的岔路口，"就在前面的某个地方。"

马萨塔说："一边祈祷一边继续前进吧。现在，我们就在野兽的肚子里，但我们不会踌躇不前。"

这段新的隧道一路向下，很陡，他们被迫爬上爬下。突出的岩石碎片划破了珍妮卡的手和脸，她轻声咒骂起来。当隧道变得平坦时，道路再次分岔，然后再一次，隧道顶变得更低，加剧了珍妮卡的幽闭恐惧症。大颗大颗的汗珠从她的额头上冒了出来，顺着脖子后面淌下来。她的心跳得厉害，每一次呼吸都很急促。他们在狭窄、黑暗的隧道里不断前进。

现在，她可以听到在他们自己走路的摩擦声和刮擦声之外，还有别的声音。远处的呻吟声和哭喊声沿着过道一路回荡。凄厉的尖叫声在他们周围响起，无法确定是从哪里传过来的。

奈什说:"前面有一块开阔的空地。"珍妮卡感到解脱感如潮水般涌来。"地方很大，从读数上来看，我判断有某种缺口或深坑。也许是座桥？"

珍妮卡意识到，她能看到的光不仅仅是他们的探照灯射出的光束。灯光使前面的隧道蒙上了一层阴影，一道蓝光在跳跃，让她内心充满了一种无名的恐惧，心情不再像白日里那么轻松。

马萨塔说："准备好，我们正在接近目标。他们不会让我们畅行无阻的。"

隧道突然到了尽头，像巨大的胃袋张开，他们走出隧道，突然发现自己置身于宽阔的石壁上。他们向外望去，只见对面有个巨大的洞穴，中间有一道又深又黑的裂缝。铜制的石像鬼从岩洞的墙壁上伸出来，它们是年代久远的怪诞之物，像骑士机甲般巨大，长得奇形怪状，胡须上有数千年积淀下来的沉积物。蓝色的柴堆在它们豁然张开的大嘴里燃烧着，火光使洞穴中充满了稀奇古怪的、舞动跳跃的影子。

几十座细长的钟乳石桥横跨峡谷，宽度几乎仅容单人通行。它们架在半空中，彼此相连，就像蜘蛛网一样交缠在一起。

在桥的另一头，越过危险的十字路口，是另一块宽阔的岩架。再往前，在岩床上开凿出的是通往某种神殿的入口。毫无疑问，这座建筑具有帝国的特征，有雕刻的天鹰座，入口两侧也有圣人的形象。然而，珍妮卡却对侵蚀在石头上的污秽魔符望而却步，这些污损的符号使这个圣地变得更加黑暗。

马萨塔说："他们正等着我们呢。"

在神殿入口前聚集了更多体形庞大的鸟形变种人，他们把法杖当作武器，开始了吟唱。与此同时，珍妮卡的耳朵里传来一阵可怕的沙沙声。它像一阵风一样从隧道里流出，传到他们的背面，从几十个较小的入口流出。那些入口散布在岩石上，像蛆虫洞一样。

奈什吼道："前进，射手们，压制住对面的女巫。女骑士珍妮卡，你殿后，别让他们靠近。"

在莎内玛的带领下，扈从们以最快的速度匆忙冲过峡谷。路面崎岖不平，石桥又湿又滑，边缘圆润。桥面至谷底的落差极大，就像饥肠辘辘的无底洞在等待着祭品。

马萨塔和他的战士们边前进边开火。鸟形的变种人喷出火焰进行还击。爆矢弹和爆炸来来回回，喧嚣声回响在古老的空间里，几千年来，它从未见识过战争的狂暴。

变种人从后面和周围的隧道里涌了出来，珍妮卡咒骂起来。那些变种人嘶吼着，成群结队地爬上桥，气势汹汹地向入侵者冲去。他们中最弱的一个被吓得坠入了黑暗中，凄惨的尖叫声渐远。

"继续前进。"珍妮卡喊道，一边用剑猛击离她最近的变种人，一边倒退着过桥。在她前面，德布科正敏捷地爬着，把莫滕斯引到他前面。这个太空猿猴咕哝了一声作为回应，她听到了他的数控武器发出的尖啸声，发现他正在焚烧一群通过桥梁间连接处的变种人。珍妮卡也如法炮制，她用激光射向一个变种人的脸，使其尸体翻滚掉落。

一连串火球在他们周围呼啸而过，那些炮弹飞得很远，在远处的墙上爆炸。珍妮卡听到了奈什和马萨塔的爆矢武器开火时的轰隆声，以及卡斯顿地狱之枪的怒吼。

又一拨变种人向她冲来，她稳稳地站在危险的桥上，将他们一个接一个地砍倒。

奈什叫道："保持阵形，继续前进。"

更多的火球从他们周围呼啸而过，其中一个火球击中了毗邻的一座桥。火焰在桥上四处飞溅，烧死了几个变种人，珍妮卡脚下的地面剧烈地颤抖着。她听到身后传来一声尖叫，急忙转身，看见莫滕斯正悬在空中。德布科一只手抓住他的手腕，另一只手紧抓着桥，为了把抄写员拉上来，他脸上的肌肉也绷得紧紧的。

莫滕斯慌乱地蹬着腿，他的眼睛凸了出来。

卡斯顿喊道："珍妮卡！"珍妮卡及时转过身，正好看到一个体形臃肿的变种人向她冲过来，对方退化的手臂在肚子松垮垮的赘肉里乱舞，棍棒一样的拳头胡乱摆动。她把剑往上一扫，变种人径直冲向了剑尖，宝剑插入他的身体，直至剑柄。那怪物的冲力把她撞飞了。

当地心引力把她拖下去时，珍妮卡感到了片刻的恐惧，然后她就坠入了无尽的黑暗中。

第十章

在骑士加拉斯的视野中,多个符文游移不定,他在这个绿皮兽人部落中挑选着优先打击目标。他的机甲钢铁巨龙就站在钢铁利爪大门右侧一座加农炮的射击孔处。他的机甲向进攻的兽人部落开火,这个孔槽限制了他的火力范围。他的离子盾牌向前倾斜,有装甲的钢筋混凝土墙体保护着他,他几乎不可能被兽人击中。

加拉斯攥紧拳头开了火,一辆兽人坦克爆炸了。火球吞噬了一群绿皮兽人机械师,燃烧的大块残骸弹跳着穿过异形的队伍。

他说:"他们密密麻麻的,就像外面趴在尸体上的血蜘蛛一样。要打中他们,简直易如反掌。"

"没错。"骑士雷卡尔德回答道,他的机甲烈焰术士就站在大门对面的射击孔处。他说:"击中些有价值的东西才更像话。"

加拉斯咕哝了一声表示同意。"他们这么做,与其说是要攻破城墙,倒不如说是想耗尽我们的弹药。"

加拉斯察看战略分布图,看到数百个兽人涌向天龙尖塔的城墙。他们用小型武器开火,天龙尖塔的虚空护盾被子弹和炸弹击中,爆炸声持续不断。天空中充满了火焰,但能量场还在。

天龙尖塔的民兵还击的火力正在逐渐减弱。激光枪和自动机枪的火力打穿了绿皮兽人的肉体,而重型武器、炮台和机甲武器发射的炮弹把兽人的阵地覆盖得严严实实,兽人的尸体堆成了血淋淋的小山。

雷卡尔德说:"他们这样做已经好几天了,这样白白丢掉自己的生命,难道不会感到厌倦吗?"

加拉斯说:"比起这些未开化的野兽来,格乌戈尔怪更有头脑。他们会继续扑向我们的城墙,而我们会继续杀死他们。"

"不要低估了那些异形,加拉斯大人。"圣物维保士尼尔索克在通信器中说道，他坐在位于加拉斯和雷卡尔德身后的爬行者上，"他们迫使我们在不到一周的时间里消耗了将近三分之一的弹药库存。兽人已经四次攻破了外城墙。昨晚，他们的渗透者种姓几乎占领了巨龙龙鳞塔楼。那些异形恐怕还没有被全部消灭，如果当时不是女骑士苏塞特带头反击的话……"

"短时间内，他们会占领一座塔楼。"加拉斯说，语气显得非常冷淡，"他们的技术设备是用废料和垃圾制成的。他们没有荣誉感，也毫无纪律可言，他们像狂暴的沃尔夫登基恩兽一样扑向我们的城墙。我们空军的每一次突袭都会削弱他们的队伍。每发动一次攻击，兽人倒下的人数都百倍于我们。但这些异形会在进攻天龙尖塔时和我们决一死战。你会看到的。"

"他们一时半会儿死不光的。"雷卡尔德说着，他的加特林加农炮扫射，不时打断他的话，"我听说一夜之间，又有两个兽人战团从南方赶来，抵达此处。我们已经杀了成千上万的兽人，但他们就像雨后的蘑菇一样，涌现的速度和我们干掉他们的速度一样快。"

"忘记他们的异端技术也无济于事，"尼尔索克说，他说教的语气惹得加拉斯恼怒不已，"轨道占卜表明，兽人超重型的战争引擎和空中资源还没有大量投入使用。我怀疑战争领主是在测试我们的防御，试图耗光我们的补给。"

加拉斯轻蔑地说："超大号的垃圾和会飞的垃圾也依然是垃圾。他们总不能一直朝我们丢尸体吧。我一点儿也不相信他们有头脑，能做出比这更聪明的事来。等我们的救援部队到达时，他们将被削弱，屠杀殆尽。"

加拉斯再次开火，炮弹正好在两架笨重的步行者机甲之间形成弧线，击中了在它们后面缓慢行进的一辆更大的超重型坦克。加拉斯的炮弹打穿了他之前发现的锈蚀的装甲钢板，并触发了坦克内部的弹药库，形成了壮美的一幕。弹药库发生了猛烈的爆炸，就像巨大的烟花升入空中，压扁了坦克旁边的步行者机甲，而且杀死了几十个兽人。

钢铁巨龙隆隆作响以示赞赏，他机械王座的鬼魂发出祝贺的低语，充斥了他的脑海。

"哈！"他大笑起来，"就是这样，看到了吗？他们又逃跑了。"

果然，兽人们正转身避开他们的攻击，四散奔逃。坦克直接从成群的步兵中碾了过去，摇摇欲坠的绿色身体消失在它们的履带下。轻量级的战车颠簸着离开，加速逃出加拉斯的火力范围。

雷卡尔德不安地说："等一等……他们是在闪躲，而不是在逃跑。这是什么？"

圣物维保士尼尔索克说："小心，骑士们。我探测到，在绿皮兽人的后方阵地上有股巨大的能量在逐步加强。假设那是加尔冈的武器系统呢？能量以指数级的速度增长，十分令人担忧。骑士们，我建议——"

尼尔索克没机会说完这句话了。加拉斯看到从包裹兽人后方阵地的尘雾中掠过一道巨大的闪光。他的驾驶舱里响起了警报，警告能量达到了峰值，然后一切都变黑了。

在大战略参谋部里，电子壁突式烛台整体熄灭，同时失效的还有全息屏幕、思考者阵列，甚至战略参谋部的机仆。天龙尖塔的全息投影产生了火花，当图像消失时，人们震惊地大声喊叫。

达尼亚尔站在黑暗中，一只手拿着一根无效的控制权杖，另一只手拿着一个罢工的通信喇叭。他慢慢地深吸了一口气。卢克的声音消失了，瞬间中断了。他必须相信他的朋友，并信赖帝皇，认为卢克已经从他这儿收到了足够的信息。

在黑暗中跌跌撞撞或被障碍物绊倒时，人们大声喊叫，要求说明情况，他们向帝皇和万机之神祈祷。位于尖塔里的战略参谋部是一个完全封闭的空间，它的流明和显示屏都熄灭了，现在它处于完全黑暗中。

恐慌就像不断升级的风暴一样越积越多。达尼亚尔站起身来，提高了嗓门。"骑士们、技师们，请保持原地不动！"

那些听见他说话的人都听从吩咐，并把他的指示传给了在更高层画廊里的人，也传入了深深嵌入墙壁凹处的通信器。

同时，他的镇静影响了其他人。达尼亚尔感到他的臣民正紧张而又安静地等他讲话。隔着墙都能听到远处的喊叫声和隆隆的轰鸣声。他压制着自己的恐慌，因为他想知道这个机器的诅咒已经传播了多远。

达尼亚尔说："首席技师，找到救世主的神龛，点亮里面的化学提灯。把那些提灯分发下去。"

人们听到了拖着脚走路的声音，过了一会儿，冰冷的黄色灯光在走廊里亮了起来。在技师分发化学提灯的时候，达尼亚尔瞥了苏塞特一眼，在微弱的光亮中，几乎看不清她忧心忡忡的脸。

"女骑士守门人？"

她喊道："负责的圣物维保士，照看好应急发电机，开始你们的觉醒仪式。只要万机之神愿意，我们需要尽快恢复电力。首席技师，进行全面检查。如果我们有什么系统在运行的话，报告我；其余的人，在我们知道发生了什么之前，你们都要在各自的岗位上待命；民兵们，打开储备柜，分发小型武器。"

等人们不再惊慌失措，有了主心骨，手头有了要做的事，四下里忙碌起来，女骑士苏塞特转向了达尼亚尔。

"陛下，发生了什么事？你觉得这是一次袭击吗？"

他说："肯定是。机魂不是局部发生故障，就连我的王冠也停止运转了。"

他瞥了马科斯一眼，马科斯皱起了眉头，敲了敲他的仿生发声器，然后愤怒地摇了摇头。

苏塞特说："我们需要知道这种情况的波及范围。他们是否以某种方式击中了大战略参谋部，还是到处都是这种情况？如果是这样的话……"

"那就太糟糕了。"达尼亚尔说道，用脚碰了碰一个落在地上的伺服头骨，"我们将前往北边的堡垒，第三块封地那里。波卢克西斯和——"达尼亚尔突然有所发现，"没有通信器，王座啊。召集那些年轻的技师，那些脚程快，对天龙尖塔很熟悉的人。让缮写室的技师手工抄写指令，送出去。各封地和各部门都要建立自己的送信人机构，恢复照明，分发武器，然后等待进一步指示。"

苏塞特点了点头，然后转过身去，开始发号施令。

"夫人，"达尼亚尔说道，她停下来回头看了看，"尽快给这个战略参谋部设立警戒线，并召集一个排的民兵来保护此处。我想让你在这里协调通信。如果兽人再发动攻击，那么必须保持这个房间资讯安全。"

她坚定地说："我知道该怎么做。不必为我担心，多操心天龙尖塔吧。等一切都安全了，我会捎信给你的。"

她转身朝挤在备用发电机周围的那群圣物维保士走去。达尼亚尔注意到他们中的大多数人拖着没有感觉的机械肢体，或者是扶持着根本不能走路的战友。

达尼亚尔带着他的传令官、班诺克的小队、几个抄写员和送信人从大战略参谋部里大步走了出去。

早在他们到达城垛之前，达尼亚尔就听到了外面战斗的喧闹声。他爬上一段陡峭的楼梯时，周围的尖塔颤抖起来，他晃了晃，抓住了栏杆。

班诺克说："大炮。"

达尼亚尔说："防护罩垮了，天龙之血。"

他匆匆爬上剩下的楼梯，穿过一个装修豪华的会议室。在从房间窗户透进来的暗淡光线中，几十个难民挤在那里。他们一身农奴的装束，与此处的环境格格不入。他们要么坐在天鹅绒的躺椅上，要么蹲在奥达恩木制成的桌子下面，用身体护住自己的孩子。

当达尼亚尔走过时，他们盯着他，眼睛瞪得大大的。

他说："冷静点，我的子民们。有德拉科尼斯家族的骑士在，我们就是你们的保护者。我向你们保证，你们不会受到任何伤害。"

他穿过拱门，走进毗邻的走廊，边走边低声对班诺克说话。

"你派个手下到中尉德拉恩那儿去。让他组织民兵小队把所有难民聚集起来，然后把他们转移到高塔上有更安全防护措施的地方去。我不希望这些人会受到伤害。如果战斗爆发，我也不希望他们妨碍我们。"

班诺克点了点头，冲一名随行的士兵指了指，那名随行士兵随即匆匆离开。

与此同时，达尼亚尔一马当先穿过了一扇装甲门，它通向尖塔北部的城垛。他和马科斯用力打开门，日光和浓烟密布的空气倏然涌入，同时传来震耳欲聋的战斗声。附近有东西爆炸了，他们本能地避开了。石头和金属的碎片哗啦哗啦地落在他们的周围。

达尼亚尔直起身子，把斗篷往后一甩，大步走到了城垛上。

供射击用的踏台向左右两边伸展开来，宽敞到足以容下两辆黎曼·鲁斯主战坦克并驾齐驱，它的弧度与尖塔的护面墙一致，墙上有窗户，也有门，还有突出的射击踏台。较低的射击踏台往上走大约十五米就有另一个射击踏台，之间有坡道相连。

巨大的钢筋混凝土阶梯形构造保护着城垛。民兵聚集在它们后面。在一些地方，侥幸命中的炮弹从石墙上炸下了大块的碎片。到处都是熊熊大火，遍地都是尸体。一队队的士兵在小队长大声吼叫的命令下冲来冲去。达尼亚尔瞥了一眼，看到部署的武器悄无声息，毫无用处，炮手们沮丧地对着它们祈祷。

他把身体探出栏杆之外，向外凝视。猎猎风中，他的斗篷飘扬。在下面，越过天龙尖塔无数的屋顶和炮塔，战火熊熊，外城垛犹如血肉磨坊，士兵与兽人正激烈交战。

那是成千上万的兽人。

那些畜生恶狠狠地撞击着一堵堵城墙，他们凶猛的战吼声传到了达尼亚尔那里。一队队轻型战车绕着天龙尖塔飞驰，扫射城垛时扬起了滚滚烟尘。即使是现在，抓升钩也仍在外城墙上空盘旋。远处的民兵疯狂地用剑劈它们，用枪托打它们。黑压压的机甲静静地站在加农炮之间的凹槽里，枪炮下垂，看起来无精打采。

数以百计的兽人坦克和大炮升起了炮管，向城墙发射炮弹，黑烟滚滚。庞大的机甲隐隐约约地出现在烟雾之上，它们是战争雕像，大小不一，重量不等。那些战争引擎的枪炮轰隆隆地响着，激光和连串的炮弹扫过城墙。

在绿皮兽人军团的后方阵地，隐约可见诺斯里斯炮台突出的堡垒上升起了肮脏的异形旗帜，达尼亚尔的目光被那旗帜所吸引。在诺斯里斯炮台旁边隐约出现了一个特别大的驼背铁皮巨人，它正欢快地燃烧着，冒着阵阵浓烟。

达尼亚尔说："瞧那儿，我们的困境就是它造成的。"

那架加尔冈战争引擎的右臂和躯干的大部分都被某种无法辨认的能量武器所占据，而那武器现在已经被包围在火焰中。远处的战争引擎上冒起了烟，几个手忙脚乱的身影乘坐铲斗链机在上面挤来挤去。从它的脚下到北面城墙，都是一片废墟。到处都是绿皮兽人的战车和被击落的飞行器。

马科斯点了点头，脸上杀气腾腾。

达尼亚尔说："王座啊，看起来我们好像失去了一切。城墙上的枪炮、虚空护盾，就连便携式武器也已经坏了。"

班诺克指着天空说："至少，爆炸没有击中我们的飞行器，陛下。"达尼亚尔看到掠夺者轰炸机和仇杀者攻击机从高处升空，为支援被围困的外城垛士兵开始俯冲开火。

达尼亚尔说："好在它们飞得够高，避过了爆炸。我们需要快速了解更多关于这种现象的信息。如果这变成常态，那么战事就不是几个星期的问题，而是几天的问题了。"

马科斯点了点头，冲着外城墙和熊熊燃烧的城垛打了个手势，然后用一根手指抚过自己的喉咙。

达尼亚尔说："你是对的，外城墙太长了，而防守又太薄弱，如果没有枪炮的话，我们无法抵挡这些兽人。我们得撤退，盘点武器库存，掘壕固守，重整军备。"

马科斯诧异地看着他。

达尼亚尔从穿在铠甲外的无袖外罩下拿出他祖父的护身符，一只手抚摸着它。

他脸上带笑，眼中却毫无笑意。他说："你总是说我读书读得太多了，马科斯。好吧，那些被关在天龙尖塔图书馆的日子也许会为我们的救赎做出贡献。从《列王之书》开始，我循着帕斯塔利乌斯传说中隐藏的线索，一直读到大骑士加杰德林的档案著作。我曾想让珍妮卡女士看看，让她来参谋下，后来，这场战争就开始了。马科斯，我相信不管我父亲是否知情，他给我留了张地图，一张可能会拯救我们的地图。但在我验证这件事的真实性之前，我们需要控制局面。"

达尼亚尔指着陪他来到城墙边的那些年轻技师。

他说："把命令记下来，然后传出去。你去第一个封地，你去第二个封地，你去第三个封地。外城墙将被放弃，此令立即生效。所有可以撤退的部队退回到他们在第二堵城墙附近的集结点，不得破坏第二堵城墙。如果放战士进去会有风险，那么就不能放行。"

他停了一下，好让用羽毛笔奋笔疾书的他们能跟得上他的速度。附近有东西爆炸了，除了达尼亚尔和马科斯之外，大家都躲开了。烟雾飘荡在他们周围。受伤的人的哭喊声回荡在城垛上。

他接着说："在第二道城墙内，每一个能成为战略要地的接合点都要建造路障，加固所有的门窗。为此可使用任何必要的工具。没有什么是神圣不可侵犯的。分发所有可用的近距离杀伤武器。拿出见习骑士的弩，分发给民兵。"

班诺克说："它们是很原始的武器，但再短的钢箭头也能打仗。"

达尼亚尔说："最多只有几百把弩，根本不够。你，"他指着一个棕色头发的年轻抄写员，问道，"你叫什么名字？"

这个送信人结结巴巴地说："帕拉丁，陛下。"

达尼亚尔说："你要直接去高等圣物维保士波卢克西斯所在的神殿，收集他发现的关于这一现象的所有情报，然后把情报转达给大战略参谋部的女骑士苏塞特。在这件事情上，我亲自授权于你，代号为'规范化'。波卢克西斯会遵守这个暗号。帕拉丁，你将在波卢克西斯和她之间传递情报，除非我另有命令。"

马科斯指了指自己，又指了指达尼亚尔，然后脸上露出了询问的表情。

"我们分头行事。集结兵力，协助从城墙撤退的人战斗。马科斯，我需要你确保没有兽人进入第二道防线，明白吗？"达尼亚尔说，传令官点了点头，面容冷峻，"班诺克，你和我要下到天龙尖塔最底层的地下室去。如果德拉科尼斯家族领主的著作所言是真，那我们将打开祖传的军械库。"

当加拉斯启动紧急断路器时，他的驾驶舱重新闪起了光。他只听到空气在流动的声音，别的几乎什么也听不到。钢铁巨龙仍然没有反应，一动不动。他甚至听不到机械王座上鬼魂的说话声，他的脖子疼痛不已，神经插孔返回的电流烧焦了他的皮肉。

他大声问道："以王座的名义，究竟发生了什么事？有个办法可以弄清楚。"

加拉斯从座舱架上取下武器，但当他发现激光手枪用不了时，皱起了眉头。

"天龙之血。"他诅咒道，把它扔到了一边。至少他的天龙宝剑没有受到影响。

加拉斯从驾驶舱的梯子迅速爬了上去，当他看到打开舱门的符文已经不能用的时候，又咒骂了起来。有东西在他的机甲外面爆炸了，使它像大风中的自动信号旗一样摇摆起来。

加拉斯咬紧牙关，打开了舱门手动开关装置，快速摇动了几下手柄。他一边干活，一边念着开锁的祈祷词，额头上渗出了细密的汗珠。在第五次吟诵祈祷词时，门闩砰的一声松开了。加拉斯推开舱门，大口呼吸新鲜空气。

他爬上钢铁巨龙的甲壳，看到骑士雷卡尔德在他自己的机甲上，那架机甲同样毫无生气。那个高大的黑发骑士朝加拉斯的方向无奈地耸了耸肩。加拉斯指着大门后的地面，然后滑过钢铁巨龙的甲壳，到了下机甲的梯子上。

与此同时，一连串的炮弹从头顶呼啸而过，在天龙尖塔较矮的塔楼间爆炸了。

"糟了，防护罩。"他嘶声说道，更多的炮弹如雨般落了下来。在他所在位置的上方，城垛上的人们被炸飞了，发出恐怖的尖叫声。

加拉斯一踏上钢筋混凝土的地面拔腿就跑，在钢铁利爪大门的装甲厚板后面正好遇到了雷卡尔德。大门外，兽人的战吼如潮水般逐渐高涨。城墙上爆炸声此起彼伏，集装箱编号场里到处散落着民兵的尸体。

雷卡尔德问道："以帝皇之名，究竟发生了什么事？"

加拉斯说："我看上去像是知情的模样吗？动力已经失效了。肯定是那些该死的绿皮兽人动用了什么科技异端。"

雷卡尔德说："我们需要召集民兵，他们得守住城墙。"

加拉斯说："他们守不住。我们需要做的是——"

他的话被打断了，因为有东西轰隆一声撞上了钢铁利爪大门，声如雷鸣。

"是炮弹吗？"雷卡尔德疑惑地看着加拉斯，问道。又是一声雷鸣，猛击使大门摇晃起来。门上的铆钉被撞松了，像子弹一样疾飞而出。

加拉斯说："不是。我们必须让所有人都回来。现在就回来。"

"伙计们！"雷卡尔德吼道，试图引起城墙上民兵的注意。

加拉斯说："他们离得太远了，那些该死的异形声音太大了。我们要上去。你走十八区的楼梯，我走十九区的楼梯。让他们回到城墙边，然后掘壕固守。命令会来的。"

雷卡尔德说："我们必须放弃我们的机甲。"

加拉斯痛苦地说："我从没想过这一天会到来。"他对钢铁巨龙的关心，远远超过他对所见过任何生物的关心，但留下来就意味着死亡。

雷卡尔德说："帝皇，请原谅我们。好吧，军械总管。"

"如果我们配得上，那么他会原谅我们的。"加拉斯说道，然后转身跑向远处通往城垛的楼梯。就在他离开的时候，大门处又传来了轰然巨响，一只机甲小腿那么大的金属爪子猛地破门而入。

一声尖叫响彻空中，震耳欲聋。加拉斯瞥见巨大的火箭弹轰然落在了城垛上，接着发生了惊天动地的爆炸，犹如世界末日。加拉斯的身体被气浪抛向空中，肺部的空气一下子被抽空了，脑海中充满了尖啸声。大火吞噬了一切，爆炸声就像个愤怒的神灵在发出阵阵咆哮。

他狠狠地摔在了地上，滑了出去。这里共有十九级楼梯，他一路滑到最下面一级，撕裂的剧痛传遍了全身。

加拉斯昏昏沉沉地回过头去，看向他来时的方向。透过一片游弋的迷雾，他意识到整个天龙之眼大门，以及上面的整段城垛，都消失得无影无踪。浓烟和火焰在堆积如山的瓦砾和残骸上舞动。钢铁巨龙被淹没在废墟之中，要么被毁，要么被埋。在爆炸区域的边缘，圣物维保士尼尔索克的爬行者翻了个底朝天，整个车身都被烈焰包裹。

起初燃烧声很沉闷，但声音越来越大，加拉斯听到一阵隆隆声。他的大脑挣扎着努力想弄明白自己的处境，他的本能驱使他站了起来。加拉斯痛苦地发出嘶嘶声，感觉胸部和颈部碎裂的骨头彼此挤压。他身上的肉被烧焦了，无处不疼。

然而现在，随着意识的恢复，他的心跳得更快了。

"王座，是兽人。"他说道，声音低沉又沙哑。他环顾四周，看见民兵们从废墟中爬了出来，头晕目眩，满身灰尘。

加拉斯的嗓音低沉嘶哑，他咳嗽了几声，吐了口唾沫，再次尝试。

他用粗哑的嗓音说："伙计们，拔出你们的武器。兽人要来了。向我这里靠拢！"

一双双茫然的眼睛盯着他。人们张大了嘴巴，却哑口无言。加拉斯感到怒火中烧，倒是有助于摆脱自己的萎靡状态。他挥起剑。

他嗓音嘶哑地喊道："你们是德拉科尼斯家族的人吗？还是说，你们是没用的废物？拔出你们该死的剑，上好你们该死的刺刀，该死的，立刻向我这里靠拢，否则我以至尊王的名义发誓，我会杀掉你们每一个人。"

现在，人群骚动起来。除了那些伤得最重动不了的人之外，所有的人都被责任或恐惧所驱使。民兵们跌跌撞撞、摇摇晃晃地聚集到他身边，有几十个人。许多人受了伤。有些人还握着剑，只为祈求恩典。

当爆炸的烟雾散去时，兽人接近的声音逐渐变成了刺耳的咆哮声。

加拉斯说："现在他们随时都可能冲过那个缺口。他们会迅速涌出来的。他们成千上万，而我们人数甚微，所以我不打算浪费我们所有人的性命去阻止他们。边战边退，听我指挥，穿过锻工区回到第二防线的棱堡。我们将在那里集结。行动。"

加拉斯转身向通向内城墙的最近的那条街道跑去。他手下的人竭尽全力跟着他跑。在他们的背后，兽人的咆哮像滚滚洪流一样破空而来。一大群怪物从烟雾中涌了出来。与他们徒步作战时，他们的体形看起来要大得多，加拉斯想。

这些绿皮兽人是巨大的野兽,他们张着獠牙突出的血盆大口,发出凶猛的战吼,向前冲去。有些挥舞着粗制滥造的链锯剑,咆哮着,喷吐着烟雾;另一些则抱着类似于大口径自动机枪的武器,一边跑一边狂射子弹。

加拉斯的身边响起了密集的枪声,子弹在地上擦出火花。一块巨大的金属碎片从他耳边呼啸而过。在他的右边,一名正在奔跑的民兵被子弹击中了背部,面朝下一头栽倒在地。

加拉斯嚷道:"继续跑!"

他冲过一座正熊熊燃烧的建筑物的阴影,沿着街道狂奔,他的士兵跟在他身后奔跑。更多的枪声在他们周围呼啸而过,更多的士兵倒下了。

一阵火箭的轰鸣声传来,有黑影从头顶掠过。在他们前面的大街上,一群兽人砰然落地,他们的火箭发动机组闪着光。加拉斯发出了咒骂。

他大吼道:"冲锋!"那些兽人转过身来,露出凶恶的狞笑,跑过来迎战他。

撞击足以让人骨断筋折。士兵们倒下了,有的被劈开了,有的被砸扁了。加拉斯用剑划过他遇到的第一个兽人的脖子,砍下了他的头。他把尸体撞到一边,绕着他转了一圈,用剑划出一道弧线,瞬间就把第二个兽人也解决了。

有个绿皮兽人用巨大的拳头击中了他的腹部,把他打得在地上滚了两圈,肺里的空气都被抽干了。一个兽人斜睨着他,对着他举起了斧头,却来了个怒吼的民兵,用刺刀刺进了这个绿皮兽人的胸膛。兽人踉跄了一下,咆哮起来。加拉斯看到民兵脸上露出了惊恐的表情,然后绿皮兽人的斧头让他送了命。

"不!"加拉斯倒抽了一口凉气,举起剑向上劈去,那个兽人持斧的手臂齐肘而断。那个民兵倒下,死了。兽人咆哮了一声,向他转了过来。加拉斯往下一挥,砍掉了他的一条腿,一蓬血雾溅到了街道上。

他喊道:"来吧,从他们中间穿过去。如果我们停在这里,会被击溃的!"

他避开了一把向他挥来的带链砍刀,用剑尖刺穿了持刀者的下巴。加拉斯抽回他的武器,又开始奔跑,那些能跑的人也跟着跑了。

他在匆忙之中瞄了一眼,发现也许还有一半的部队在他身边,都在逃命。

他们冲过一个狭长的广场,穿过一个交叉路口,那里有一架机甲,死气沉沉的。

它的舱口敞开着,鲜血涂满了它的躯干。看到这一切,加拉斯的心中充满了绝望的愤怒。

炮弹落在他们周围，炸开了建筑物，砖石如雨点般落在毫无防护的街道上。

拐过一个弯，加拉斯差点一头撞上了一群民兵，他们正从另一个方向过来，一小群圣物维保士尾随其后。

加拉斯喊道："跟我走。他们就在我们后面！灯塔要塞，后面的大门。来吧！"

那些民兵，无论男女，都以令人钦佩的速度做出反应，催促着他们需要照管的圣物维保士笨拙地奔跑起来。当兽人涌过街道时，加拉斯能听到他们的吼声。爬上一段短而陡的斜坡后，就能看到第二堵黑黝黝的城墙和灯塔要塞的城垛拔地而起。

他能看见从要塞的射击孔里向外张望的那些面孔：面色苍白，眼睛睁得大大的。

"打开大门。"他喊道，手脚并用地冲上陡峭的路面，"我以军械总管的名义命令你们把这该死的大门打开！"

一个人从上面喊道："加拉斯大人，至尊王命令我们封住大门。"

加拉斯大喊道："你们要是那么干的话，就眼睁睁地看着我们死在这儿吧。如果你现在就行动的话，还有时间，身为尊贵骑士团的一员，我命令你照我说的做！别拧搓你的手了，快打开这该死的大门！"

民兵们手动用绞车拉开灯塔要塞的大门，门把手转动，缆绳发出吱嘎吱嘎的声音。

兽人距离他们一百米，然后是八十米，然后是五十米。枪声在他周围呜呜作响，子弹击中了灯塔要塞的城墙。

越来越近，越来越近，然后加拉斯终于到达了大门。他停了下来，向身后冲上山丘的士兵和圣物维保士大声吼着鼓励他们。兽人出现了，紧追着他们向山上跑去，黑压压的一片，就像一堵移动的墙。

那些男男女女从他身边，冲过敞开着的大门。最后一个人，是个跛脚的民兵，在离大门九米的地方，被兽人开火扫射，他的眼睛一直紧紧盯着加拉斯。加拉斯感觉到那人的血喷洒在他的脸上，然后他躲进了大门，向守军吼着让他们把门关上。

金属门砰的一声关上了，加拉斯背靠着门，慢慢地滑坐了下去。他抬起头来，看到了他救的人们满脸感激、惊恐的表情。在每一张脸上，他都看到了最后一个死者临死时紧紧盯着他的模样。然后，他们的影像四处游弋，痛苦袭上他的心头，剑从他的手中哗啦一声掉了下来。

加拉斯所见的最后一幕是民兵医疗队匆匆赶到了他身边。

在天龙尖塔下面深处，达尼亚尔在火炬的照明下前进。班诺克和他的手下举着燃烧的火炬，为至尊王照亮前进的道路。他们一直往下走，一路穿过武装室、陵墓、粮仓和地牢，越过仓促建造的路障。最后，他们来到了最底层，只有最尊贵的人才能踏足于此，在那里的黑暗中藏着德拉科尼斯家族的秘密。现在他们前进得十分缓慢，每多走一个错误的弯路和死胡同，达尼亚尔就多一分挫败感。

在达尼亚尔年少时，他下隧道仅有寥寥数次。就算下来，他也总是和父亲一起。在这么深的位置开凿隧道，人们用了一种奇异的金属浇铸隧道，每隔一段距离，就有流明照亮，看起来井然有序。这些流明并没有因兽人武器的影响而失灵。达尼亚尔在前面带路，按照他从长老骑士卷轴上记下的指示，在交叉点和入口寻找印有古代文字的符文。他寻找传说中德拉科尼斯家族祖传的军械库，这个秘密在这个贵族家族的摄政者之间代代相传，直到它成了一个神话。

最后，当达尼亚尔开始丧失希望的时候，他发现自己站在一扇大门面前，门以某种方式由石头和金属融合而成。上面的文字太古老了，他看不懂，还有那些表示警告或欢迎的符文，他也看不懂，但和长老骑士卷轴中那些风格鲜明的彩图吻合。有个用发光细丝镶边的槽嵌在门框中，至少，他明白这个槽的用途。达尼亚尔把祖父的护身符插入槽中，插好后咔嗒响了一声。

暗藏的灯塔在房间里频频闪烁着光芒，厚重的门轰隆隆地开了，年代久远的空气漫过他们全身。一个机械的声音嗡嗡地说着话，所用的语言听起来耳熟，却很虚幻，令人费解。他捕捉到了只言片语，有些听起来像是"长途行军"，有些可能是"紧急情况"。

再往前是一个房间，里面都是冰冷的金属和发光的远古科技产品。灯光闪烁着，它们照亮了一排又一排的金属架子，架子上的东西都处于闪烁的静止场中。

达尼亚尔看着它们，苦笑了一下。

他说："承蒙祖先的照拂，德拉科尼斯家族还没有败。"

第十一章

珍妮卡睁开眼睛,只看到一片绝对的漆黑。胸部、头部和左手腕传来阵阵疼痛,让她知道她还活着。她觉得冷,皮肤被某种黏腻的东西弄得湿漉漉的,很不舒服。在黑暗中,她挣扎着要说出她躺在什么地方,或者她的来路。

恐慌在她心中涌动,让她心生不祥之感。她狠狠地压下了这种感觉。

她低声说:"此时,此地,万万不可慌张,那会导致死亡。"

她的声音给她自己带来了某种程度的安慰,让她能够理性地评估自己的处境。

她平静地说:"我从桥上摔下来了,我们当时在……神殿。不管里面的东西是什么,反正审判官想要。他的使命远不止表面上我们所见的那样。"

她说这句话的时候觉得触及了真相,审判官与文奎斯特之间的匆匆对视,坚持不懈的寻找……审判官来的目的不仅仅是清除她的星球上的污点。他在利用阿德拉斯塔波尔的骑士团来达到某种隐蔽的目的。但他为什么要隐瞒自己的目的呢?

她喃喃地说:"这不可能是好事,我需要找到他们,与他当面对质。"

珍妮卡感受到了钢铁般的坚定,正是这种坚定支撑着她熬过了父亲的去世和随后发生的可怕事件。随之而来的是头脑清醒。首先,她需要看到。珍妮卡四处摸索着,左手腕上的刺痛让她畏缩了一下,她断定自己被夹在岩石突起的尖刺之间,压在某种柔软的、弯曲自如的东西上面……肉乎乎的。在她坠落的时候,把她从桥上撞下来的那个变种人当了她的肉垫,让她有所缓冲。

珍妮卡被卡在了窄缝里,她拼命挣扎,四处摸索着,直到找到了她要找的东西。她那把天龙宝剑的剑柄,仍然突出在那个变种人的胸口。她意识到,如果她没穿紧身防护服的话,落下时剑柄的圆头就会击碎她的胸骨。

她费了好大的劲才把武器拔出来,设法扭动着把身体侧向一边,以避开武器。她因为痛苦而发出了一声嘶吼。

"天龙星座，愿你现在与我同在。"她祈祷着，然后用拇指拨弄着她剑刃上的点火符文。

火光猛然跃入了黑暗，珍妮卡松了一口气。她眯起眼睛，以抵挡突现的强光，然后仔细打量起周围的环境。

她所处的位置靠近一个深谷的底部，山壁是参差不齐的石头，向上方伸展，直到天龙宝剑所发出的光芒照不到的地方。她掉在了两根石刺中间，那个想杀她的怪物残缺不全的尸体垫在她身下。

珍妮卡热切地低声说："赞美帝皇，感谢您的神奇干预。我不会白白浪费您给我的这个机会的。"

她来回扭动着身子，使了好几次劲，终于看清了该往哪里走，便努力从裂缝中挣脱了出来。

她滑到深坑的地面上，扑通一声掉进了三十厘米深的苦咸水里，脚踝着地，她发出了痛苦的嘶吼。

珍妮卡花了些时间，用紧身防护服上的系统给自己进行了一次诊断：左手腕断了，还断了两根肋骨，锁骨可能骨折了，脚踝严重扭伤，身上到处都是割伤、擦伤和瘀青。

她说："幸运，还是挺幸运的。"

深谷的底部只有一米多宽，地面并不平坦，有大片参差不齐的岩石、凹凸不平的裂缝和黑黝黝的水。地面向两个方向伸展开去，无论哪一个看起来都没什么吸引力。一时间，珍妮卡又感到一阵恐慌。一想到被困在这里，没有出路，被深谷的石头缝吞噬……

她严厉地对自己说："不,不。只要他们还需要你，就不会发生这样的事情。"

珍妮卡暂时熄灭了剑上的火焰，闭上眼睛，屏住呼吸。她努力思考，极力思索任何可能给她线索的东西。哪怕是最轻微的声音，或者一缕微风，就足够了。她皱起了眉头，只感到右脸颊上有一股淡淡的暖意。这种感觉就像站在一个忽明忽暗的壁炉前。她睁开眼睛，重新点燃了剑上的火焰，但什么也没看见。

她喃喃自语道："也许是天龙圣火吧，这是个好迹象。"

珍妮卡向右拐，沿着隧路小心翼翼地走。

几个小时过去了，她盔甲上的内置计时器帮她计量着时间。但几个小时的时间她还是负担不起，珍妮卡对此心中有数。珍妮卡在黑暗中一瘸一拐地走着，她天龙宝剑的燃料符文变成了琥珀色，一个接一个地闪烁着熄灭了。她脑海中不断浮现最可怕的噩梦场景，她努力压下那些不好的念头。

她，死了，成了一堆腐烂的骨头，永远消失了，成了再也回不去的骑士。

兽人胜利了，在阿德拉斯塔波尔倒下的机甲上怒吼着，宣泄他们的仇恨。

审判官暴露出他自己是个叛徒，跟艾丽西娅·卡·曼蒂克斯一样邪恶。

天龙尖塔在熊熊燃烧。

珍妮卡甩开脑海中的这些画面，愤怒地咆哮起来，她的思想试图进行自我攻击。但她无法否认，她的伤口很疼，身体也越来越虚弱。她渴得要命，四肢因疲劳而酸痛不已。

在一阵昏昏沉沉之后，她自言自语道："他们需要你。不，王座带走了他们，他们一直都需要你。你不能放弃自己。你是德拉科尼斯家族的第一骑士，你大有前途。"

珍妮卡又一次感觉到皮肤上有温暖的迹象，一瞬间她觉得听到了远处火焰的噼啪声。

"已经神志不清了。"她喃喃自语道。但她还是顺应了这种感觉，强拖着疲惫的身体继续前行，在宝剑忽明忽暗的光芒下，在滑溜溜的地面上一瘸一拐地走着。

珍妮卡绕过一个曲折的弯道，然后意识到她的剑并不是唯一的光源，她皱了皱眉头。一道微光从前方传来，就像黎明前的光辉一样微弱。

希望让她重新充满了活力，驱使她向前走去。

那道发白的光变得越来越亮。过了一会儿，珍妮卡干脆熄灭了剑上的火焰。那道光苍白而透明。不是天光，她感到一阵失望的痛楚，但至少那儿有什么东西。

在头顶上方，峡谷的山墙像紧闭的嘴唇一样，交会在一起，她发现自己置身于一条发光、积水的隧道里。珍妮卡又往前走了九十米，到了隧道的尽头，她一瘸一拐地走进了一个山洞，洞中的景象让她大吃一惊。

这个山洞很大，洞顶像大教堂的圆顶天花板一样。钟乳石和石笋融合成了高耸的石柱，像骑士机甲的腿一样粗，上面覆盖着水晶般的沉淀物，就像镶满了宝石的瀑布。正是这些晶体在发光，犹如万花筒般发出五彩缤纷的光芒，蓝色、黄色和粉红色交织在一起。

珍妮卡注意到，被尘土和沙砾覆盖的地面上有幅石头画。画的许多拼贴之处都碎了或有所缺损，但她太熟悉这幅画所描绘的形象了。那是一架高大威武的骑士机甲，其外壳不如她所知的那些机甲那么华丽，线条弯弯曲曲的，异常工业化，但它仍然是一架骑士机甲。在它的脚下有倒下的树木和被杀的野兽尸体；它的头顶是一片黑暗的天空，繁星密布，其中有颗蓝绿色的星球闪闪发光，比其他的星星都要大。

珍妮卡的注意力被吸引到了这间密室的中央，然后她一下子屏住了呼吸。那里立着一座祭坛，从设计来看，显然不是帝国的。有八芒星和流动的蛇形符号装饰着这个祭坛。祭坛的上方有鸟类的雕像，向下俯瞰，这些脏兮兮的雕像也是用水晶雕刻而成，材质与覆盖在柱子上的水晶完全一样。旗帜从雕像的鸟爪中垂下，蓝色丝绸上印着古老的图案，难以辨认。

珍妮卡看到有个东西从祭坛的顶端伸出，被链子包裹着。

她又一次感觉到了那幻影般的火焰，现在她觉得脸上更暖和了。有东西迫使她走近。

珍妮卡用右手握住剑，一瘸一拐地走向那个祭坛，她断了的左臂派不上用场，垂在身侧。她飞快地左右扫了一眼，警惕着威胁。除了她发出的声响外，没有任何动静。空气静止不动，四下里一片寂静，在舞动的光线中，感觉好像什么都没有。

她惊讶地说："这是一把天龙宝剑。"

那把华丽的武器从祭坛的表面升起。尽管大部分剑身都插进了石头里，珍妮卡还是能看出，这是她见过的最漂亮的武器了。沉重的锁链从祭坛的两侧伸展开来，缠绕在剑柄和十字形护手上，但在剑柄和护手的连接处，珍妮卡可以看到火红的欧泊和红宝石在发光，它们镶嵌在工艺精细的艾德曼合金中。

她有一种想伸手抓住那把武器的冲动，但又生生忍住了。

她大声问道："这是什么？是祭品，还是陷阱？帝皇，如果您能听见我的声音，请指引我。"

她检查了一下自己的腰带，发现还有三枚克拉克手榴弹凭磁力固定在上面。其威力足以炸开地堡的门，或者摧毁一辆战斗坦克。当然也足以摧毁一座供奉黑暗诸神的祭坛，以及囚禁于其中的奇异武器。

然而那把剑被锁链锁住了，就像一个受困的战士。它看上去像是效忠于帝皇，而不是黑暗诸神的武器，与这里的环境格格不入。

珍妮卡感到一阵沮丧。现在不是她的星球揭示更多隐秘的时候。然而她感受到了这一刻的冷酷，仿佛坠入深渊，自己深陷于命运的齿轮中。她必须扮演好自己的角色，否则就会被压垮。

她深吸了一口气。她热切地希望是帝皇在引导她的手，而不是其他的黑暗之神，她把自己的武器插进鞘中，然后伸手去抓那把天龙宝剑的剑柄。

她紧紧握住那把武器的那一刻，她感到炽热的暖流传遍全身。一股清新的力量沿着她的四肢蔓延开来，感觉就像阳光温暖了冰冷的皮肤。那些看起来令人生畏的锁链碎裂了，将祭坛掩埋在一堆了无生气的铁片中。

她用力一拔，那把剑就从祭坛上滑了下来，就像从上过油的剑鞘里滑出来一样。她举起面前的剑，感觉剑上散出强大的力量。这把剑的剑柄顶端的圆头是艺术化处理的天龙龙头的形状，天龙用翠绿色的小眼睛盯着她。它的剑刃由一种她不认识的金属锻造而成，跃动着炽热的光辉，与水晶发出的光芒无关。

她意识到，光开始逐渐消失。就像她挖出了它跳动的心脏一样，密室渐渐暗了下来，渐趋黑暗。

她对着那把剑说："你真是个谜，改天再来揭开谜底吧。"她迅速行动，扯下一面不太干净的旗帜，把它折叠起来，裹住剑刃，裹了一层又一层，直到完全认不出这是把剑才停手。她又取下了一根紧身防护服的交叉肩带，把它绕在剑刃上绑了几圈，然后又连剑一同绑回身上。现在，那把奇怪的剑被牢牢地固定在她的背上。光线逐渐消失，珍妮卡抽出自己的武器，重新点燃了它的火焰。

她说："这火可燃不了太久。帝皇，请不要让我——"

她听到石头摩擦的声音，话刚说了一半就停了下来，惊讶地看到有一组石雕台阶从密室另一头的墙上滑了出来。她慌忙一瘸一拐地朝台阶走去，看到台阶向上延伸到一道门前，那扇门已经在岩石上滑开了。

她说："有门的地方就有走廊，有走廊的地方，就一定有路出去。我来了，马萨塔。你还没告诉我实话呢。"

几个小时后，珍妮卡一瘸一拐地走完最后一段石头砌的走廊，经过奇迈罗斯家族骑士被熏黑的雕像，来到暗淡的月光下。她剑上的火焰早已熄灭，只能在黑暗中摸索前行。疲惫攫住了她，她的视野仿佛在旋转，但新鲜空气和自然光线照射在皮肤上的感觉让她松了一口气。

支离破碎的走廊横梁落在一片泥泞的空地上，两侧是多瘤节的树木和隐约可见的石墙。她周围都是蔓生的灌木丛，透过树冠的缝隙天上的星星隐约可见。

珍妮卡深吸了一口气，担心她可能会听到什么，然后激活了她的近程珠状通信器。

她说："我是珍妮卡·谭·德拉科尼斯。爱德华、努阿拉、里斯，有人能听到我说话吗？"

静电发出嘶嘶声，她靠在树干上，积蓄能量准备再试一次。这时女骑士努阿拉的声音在她耳边响起。

"珍妮卡女士！你还活着！"

骑士爱德华惊声叫道："感谢王座！他还说你死了！"

珍妮卡问道："是谁说我死了？那个审判官吗？"

女骑士努阿拉说："是的。几个小时前，他和他手下的那帮人出现了，女士。他们报告你在战斗中阵亡了。他们说你的遗言是要求他们立刻去天龙尖塔报告混沌威胁的规模。马萨塔命令我们站岗放哨，注意那些从地下冒出来的混沌信徒，直到他带着足够的军队回来清除他们。"

"我确实掉下去了，"珍妮卡说，她挺直了身子，"落入了深渊。但是帝皇救了我，我没有以他的名义提出这样的要求。审判官一直在对我们撒谎。如果我不是碰巧掉下去的话，谁知道他会对我做什么呢？"

骑士里斯说："我早就说吧。难道不是吗？"

圣物维保士特拉辛说："这已被查实。您幸存下来，我们也很高兴，女士。"

骑士爱德华说："里斯提出护送审判官，以确保他能安全地传递他的信息。或者尝试让他临时接入全球战略通信。"

里斯生气地说："马萨塔把两项提议都给拒绝了。对于前者，他说他需要所有三架机甲都待在这里形成有效的警戒线；而对于后者，他说他不能冒险让错误的人听到这么危险的信息。必须亲自送达。"

努阿拉说:"天龙之血,听到你的声音我很高兴,女士。我们差点就下机甲,不理会审判官的命令,冲到废墟里去找你了。"

珍妮卡说:"好吧,我现在就在这儿。发射信号弹,我会来找你们。我们必须追上他。"

在她的西边,一枚嘶嘶作响的炮弹跃入天空,在黑暗的天空中缓缓飘过,像天龙圣火一样燃着红色的火焰。珍妮卡直起腰,一瘸一拐地朝那个方向走去。

骑士爱德华说:"女士,他几个小时前就离开了。他和他的扈从乘坐狮鹫战车穿过了荒野。如果他不是要去天龙尖塔的话,我们可能会跟丢他。"

特拉辛说:"修正一下事实。作为预防措施,当我们第一次离开天龙尖塔时,我让我的爬行者的机魂盯住了审判官交通工具的引擎足迹。我推断,让如此尊贵的大人物跟他的护卫队分开,并非最佳方案。"

珍妮卡问道:"盯住了他的战车是吗?你是说你能追踪到它?"

"审判官马萨塔的交通工具目前距离我们一百六十五千米,以平均每小时六十千米的速度向西南方向行驶。我可以在三百二十千米的范围内,始终监视这些信息。"

珍妮卡说:"工作非常出色,圣物维保士!"

里斯喃喃地说:"要是你能早点提及此事就好了。"

"只有在胜券在握的时候,万机之神才会传授知识。"特拉辛说,他听起来毫无悔意,"此外,我认为,如果我早点透露这个消息的话,你太情绪化可能会导致你在找到珍妮卡女士之前,就去追捕审判官。"

里斯愤怒地说:"你擅自揣测我的心思,圣物维保士?"

珍妮卡说:"冷静一下,里斯大人。"

女骑士努阿拉说:"我们知道他不是前往天龙尖塔。他可能要去流沙山口吧?那条路除了阿德拉波汀斯山的南尾和国王山谷,再没有别的什么地方好去了。"

爱德华说:"反正,我们一无所知。更重要的是,他的速度很快。他冒着被兽人盯上的危险。为什么审判官这么着急?"

珍妮卡说:"我们应该在被迫查明真相之前抓住他。特拉辛,在你的爬行者上准备好医疗舱。如果我来驾驶,会需要紧急的基础护理。你明白吗?我们得开始追踪了。"

在几千米之外，审判官马萨塔坐着在严肃地思考，他的狮鹫战车轰隆隆地穿过湿地。在一片茫茫黑暗中，车上的灯光是唯一的光源。引擎低沉的轰鸣声回荡在那片死寂中。在昏暗的货舱里，审判官和他的扈从默不作声地坐着。

大多数人都受了伤。德布科躺在一张临时担架上喘着粗气，他的皮毛烧焦了，皮肤发黑；审讯牧师奈什抱着一只断了的胳膊，满脸怒气；文奎斯特显得紧张不安，蜷缩在一个角落里，茫然地凝视着不远处。

审判官马萨塔的膝上放着一本书。书的封面漆黑一片，似乎在吸收周围的光线，上面印着一个用蓝色水晶和黄金制成的禁魔符。审判官用受过祝福的银链捆住了这本巨著，但他仍然能感觉到它散发出的邪恶。

林蒂吉斯·莫滕斯说："这是我们赢得的恶毒奖品。它鄙视我们，而且它渴望得到我们的灵魂。"

马萨塔说："这倒是真的，但它也包含了我们最终击败真正敌人所需的信息。这值得付出代价，值得付出痛苦。"

莫滕斯说："我怀疑阿德拉斯塔波尔人会怎么想。大人，这真的是对的吗？"

马萨塔说："多年来，我们一直在追捕黑暗使徒。多年来，瓦拉克洛尔曾三次打败我们。总是通过他崇拜的邪恶恶魔的代祷，总是以牺牲生命和帝皇合法应得的星球为代价。在多纳托斯，他差一点就成功了。你知道此事，莫滕斯。"

"我的确知道，大人。"莫滕斯小心翼翼地措辞，"正因为如此，我担心，此次由您亲手牺牲另一个星球，会使死亡人数超过帝皇所能认可的数目。尤其是如果我们要杀死那些在我们无能为力时阻止了瓦拉克洛尔的战士。大人，我们已经在阿德拉斯塔波尔待了四年了，一直在寻找那本书的确切位置，建立对贵族家族的真实了解。我们已经看到，几乎没有证据显示我们所担心的异常情况。"

马萨塔重重叹了口气。

马萨塔说："当瓦拉克洛尔死在多纳托斯星球上的时候，有那么一瞬间，我还不敢相信这事已经完结了。他是那个黑暗中的存在在凡间的仆人，是它最重要的傀儡，也是其庞大阴谋的关键。但这儿还有一个。那个女巫，艾丽西娅，出生在这个星球上，莫滕斯。她是腐败的根源。"

莫滕斯说："没错。如果她的腐败蔓延到其他家族，我是不会质疑我们的处理方式的，大人，但是……"

他没说完这句话。

马萨塔说："似乎没有，确实。但他们仍然犯了玩忽职守罪。他们仍放任了这种腐败肆无忌惮地发展。"

中士卡斯顿说："当我们指出他们的错误时，他们据理力争了。他们很忠诚，虔诚而可贵。"

马萨塔说："但是，在那个魔鬼隐匿一个信徒的地方，可能隐匿了更多信徒。如果我们救了这些人，我们就会卷入他们与兽人的战争，浪费我们本来就所剩无几的时间。"

卡斯顿说："是我们挑起的一场战争。"马萨塔听出她的声音里充满了愤怒。

他说："够了，我的朋友们。我不希望用这种做法，但事已至此。有的时候，胜利需要做出最艰难的牺牲。"

卡斯顿敦促道："现在还不晚。我们可以改道，去寻找高增益轨道通信器。天龙尖塔就在那儿。"

莫滕斯说："我们的行程会特别赶。舰长拉尼尔拉兹的时间表几乎不容许出现误差，而卡斯顿的飞行技能也并不包括空战。如果我们被击落了，或者不能及时到达阵列——"

马萨塔说："那样的话，我们都会死去，与我们战斗的恶魔的真正名字也会随我们而去。风险太高了。我不会草率行事，但即使阿德拉斯塔波尔骑士证明了他们的纯洁，我也必须为了我们的目标牺牲他们。我们按原计划行事，在帝王谷与着陆舱会合，然后在拉尼尔拉兹舰长释放灭绝令之前进入轨道。"

第十二章

烟雾从卡宾山口升起。卢克坐在他的机械王座上,透过他机甲的机械感官,越过一丛丛的常青树,望向山顶上枪林弹雨的地方。卡宾山口位于两座锯齿状山峰之间,这两座山峰被称为号角峰。在远处,越过高耸的山峰,透过薄雾和云彩的面纱,隐约可以看到佩加森家族的鹰巢城。

埃克哈特里娜说:"上面的山口到处都是兽人,那上面肯定有成百上千个混蛋。"

卢克说:"路障边的守军寥寥无几,我连一架机甲都没看见。"

骑士赫斯说:"那儿有一架,它被打翻在地了,看啊。"

卢克的流形上突然出现了一张拍摄的照片,是从杰马杜斯的远程鸟卜仪中截取的。一架佩加森家族的机甲,靠在山腰的岩石上,金属鱼叉刺穿了它的四肢和躯干,把它钉在了上面。

赫斯说:"注意那些炮弹发出的毁灭性力量在噼啪作响。那是兽人的另一种奇怪武器,旨在使战争引擎瘫痪。"

玛雅厌恶地说:"它的两条腿上全是绿皮兽人,他们在它还活着的时候就把它给大卸八块了。"

"尽管这样。"卢克说道,同时侧耳倾听着机械王座传来的低语,"即使有一架机甲带领他们,这里的守卫力量也少得可怜。佩加森家族在这里的防御真的这么薄弱吗?"

拉纳尔夫说:"如果是这样的话,那么你的朋友在这里就很难得到帮助了,但至少有很多异形可杀。"

卢克说:"上校格斯蒙德,我们要帮助佩加森家族的战友。你的牛头车队能应付山口边缘的岩石地形吗?"

格斯蒙德说:"陛下,这就是制造它们的目的。"

卢克说:"把你的部队一分为二,包围他们的侧翼。我们直接从中路过去,在佩加森家族设置的路障那儿追上他们。你的任务是阻止他们逃离杀戮区。"

格斯蒙德说:"明白了,大人。"过了一会儿,卢克听到了牛头车引擎发动起来的低沉轰鸣声。

"圣物维保士多尔瓦,让你的铁腿一直跟在我们后面,只负责支援,同时密切注意,看有没有残骸从斜坡上滚下来。"

多尔瓦说:"谨遵万机之神的旨意。"

卢克说:"流亡者们,检查弹药,盾牌就位,拿出枪炮。让我们消灭这些肮脏的异形。"

那些自由之刃的骑士机甲冲上了山口。冰雪像滔天巨浪般横扫过它们的腿,然后从它们身后滑了下去,犹如小型雪崩。地势很陡,没有一架机甲能走这么远而不受到他们遇到的游荡兽人的伤害。然而,这些机甲强大,它们的机魂很好斗,什么都不能阻挡它们前进。

骑士赫斯说:"正在对它们扫描。如你所料,是一支强大的步兵分队。他们是机灵的野兽,已经根据地形改装了自己的交通工具,链条轮胎、履带,原始但有效。"

卢克说:"在中间,有尊战争雕像,是斯托帕级。他们还在它上面附加了轨道!"

女骑士埃克哈特里娜说:"王座啊,如果这样的异形还不算危险的话,那就太荒谬了。肯定就是那些发射装置击倒了佩加森家族的机甲。"

卢克看见长长的、看起来就很邪恶的加农炮就在那个战争雕像的右肩上,一排排矛状的炮弹在下面迅猛发射。它正在他们前面慢吞吞地上斜坡,穿过兽人部落的中部。它已经在用炮火扫射被围攻的佩加森家族的路障了。

如果让它到达山顶,战斗就结束了。

卢克说:"集中火力向那座战争雕像开火。趁它背对着我们的时候,惩罚异形的自满。"

他手下的骑士们开火了,加农炮产生的爆震波使雪花漫天飘飞、颤抖。炮弹和火箭弹呼啸而过,击中了这架巨大的战争引擎。它的装甲板向内弯曲,炮塔和管道在绽放的火焰中被撕裂,球状躯干中发生了二次爆炸。

兽人前进的步伐缓慢。位于部落后方的兽人小子和坦克放慢了速度,转向那些稳步踏上斜坡，朝他们冲过来的金属巨人。与此同时，它不再缓慢前进，开始笨拙地转弯。它的加农炮不停地开火，炮弹沿着佩加森家族的路障低空扫射。

卢克说："举起盾牌。他们在这里——"

"山口处身份不明的骑士机甲，"他的通信器里突然冒出了一个女人的声音，伴随着枪林弹雨的怒吼声和绿皮兽人的咆哮声，"你听得见吗？"

"我们听到你说话了。"卢克说，一边斜持盾牌挡开来袭的火箭弹，他的机枪怒吼了起来，"你是谁？"

"我是佩加森家族民兵第七十二连的队长艾瑞卡·莎尔。请表明你们的身份。"

卢克说："灰烬骑士，率领着流亡者，还有格斯蒙德手下的维萨林人。我们行军至此，前来援助你们。"

队长莎尔的停顿让卢克知道，她已经认出了他的名字。他鼓起勇气，准备直面敌意。

莎尔说道："灰烬骑士，恕我直言，你的援助带来的麻烦远大于价值。我们已经计划好了要让这个山口坍塌。炸药已经装好了，兽人正好就在我们要炸的地方。但你站在那儿，我的工兵不能引爆炸药。"

卢克说："该死，我道歉，队长。流亡者们，新的计划如下：破坏战争雕像的动力系统，穿过兽人部落冲到路障前；格斯蒙德，别下车，马上离开，增援队长莎尔的民兵；圣物维保士们，分开，跟着维萨林人通过路障；格斯蒙德，保护好他们的生命安全。"

除了空虚之外，所有人都发出了表示赞同的呼声。兽人们从山口冲了下来，一窝蜂地跑下陡峭的斜坡，丝毫不考虑自己的安全。炮弹撞击着卢克的盾牌。一辆疾驰的战斗卡车在他热能加农炮的轰击下来了个急转弯，一头撞向了英雄之剑的胫骨，差点绊倒了他的机甲。

卢克再次开火，向前推进，把绿皮兽人炸得粉身碎骨。

"他们的数量多得可怕。"埃克哈特里娜说，她的战斗加农炮猛烈地向那群绿皮兽人发射炮弹。导弹从她机甲的双肩跃出，砸向战争雕像的右轨道阵列。

火苗跃起，它的部分轨道连杆掉了，但巨大的战争引擎仍在转动。

"帝皇的餐桌旁有更多的灵魂了。"骑士沃－盖斯说道，一边带着加特林加农炮向山上行进，一边咆哮。兽人在他面前灰飞烟灭，漫天血雨腥风，躲过炮火幸存的兽人还来不及庆祝，就被机甲踩在了脚底下，成了一摊摊肉泥。

"空虚，保持阵形。"卢克命令道，但黑色的骑士机甲没有任何减速的迹象，"沃－盖斯！你在干什么？"

当战争雕像转过身来的时候，它手臂上的多管加农炮加速旋转起来。炮弹沿着山口的边缘扫射过去，把格斯蒙德手下的几辆牛头车变成了火球，而且撕碎了两架铁腿。

卢克愤怒地喊道："该死，结果遭殃的是我们，而不是他们！"

他启动了热能加农炮，炮弹将它的几块装甲钢板熔成了冒泡的熔渣。然而，射程太远了，他的战果不大。

埃克哈特里娜说："深红色死神，干掉那东西。"

"万机之神，请指引我瞄准。"骑士赫斯边说边启动了正电子驱动器。爆炸击中了目标，当闪电掠过它的外壳时，它开始颤抖和抽搐。火焰穿透了它的装甲板，浓烟滚滚。

它仍然转过身来，用炮火扫射拉纳尔夫的机甲。走在长矛手战友前面的空虚，盔甲上被打穿了几十个洞，跟跟跄跄。

他咆哮道："啊，该死的王座，我被击中了。神圣的王座，我的腿断了一半。"

战友痛苦的喘息让卢克感到愤怒和沮丧。空虚摇摇晃晃，几乎要从斜坡上倒下去。它的一门加农炮被炸烂了，火花四溅，而兽人正在逼近。

卢克说："怒火难逃，保住他的命。到路障那里去。"一个符文闪过作为回复，然后玛雅的骑士机甲调整了前进的角度，朝着空虚所在的方向前进。她的热能加农炮发出嘶嘶声，兽人被消灭了，化为灰烬。

传来队长莎尔的声音："阁下，我必须引爆炸药。赶快。"

卢克说："深红色死神，再次攻击斯托帕级战争雕像；使命无边，别让那些绿皮兽人靠近我们。我要完成此事。"

埃克哈特里娜说："快点，灰烬骑士，我觉得我们的朋友——那个队长的耐心有限。"

卢克给动力推进器加大动力，操控机甲在颠簸的斜坡上疾驰。一群绿皮兽人向他扑来，被他踩在脚下。两辆被抢的坦克将炮塔转向他的方向，结果女骑士赫斯帕尔的炮弹将其中一辆变成了火球，另一辆则被爆炸的冲击力撞得侧滑下山。

爆矢弹冒着火光从赫斯的加农炮中跃出，猛烈地撞击着斯托帕级战争雕像。这一次，能量在穿过战争雕像时，炸掉了它装有加农炮的手臂，它右边的轨道阵列减速后停止了工作，熔成了一团，火花四溅。

赫斯喊道："赞美万机之神！尝尝这个的厉害，异形污秽。"

卢克大步走近，踢开一辆挡道的兽人坦克。一连串的火箭弹从侧面击中了英雄之剑，装甲钢板弯曲翘起，驾驶舱内的符文也变成了红色。损害警告在他耳边响起。

它剩下的武器——一把长六米的链锯剑，正在提高转速。液压装置发出嘶嘶声，烟雾喷涌而出，但进攻角度很差。斯托帕级战争雕像不得不绕过自己的身躯才能攻击他，卢克很容易就能避开它笨拙的攻击。

他把热能加农炮直接对准了它的头开火还击。金属发出樱红色的光，然后被熔汽化了。过热的气体在猛烈的爆炸中向外爆发，火焰冲入这个战争引擎的内部，引发了进一步的爆炸，将其从内到外烧焦了。

卢克从奄奄一息的战争引擎旁退了回来，一边走一边踩踏着那些兽人。

他在通信器里大声疾呼："流亡者们、维萨林人、圣物维保士，那条路是安全的。到路障那儿去。快去！"

爆炸一个接一个，每一次爆炸都与上一次爆炸交会在一起，产生了巨大的轰鸣声，震动了地面，扬起大团的雪和烟雾。成千上万吨的碎片猛冲到那些仍然挤在隘口的兽人身上，如汹涌的潮水把他们冲走了。为数不多的几个绿皮兽人幸运地靠近了路障，从而躲过了这场灾难，但寡不敌众的他们拼命扑向了佩加森家族的防御工事，生还的希望极为渺茫。

当格斯蒙德的维萨林人和民兵并肩作战，开火射杀最后一拨异形时，流亡者们聚集在地势略高的高地上，更高的山峰的阴影笼罩着他们。

人们费尽千辛万苦，把沃-盖斯从他的驾驶舱中救了出来，放入一个由电枢组成的支架里抬了下来。他被火速包裹在一个热屏蔽的医疗舱之中。那个自由之刃骑士之前并没有夸大其词，卢克想。他的伤很重，左腿和腹部的大部分都已让人不忍直视。

埃克哈特里娜说："空虚暂时不能参战了，如果他能挺过来的话。圣物维保士似乎对此也不确定。"

骑士赫斯说："是我的错。如果我校准了正电子波……"

卢克说："如果说有人犯错的话，那就是我，因为我没看到我们即将遭遇明显的埋伏，也没有把那个任性的傻瓜管束好。但是现在责备对我们已经毫无用处了。我们有任务在身，时间紧迫，等不及让我们进行自我鞭笞了。"

埃克哈特里娜说："那位队长来了，我感觉她对我们的帮助并没有那么感激。"卢克看见莎尔在雪地里蹚过雪向他们走来，她穿着装有保温板的民兵队长制服，身板挺得直直的，满面怒气。她抬起手激活了一个珠状通信器，听着耳边的声音。

她问道："卢克·卡·奇迈罗斯，对吗？"

卢克纠正她的说法："灰烬骑士。"

这位队长说："奇迈罗斯家族既是异教徒，又是叛徒，你们的宅邸被夷为平地，你们的人都死了。你还在这里做什么？"

卢克的下巴绷得紧紧的。"我们本在追捕那个异端。我们收到了阿德拉斯塔波尔陷入困境的消息，就回来帮忙了。"

队长问道："我们，你指的是自由之刃骑士和雇佣兵，对吧？"

女骑士赫斯帕尔激动地说："自由之刃骑士和雇佣兵刚刚以你们的名义摧毁了一座战争雕像。"

队长回答道："而且差点毁了一场伏击，精心策划这场伏击让我牺牲了几十个优秀士兵。我再问一遍——你们在佩加森家族的领地内，为什么？"

卢克说："至尊王达尼亚尔·谭·德拉科尼斯的亲自下令，我受命至此。也许我是自由之刃骑士，但我仍然坐在机械王座上，这意味着我没有必要向你解释，你应该表现出起码的尊重。我们要去佩加森家族的鹰巢城，去觐见女侯爵。现在就去。你可以用通信器向前方通报，为我们开路，也可以阻止我们实现至尊王的意愿。"

在他的视网膜显示器上，卢克看到队长没有表情的脸现出了犹豫的神色。

她问道："至尊王？你什么时候跟他说过话？几天前他就跟天龙尖塔失去联系了。"

卢克说："那就更要抓紧时间了。"

队长莎尔说："很好。你们可以继续前进，但你们得在南正门外面下机甲，把机甲和武器留在那里。你们的圣物维保士会和它们待在一起。你的雇佣兵可以留在这里，直到我们了解你的意图。灰烬骑士，我相信你不会舍不得让他们来帮助我们吧？"

"卢克。"埃克哈特里娜生气地说道。

卢克打断了她的话："够了，队长。我们有个人受了重伤……"

"我们大家都不是这样嘛。"队长莎尔说道，声音里透出一丝疲惫，"我保证大门口的医护人员会对他进行治疗。继续前进吧，自由之刃骑士。"

"谢谢你，队长。"卢克说。他调转机甲，朝前面的路走去。这条路从高原蜿蜒而上，沿着山腰一直延伸到高处的要塞的大门。路上有坚固的装甲，沿路林立着警卫室、卫星防御工事和防空炮台。

埃克哈特里娜说："那可不算是热情的欢迎。我差点踩到那个该死的女人。"

卢克说："关于我被流放的原委，我从来没有对你们任何人撒过谎。你期待会受到什么样的欢迎？有横幅？有游行？"

玛雅说："这么长时间，她一直在努力战斗，很艰难，但她还是很坚韧，尽到了她的职责。也要看到好的一面。"

女骑士赫斯帕尔问道："你和那些出身普通家庭的、穿制服的女人之间是怎么回事？上一个是赏金猎人，不是吗？"

玛雅冷冷地说："我的私人关系与你无关。"

卢克说："她们真的不是。专注一点，埃克哈特里娜？我知道你很生气，但我们有责任要履行。"

女骑士赫斯帕尔说："要是没有那些难管束的平民碍手碍脚，那会更容易。"话虽这么说，她还是消停了下来。他们操控机甲沿着大路大步前进。在每一个路障处，队长莎尔的话都被证明很有效，因为障碍物被解除了，大门轰隆隆地打开了，他们道路通畅。

骑士赫斯说："尽管这里饱经战火蹂躏，但景色还是令人赏心悦目的。"

对此，卢克无法反驳。当他们攀上山腰时，壮丽的景色在他们下方展现。陡峭的山坡白雪皑皑，向着较低的山峰和山口大幅度下降，有些地方长满了常青植物，有些地方则布满了黑色斑点，那是兽人部落。可以看到骑士们在下面涉水投入战斗，把守着狭窄的通道，与兽人的战争引擎交火。进行小规模空战的飞行器在天空中忙碌地来来往往，它们的航迹云在被气流搅得破碎的云层中纵横交错。

在他们的四周和上方，佩加森家族的鹰巢城在战斗中发射了一阵火雨。这座佩加森家族的要塞并非只有一座建筑，而是有很多座建筑，塔楼和防御工事从巨大的中央要塞向外辐射，这些要塞散布在几个相邻的山峰上。数不清的天桥、栈道和悬挑的装甲吊桥连接着这些突出的蓝白相间的建筑，数以百计的炮塔在城墙上闪闪发光。

玛雅说："壮观的战争。"

卢克说："目前看来，佩加森家族要赢了。"

女骑士赫斯帕尔说："希望吧。当我们要求他们放弃他们的要塞，赶往天龙尖塔提供援助时，这对我们没坏处。"

卢克说："埃克哈特里娜一直是个乐观主义者。留意你的温度计。这里风很大，温度特别低。当我们下机甲时，一定要把你紧身防护服上的温度调节器向上拨，尽可能多地遮住裸露的皮肤，也要准备好再生式氧气面罩。"

在山顶上，佩加森家族鹰巢城的南正门隐约出现在他们前方。流亡者们解开与机械王座的耦合，让他们的机甲安静下来。卢克知道，他们看上去一定是群怪人。他穿着破旧的衣服；赫斯是个穿长袍的半机械人；女骑士玛雅身材娇小，娇弱精致，高冷矜持；而女骑士埃克哈特里娜态度高傲，衣着华丽，身上有文身。

卢克怀疑，他们的外来人身份也会对他们不利，一想到拉纳尔夫——他身上涂着骷髅头状的战场伪装油彩，穿着恐怖的蒙头斗篷——也许现在待在医疗舱里更好，他就感到一阵内疚。

狂风在他们周围呼啸，卷着雪花从他们身边飞掠而过，他们到了高大的艾德曼合金大门外面，迎接他们的是一群民兵。率领士兵的是一名骑士，她精心编织的银白色长发束在脑后。

卢克不由自主地咧嘴笑了起来。他说："女骑士伊莲娜特·达·佩加森，多年不见，女士。"

伊莲娜特向他露出了含蓄的微笑。

她说："自从多纳托斯那场战争之后就没见过了。看到你还活着可真好，卢克。"

"会有很多人不同意您的看法，女士。"卢克被她的善意惊了一下。

她轻蔑地说:"他们没去过那儿,没有见过你和至尊王并肩作战。让他们对着酒,想说什么就说什么吧。"

"谢谢您,女士。"卢克说,他惊讶于自己对她的话的感激之情。他瞥了一眼埃克哈特里娜,她的嘴角翘了翘。

她的神情在说,也许还是有希望的。

女骑士伊莲娜特说:"跟我来吧,女侯爵在她的厅堂中等着您。不过她还有一场仗要打赢,卢克,所以你见到她时,要言简意赅。"

伊莲娜特俯下身去,压低了声音,只有卢克能听见她说的话。"还有,要提防她的精神导师。"

卢克听出女骑士伊莲娜特的声音里流露出厌恶之情,不由得吃了一惊。

他问道:"您不满意这些顾问吗,女士?"

她说:"你最好自己看看吧,但要做好迎接敌意的准备。"

他们穿过了要塞。佩加森家族的鹰巢城内部光线充足,通风良好,墙壁和天花板由玻璃和水晶制成,主要路口的静滞力场悬挂着灯和冰制成的雕塑。走廊上装饰着家族专用色的横幅和长地毯,优雅的金色机仆用可伸缩的四肢漫步而过。

卢克也看到了战争留下的痕迹。舞厅和宴会厅变成了兵营、难民营和伤病员分诊站。血迹斑斑的担架散落在走廊上,受伤的民兵痛苦地呻吟着。长着飞马头的肌肉发达的机仆们牵引着弹药车隆隆驶过,民兵和骑士们拿着武器,沿着走廊跑来跑去。

流亡者们穿过一座高高架在半空的天桥,当卢克意识到地板是透明的装甲玻璃时,他感到一阵不适。桥面到底部的落差令人眩晕。即使伊莲娜特和她的士兵们注意到了他的不安,他们也没有表现出任何迹象,而是大步越过天桥,就像它不存在一样。

最后,他们在一座高大的石拱门前停下脚步,石拱门的上面镶嵌着陨石雕刻,像冰雪和钻石一样闪闪发光。

伊莲娜特说:"到了,继续往里面走。你们可以保留武器,但不要碰,即使是为了荣誉。现在是战争时期。"

卢克点了点头,朝同伴们瞥了一眼。富丽堂皇的门轻轻地打开了,流亡者们走了进去。

劳蕾特的厅堂与佩加森家族鹰巢城其他地方的风格一致，这里装饰着美丽的雕刻，用冷光照明，空间开阔，通风良好。事出仓促，很少有朝臣能抽出时间参与觐见，而且是在如此紧张的时刻，这也就意味着，只有几十位技师、朝臣和小贵族占据了会议厅的座席。劳蕾特本人坐在一个高高的宝座上，它看起来像是用冰雕成的，被放在一个平台上，辅以一组镀银的台阶。电路脉动穿过王座的结构发着光，数据线缠绕在女侯爵精致的卷发上，连接到不同的插座上。在她周围的旗帜、火盆和自动神龛上，有很多帝国的天鹰座图案，明确显示了信仰。

在宝座的下方站着几位佩加森家族的骑士，还有一群牧师和身着蓝色盔甲的卫队士兵。

一名骑士走上前来。他说："灰烬骑士，欢迎你来到女侯爵劳蕾特·谭·佩加森的厅堂。我是她的传令官，昆西尔·达·佩加森。请向我们介绍你的同伴。"

卢克深深鞠了一躬。

"感谢迎接，骑士昆西尔。"他说道，然后按照礼仪的要求，依次简单介绍了他的每个同伴，"我们还有个同伴，骑士拉纳尔夫·沃－盖斯，但他受了重伤。他现在正和你们的医护人员在一起。"

女侯爵低头看着卢克，表情难以捉摸。他也看着她，万分惊讶，不知她是怎样从在多纳托斯所经受的痛苦中恢复过来的。

"欢迎你，灰烬骑士。"她终于开口说，她说话的时候宝座闪烁着光芒，"他们告知我，你从至尊王达尼亚尔·谭·德拉科尼斯那里带来了消息。这是真的吗？"

卢克说："我是代表他来的，而且是奉他之命来的。在我到星球后不久，我们进行过交谈。在信息传递失败之前，他给了我紧急指示，并要求我完成一项艰巨的任务。我恳求您帮我完成此事。"

"夫人，我奉劝您谨慎行事。"一位牧师说道，他身材魁梧，身穿厚重的蒙头斗篷，外面罩着无袖长袍，肌肉发达的手臂上缠着铁链，"这个雇佣兵是奇迈罗斯家族的余孽。这个家族被视为这个星球上的异端魔鬼。他说话像蛇一样狡猾！"

"他已经宣誓效忠自由之刃了，"劳蕾特手下的一名骑士生气地说，"无知的你还在喋喋不休地闲扯你不懂的事吗？"

那位牧师说："几句誓言并不能抹去混沌的污点，不管人们发誓时说得多么庄严。"

卢克控制住脾气，仔细打量着宝座周围那群神职人员。他们衣衫褴褛，蓬头垢面，全身布满了天鹰座的文身和经文。许多人身上挂着锁链或者脸上戴着铁面具，身上都有自我鞭笞的伤痕。

他说："谭·佩加森女士。我带给您的消息十万火急。在我告知您消息时，难道还要忍受这些狂热分子的打岔和蔑视吗？"

在座席里，人们的姿势变得僵硬，说话的声音也低了下来。

女侯爵说："灰烬骑士，在我康复的最黑暗的日子里，这些人一直陪伴着我。他们对帝国的信仰很坚定，他们说话遵从的是心声而不是理性。这是一种很宝贵的特质，即使他们可能不理解骑士守则的复杂性。如果你有关于天龙尖塔的消息，请继续说。你不会再被打断了。"

直言不讳的牧师在悔悟中低下头，做了个天鹰座的手势。

卢克说："女侯爵，当我和至尊王交谈时，他报告说有个很大的绿皮兽人部落对天龙尖塔展开了围攻。"

骑士昆西尔说："我们从轨道占卜中知道的就是这么多。由于正在部署的巨型武器和类似的军械，大气干扰变得越来越麻烦了。但我们相信在天龙尖塔周围的兽人还在不断增加。"

卢克点了点头，感到了一点宽慰。当达尼亚尔的通信器信息传输失败时，他曾担心过会发生最糟糕的情况。

卢克说："至尊王达尼亚尔赋予我的责任是，领兵突破围困。他说绿皮兽人的战争领主正在亲自指挥战斗。"

埃克哈特里娜说："杀了那个战争领主，摧毁那个绿皮兽人部落。"

骑士昆西尔说："女士，只有女侯爵让你开口的时候，你才能说话。"埃克哈特里娜盛气凌人地瞪了他一眼。

女骑士伊莲娜特说："众所周知，如果兽人的首领被杀，兽人就会陷入内讧。如果我们能实现这一壮举，入侵者之间就会产生分裂。当异形为争夺统治地位而互相争斗时，反攻就有希望。"

卢克说："更重要的是，这可以让我们在德拉科尼斯家族的骑士和至尊王被敌人蹂躏之前救出他们。"

劳蕾特问："你是来请求我为之出力的，是吗？"

卢克说："是的，夫人。"

"不可能。"另一个佩加森家族的骑士说。这是个高个子的女人，头发剃得短短的，有只仿生眼。

劳蕾特警告道："谢蕾恩女士。"

"我很抱歉，君主，但我们正在这里进行我们自己的战争。"那个骑士继续说道，"兽人被牵制在较低的山口处，但如果我们抽调哪怕一部分军队，就无法保证能继续牵制兽人军力。难道我们要放弃自己的城堡，去拯救德拉科尼斯家族吗？"

其中一位牧师说："您只有这个叛徒的儿子的片面之词，说他跟至尊王交谈过。夫人，他可能已经宣誓放弃他的贵族头衔了，但他仍是他父亲的儿子，也是他母亲的儿子。"

最后加上的这句话可谓十分恶毒，卢克皱起了眉头。

女骑士玛雅说："灰烬骑士追捕他的继母，要杀了她。我们追随他是因为我们信任他，我们对他的追捕有信心。为了拯救你们的性命，我们把追捕搁置一旁。牧师，你得学会尊重别人，不然我就得教教你这两个字怎么写了。"

这个牧师惊叫起来："夫人，这些流氓威胁我！"

女侯爵说："你激怒了他们，加斯多。大家都说错话了，安静下来吧。但牧师刚才提出了一个合理的担忧，卢克。你已经离开很多年了。你回来的时机，往好里说挺偶然，往坏里说很可疑。我们不知道你可能遭遇过什么。你的……追捕对象……是个知名的女巫和妖妇。我们怎么知道你没有受她控制回来伤害我们？"

卢克说："我们是奉一位帝国预言家的请求而来的，这位预言家传达的是帝皇的旨意。既然您是奇迹女士，当奇迹出现时，您肯定能认出它们吧？"

坐在宝座上的劳蕾特身体变得僵硬，但仍不露声色。

"即使考虑到帝皇的神圣干预——"第一个牧师开始说道，但卢克打断了他的话。

他说："我愿意接受你们设计的任何测试，只要它们够快就行。我的信仰是纯洁的，我的战友也是纯洁的。但时间是关键。夫人，您暂时赢得了这场战争，但如果佩加森家族等到其他人都失败了再出手，那么很快，你们也会失败的。"

女骑士伊莲娜特说："女侯爵，他说的是实话。您知道这一点。兽人最强大的力量在别处，与米诺托斯家族和德拉科尼斯家族战斗。如果……当……他们倒下了，我们是无法独自对抗满星球的兽人的。我们贮藏的物资将会减少，我们的士兵会死亡。最终我们会把阿德拉斯塔波尔输给这些异形，然后帝皇会如何审判我们？"

加斯多说："夫人，我对战略知之甚少，但我知道，如果我们任由异教徒的甜言蜜语引诱我们离开我们的要塞，以致邪恶的异形毁灭了我们，帝皇会对我们施加更为严厉的审判。"

女侯爵皱起了眉头。她说："你们所有人，现在离开我身边。我必须祈求指引。"

卢克说："女士，请吧。别花太长时间。"

"此时此刻，所有人都要离开女侯爵。"骑士昆西尔宣布道，他的声音在厅堂里回荡。劳蕾特闭上了眼睛，宝座的电路闪闪发光，在柔和的光芒中脉动着。

女骑士伊莲娜特说："来吧，跟我来，我会暂时把你们安顿在楼上的客房。我会给你们找点吃的，再弄点洗澡水。"

他们跟着这位骑士走出王座厅，又向上穿过更多的走廊，走过更多的楼梯。

卢克说："我们不能等太久。即使全副武装全速前进，还要行军好些天才能到钢铁迷宫。就在我们说话这会儿，天龙尖塔已经被包围了。我们仍然不知道那里发生了什么事，他们为什么突然失去了通信，我们甚至不知道——"

女骑士伊莲娜特说："我明白，卢克。但女侯爵要做出艰难的决定。她必须为她自己的人民着想，而且在经历了多纳托斯之战后，在行动之前，阿德拉斯塔波尔的骑士们都会三思而后行，以免走入陷阱。"

卢克叹了口气。

他说："这是我的家族最后的遗产。"

"不，"伊莲娜特一边说着，一边打开好几道门，进入一个宽敞而又通风的房间，"你才是你们家族最后的遗产，卢克，也是唯一重要的遗产。"

他脸色苍白地对她笑了笑，然后领着这些流亡者进了他们的临时住所。

那个房间很大，灯光明亮，摆了几把舒适的软垫椅子，靠墙有张客用床。房间里有一张写字台、一个长长的书架，还有一扇用热挡板装甲玻璃做成的大型单片玻璃落地窗。从窗口向下望去，可以看到树木繁茂的通道，景色迷人。女骑士赫斯帕尔躺在那张床上，警告说谁要是不让她躺在那儿，她就跟谁打一架。骑士赫斯则被那个书架吸引了注意力。与此同时，卢克走到窗前，玛雅站在他的身边。

他们都盯着下面发生的暴行。

女骑士卡丝塔拉达说："只旁观不动手，感觉还蛮奇怪的。"

卢克说："令人沮丧。我大老远跑来，不是为了在舒适的卧房里，看别人为了这个星球死去的。达尼亚尔需要我们的帮助。"

埃克哈特里娜在床上说："休息。等他们带来食物，就吃。该死的去洗个澡吧，王座知道你需要洗个澡。我们都需要洗个澡。你的女侯爵很快就会做出决定，然后在你还没反应过来之前，就会重温紧张激烈的局面。"

"赫斯帕尔女士设想了最佳路线。"杰马杜斯边说边翻阅一本皮面大部头，"像机甲需要燃料和维修一样，它的生物操控者也需要食物和保养。此外，在我们知道拉纳尔夫是否会加入我们之前，我们不能离开。上校格斯蒙德的手下无疑也需要口粮和休息的机会。"

卢克坐在写字台前，用手指捋着头发，重重地叹了口气。

他说："我不会太迟的，我决不会让他们失望。"

玛雅说："你不会的。"

三个小时过去了，在这三个小时里，他们吃了仆人端来的食物，那些仆人看上去疲惫不堪。

然后他们用硬肥皂和几罐凉水洗去了战争留下的污垢。除了卢克之外，其他的流亡者都好好利用了这难得的和平时刻。女骑士赫斯帕尔打起盹来，玛雅在冥想，而赫斯则在读书。卢克除了踱步之外，几乎什么也没做。

最后，门又开了，女骑士伊莲娜特走进了房间。

她说："你的手下，沃-盖斯会活下来的。他现在吃了很多灵丹妙药和滋补品。从长远来看，他还需要仿生义肢。但他现在情况稳定下来了，再过一个星期左右，他应该就可以再次战斗了。"

卢克说："谢谢你，我们的请求结果怎么样了？"

女骑士伊莲娜特深吸了一口气。"经过慎重考虑，女侯爵选择采取行动，但她不会从防务中抽调超过她负担能力的机甲,所以她提供了一支由四十八架机甲组成的部队。"

"那……很慷慨。"卢克说道,他努力掩饰自己声音里的失望。他想:不够,还差得远。

女骑士伊莲娜特说:"这很务实,但还有更多。山口很安全,我们的防御工事也很坚固。由于风势巨大,暴风带正在滚滚袭来,我们此时几乎不需要战斗机和轰炸机了。因此,除了几个后备中队之外,劳蕾特·谭·佩加森承诺,让佩加森家族的全部空军都去帮助你们。"

卢克眨了眨眼睛。"这当然更务实一点!"他说道,心里越来越激动。

女骑士伊莲娜特说:"的确如此。两百多架战斗机,以及一支重型运输机舰队,不仅可以运送你的小部队和我们提供的所有增援部队,还可以运送米诺托斯骑士家族对你承诺的全部机甲,如果他们选择这样做的话。"

卢克说:"伊莲娜特女士,请代我向女侯爵致以最诚挚的感谢。这真是个好消息。"

伊莲娜特笑着说:"你可以亲自告诉她,灰烬骑士。她将率领佩加森家族的部队。女侯爵谭·佩加森会驾着机甲驰援德拉科尼斯家族,让异形在她的愤怒下瑟瑟发抖。"

第十三章

达尼亚尔、苏塞特和马科斯蜷缩在由雕像和家具搭成的路障后面。他们穿着光滑的、带有伺服关节的紧身防护服，背部装有嗡嗡作响的折射力场发电机。这些套装，还有他们怀抱的武器，是达尼亚尔在天龙尖塔下深处打开远古科技宝库所获的奖品。古代风格的重型爆矢枪，带有深深的弹匣、长长的塑钢枪托，以及直接与持枪者的潜意识相连的机魂测距仪。

马科斯抬头越过路障，又迅速缩了回去，兽人的子弹在搭建路障的木头和石头上犁出了一排排弹孔。

他说道："他们又冲过来了。"他的声音在静电中断断续续的，很刺耳。他皱起了眉头，用指关节敲打喉部的仿生发声器官。

苏塞特说："那样没用的，圣物维保士说兽人武器造成的影响正在逐渐消失。耐心点，马科斯。"

走廊里响起了异形野蛮的战吼声。

"哇——嘎！"

达尼亚尔咆哮道："我真希望他们不要再这么喊了。"

这条走廊很短，紧挨着天龙尖塔第二道城墙内的两间营房。已经有兽人的尸体横七竖八地趴在了石板上。现在，又有一拨兽人越过倒下的尸体冲了过来，他们镶有尖刺的铠甲在墙上刮擦出了火花。

绿皮兽人冲过来，眼睛亮如红珠，笨重的身体互相推挤。他们用简陋的手枪射击，拇指大小的子弹砰砰射入了路障。

作为回击，达尼亚尔和他的战友换成蹲伏射击的姿势，子弹飞出，如箭离弦。兽人如此密集地挤在一起，因此枪枪命中，根本不可能落空。爆炸威力极强的爆矢弹穿透了生锈的盔甲和坚韧的肉体，在绿皮兽人身体深处炸开。

鲜血喷洒在墙壁上，断肢在空中旋转，兽人的脑袋开了花。

冲在前面的兽人倒下了，被后面冲上来的兽人踩在脚下，后面的兽人也依次中枪倒下。但他们还是继续冲锋。

一颗子弹击中了达尼亚尔盔甲的折射力场，当它反弹到城墙上时猝然射出了一束光；另一颗子弹击中了苏塞特的肩膀，使她踉跄了一下，让她瞄准时失了准头，她不由得咒骂。

她说："该死，这种远古科技很神奇，但需要一些时间来适应。"

马科斯用嘶哑的声音说："用剑！"他们集体用磁力把枪紧紧固定在紧身防护服的大腿甲上，然后拔出了天龙宝剑，点燃了上面的火焰。

苏塞特问道："以天龙之名，班诺克究竟在哪儿？"

马科斯说："没时间了。"

第一批兽人越过了路障。达尼亚尔猛然冲出，砍下了一个兽人的头，而苏塞特将她的剑尖刺进了另一个兽人的眼中。马科斯刺穿了第一个向他扑来的兽人。他突然全身上下燃起了火焰，马科斯猛然推开了他。

更多的兽人匆匆忙忙地爬过了路障。领头的绿皮兽人向达尼亚尔挥舞着带链的砍刀，刀锋掠过，荡起尖啸之声。至尊王急忙招架，在挡开砍刀时，双臂都被震麻了。

苏塞特砍倒了一个咆哮的敌人，然后从下方砍断了攻击达尼亚尔的兽人的双腿，让他能一剑了结那个兽人。他点了点头表示感谢，她冲他露出灿烂一笑。

一个兽人从路障顶上跳了下来，将马科斯扑倒在地。怪物的枪托砸在传令官的脸上，传令官的鼻子断了。

马科斯的仿生发声器官发出了愤怒的声音，他用覆甲的拳头猛击兽人的头部侧面。第三次猛击后，那个兽人的下巴断裂，发出一声吓人的嘎吱声。当兽人后退时，马科斯用剑刺穿了他的喉咙，剑尖从他的后脑勺透骨而出。

达尼亚尔又砍倒了另一个敌人，然后一把简陋的斧头砸到他的胸甲上又反弹回去，他踉跄了一下。

他对着自己的珠状通信器喊道："班诺克，你在哪里？"

他只听到了微弱的静电声，于是咒骂起来。在兽人的攻击之后，圣物维保士会逐渐引导机魂苏醒，但过程曲折冗长。许多系统依然无法使用。

兽人的后方响起了隆隆枪声。墙壁和天花板上闪烁着耀眼的光芒。

"天龙星座！"达尼亚尔听到了上尉班诺克的喊声，他带领的士兵们也跟着喊了起来。兽人踌躇不前。

有些兽人转身逃走，而另一些兽人则带着狂热的决心继续向前冲。

达尼亚尔吼道："燃起伊克赛尔西厄姆之怒吧！"他举剑刺穿了一个兽人的胸膛，然后把他浑身着火的尸体踢到了一边。他跳上路障，挥舞着剑，划出炽热的弧线，把兽人赶回班诺克的枪口下。马科斯和苏塞特加入了他，形成了第二堵铜墙铁壁，向那些被包围的兽人开火。一记野蛮的猛击将达尼亚尔抛向了苏塞特，但在攻击者还没来得及乘胜追击时，他的头部就爆炸了，鲜血溅到了马科斯和苏塞特两人身上。

无头的异形砰地倒地，抽搐着，上尉班诺克的身影出现了，他正放下冒烟的爆矢枪。十几个民兵站在他身后，手里拿着自动步枪和十字弓，喘着粗气。还有几个民兵躺在死去的兽人中间，他们进行伏击时被砍倒了。

达尼亚尔说："上尉，你来晚了。"

班诺克回答道："我们在侧翼遇到了抵抗，陛下。兽人动用了火焰喷射器，金斯和哈勒阵亡了。"

"伏击奏效了。"达尼亚尔说道，一阵灼痛使他缩了缩身子，"又有一条走廊被清理干净了。"

"最后一条了。"苏塞特说道，一边皱着眉头，一边把手按在珠状通信器上，"听起来敌人的突围已被击退，堡垒保住了。"

达尼亚尔说："那儿就是我们要去的地方。"

他们准备好枪，沿着天龙尖塔的走廊慢跑。烧焦的残骸中到处横躺着尸体，他们小心翼翼地穿过这个区域。在一个岔道口，他们遇到了两个民兵，他们互相搀扶着，一瘸一拐地往另一个方向走。有个民兵的脸上满是鲜血。

达尼亚尔问道："那些堡垒有什么消息？"

两个民兵中说话更有条理的那个说道："陛下，他们逼得很紧。我们是第九军团仅存的士兵。听说兽人攻破了黑色钢铁塔楼的防御工事，正沿着西边的城墙蜂拥而来。"

达尼亚尔说："你们自己去草甘画廊的医疗站。警告他们，兽人又攻进来了，如果有必要的话，准备好转移伤员。"

"是，陛下。"民兵说道，带着他受伤的战友一瘸一拐地走了。达尼亚尔

171

和他的手下骑士们都阴沉着脸。

"必败之仗。"马科斯平静地说，他的仿生发声器官断断续续地发出噼噼啪啪的声音，"如果波卢克西斯能恢复防护罩的话……"

苏塞特说："反正他们现在在防护罩里面了。他们正在从外围炮击。"

达尼亚尔说："卢克很快就会到这儿来，带着足够的骑士，屠杀那些兽人。我们只需要在他到来之前挡住敌人的进攻。"

苏塞特说："卢克是个流亡者。陛下，我们必须考虑他可能会辜负我们，或者其他贵族家族不会听从他的召唤。"

达尼亚尔坚定地说："他会来的，他们会听从他的召唤的。"

他们继续往前走，步履蹒跚。巨大的爆炸让走廊摇晃不定，也让流明闪个不停。

他们穿过训诫骑士的礼拜堂，那里到处散落着彩色玻璃碎片。精疲力竭的民兵们向帝皇祈祷，祈求赐予他们力量。在教堂的出口附近，一个送信人追上了他们。年轻人递给达尼亚尔一个卷轴，然后弯下腰，双手拄在大腿上，努力恢复呼吸。

至尊王展开羊皮纸，快速浏览。

他说："是来自波卢克西斯的消息。就他所能测出的情况而言，自动武器已经恢复了百分之七十五的功能。拜帝皇所赐，他手下的圣物维保士已经让内城墙上的许多枪炮恢复使用，但外城墙的炮台已经落入敌手。激光武器需要更长的时间才能恢复使用，他建议我们在使用等离子体武器时保持警惕，因为他担心它们的机魂可能会不听使唤。"

苏塞特问道："那些机甲呢？"达尼亚尔摇了摇头。

他说："它们只是沉寂不动，但没有死。这很重要。波卢克西斯还一架都没有唤醒，但他说他正取得进展。很多机甲在颤动。他成功地让几架爬行者进入了运行状态，但他说它们许多更精细的系统都在袭击中被烧毁了。"

马科斯说："该死，不能反击。有什么用——"他的仿生发声器又断开了，他愤怒地捶了捶它。

达尼亚尔说："我们还能战斗，传令官大人。我们依然能以身作则，让我们的祖先感到骄傲。德拉科尼斯家族的战斗力足以让兽人付出代价，要血债血偿。这就是我们要做的。"

马科斯挥剑敬礼。

"自动羽毛笔呢？"达尼亚尔问那个送信人。小伙子从他的长袍里抽出一支笔，递给至尊王，然后转过身去，好让达尼亚尔把羊皮纸铺在他的背上。

达尼亚尔说："把这些指示交给大战略参谋部的骑士珀西瓦恩，告诉他在西面城墙上有绿皮兽人。我们需要一支由掠食者坦克中队和步兵中队组成的先锋部队穿过怀尔韦弗区，切断兽人的增援。让他去找上校考夫，让她命令第六十五连、第六十六连和第八十一连的民兵改道，到西区的第八区至第十一区去，就是第二块封地那里。我们要前后夹击，牢牢钳制住绿皮兽人，在城垛上把他们碾为齑粉。"

那个送信人把羊皮纸卷了起来。

达尼亚尔说："还有，小伙子，告诉骑士珀西瓦恩，让他不要过度劳累。他能活下来真是走运。再说一次，他的信仰只能让他走运到这儿了。"

送信人点了点头，鞠了一躬，然后冲进了走廊中。

苏塞特说："为了获得可靠的通信网络，我会向恐惧之眼进军。"

达尼亚尔说："这就足够了，那些年轻男女让努力奋战的我们仍有成功机会。"

她说："确实如此，陛下。那么，我们最好继续战斗，不是吗？"

达尼亚尔一马当先走出了房间，又慢跑了一分钟，他们走上一段台阶，穿过一道拱门，登上了西边的堡垒。

达尼亚尔轻声说："哦，帝皇。"

他们所登的那个堡垒高踞在西面第二道城墙上。沿着墙侧有四个射击踏台，这是最上面的那个。炮塔在他们上方高高耸立，德拉科尼斯家族的旗帜在风中骄傲地飘扬。

在他们的下方，一切都处于混乱中。外围地区陷入一片火海之中，到处都是兽人，一眼望不到尽头。许多建筑被大火烧成空壳，成了倒塌的废墟。每个窗口、每个屋顶上都有绿皮兽人的重型武器在喷吐火舌。

民兵连在城垛上列队，向攻击者倾泻火力。

他们投掷炸药包，把燃烧着的钜桶滚下斜坡，猛冲进在城墙下转悠的兽人大军中。最勇敢的战士探出身子，用自动机枪扫射异形，但不止一人被兽人的还击炸飞。

德拉科尼斯家族的骑士们穿着远古科技的紧身防护服在队伍里到处走来走去。他们大声鼓励战士们，并向下开火，把爆矢弹射入敌群中。

城墙上的枪炮也在开火，但开火声几乎全被墙外无尽的咆哮声、发动机的轰鸣声和爆炸声给淹没了。空气中弥漫着烟的味道、血的味道，还有灰的味道。

兽人向城墙猛烈开火。炮弹和导弹从瓦拉坦地区源源不断地射来，在城墙上炸出许多弹坑。冰雹般落下的子弹和炸弹发出震耳欲聋的声音，狂暴地削平了大段城垛，而绿皮兽人飞行器在头顶呼啸而过，与德拉科尼斯家族的飞行器进行激烈的空中缠斗。

在不远处，高大的兽人步行者机甲肩并肩穿过外围区域的建筑物，正在无情地开火。

马科斯摇了摇头，眼睛睁得大大的。

达尼亚尔对着射击踏台打量了一番，然后向一名民兵军官招手示意。在两名送信人的陪同下，那个人急匆匆地走了过来。

达尼亚尔说："中尉，报告一下。"

中尉做了个天鹰座的手势，说道："陛下，他们从黎明就开始进攻，已经连续攻打五个小时了。我们肯定已经杀了数千兽人。他们用绳子和抓升钩两次攻占了最低的城垛。我们把他们赶了回去，但有些兽人小子突破重围，往更深的地方推进。"

达尼亚尔说："我们已经看到了，那些异形都被杀了。"

中尉说："好消息，陛下。以这样的速度，我们弹药充足，可以再战斗两个小时，不过上尉莱辛格派送信人去申请补充弹药和药品了。他们可能没有突破。陛下，有消息说兽人潜入了，鬼鬼祟祟的，伏击送信人，破坏弹药补给。"

达尼亚尔看向了苏塞特。

她说："这是我第一次听说此事，但一切都有可能。如果我们的通信和物资供应存在风险，我们就得处理。"

达尼亚尔说："同意。女骑士苏塞特，带上班诺克和他的人，去大战略参谋部，和珀西瓦恩一起协调扫荡小队。"

她说："马上就去。我会给弹药库、医疗站和圣物维保士神殿配备两倍的守卫。"

达尼亚尔说："同意，只要有可能，就给我们的送信人配备卫兵。"

苏塞特问道："那你呢？"

达尼亚尔说："我打算沿着城墙向南边绕一圈。马科斯，你去北边。如果绿皮兽人找到了立足点，我们就率领反攻部队把他们击退；如果没有，那么让大家看到我们的身影，鼓舞士气，这也是有价值的。"

马科斯点了点头。

在一阵静电声中，马科斯说："我会找到加拉斯的。确保……那个可怜的老兄还没害死自己。"

达尼亚尔点了点头，他知道传令官看似不友好的嘲弄下隐藏着真正的关切。自从失去了他的机甲，加拉斯就变得阴沉而孤僻。

马科斯转身大步离开了。苏塞特犹豫了片刻，双眼紧盯着达尼亚尔。他看到炽热的情感在她眼中燃烧。

她说："注意安全，陛下。"

达尼亚尔说："我会的，夫人。你也要注意安全。"

她敬了个礼，然后向班诺克做了个手势，头也不回地走了。达尼亚尔看着她离去，心中充满了爱与恐惧，灵感与让心口紧缩的畏惧彼此交战。

他父亲的声音在他脑海中问道："拥有你真正害怕失去的东西，还有什么样的折磨比这更奇妙呢？"达尼亚尔摇了摇头。

"像个见习骑士一样呆头呆脑地追逐在她身后。"他责怪自己道，"记住，责任和荣誉。"

中尉说："陛下，您的巡视需要保镖陪同吗？"

达尼亚尔说："不需要，谢谢你。我们需要所有人守在城墙旁。我不会让任何人逃避他们的职责。"

中尉敬了个礼，然后达尼亚尔就沿着射击踏台出发了。尽管爆炸震撼城垛，他还是挺直腰板，昂首挺胸。这就是他父亲的应对方式，不管达尼亚尔对这个人和他过去的错误行为有什么看法，托尔温·谭·德拉科尼斯知道如何激励他的士兵。

尽管战火继续轰击着城垛，炮弹从高处呼啸而来，但达尼亚尔走过的地方，民兵们站得更高了，他们重新振作起来。达尼亚尔明白自己护身符的价值，他使用了它。

他向英勇的战士们喊道:"燃起伊克赛尔西厄姆之怒吧!坚持战斗。让帝皇引以为豪!"他们欢呼起来,向下方进攻的兽人部落倾泻火力。

尽管如此,达尼亚尔还是渴望坐上他的机械王座,乘着火焰之誓出征。

看着那些绿皮兽人步行者机甲明目张胆地走来走去,他十分愤恨。它们的放肆使他勃然大怒。

当达尼亚尔走近一段钢筋混凝土筑成的台阶时,他看到前面一阵骚动。焦头烂额、血迹斑斑的士兵们眼睛睁得大大的,充满了恐惧,从楼梯上冲了下来。

他们喊道:"兽人!城墙上有兽人!快跑啊!"这些士兵的突然出现让民兵们震惊地抬起头来。有些民兵试图从城垛上探出头来,沿着城墙看看这些士兵是在逃避什么。

"稳住阵脚,不要乱!"达尼亚尔喊道,大步流星地朝逃跑的人迎了上去。有那么一会儿,他以为他们会继续奔跑,把他踩在地上。然而,在阿德拉斯塔波尔,忠诚是一个强有力的信念。民兵们尽管内心充满恐惧,还是跌跌撞撞地停了下来,跪在他面前。

达尼亚尔说:"解释一下。"

"陛下,别走那条路。"其中一个士兵说道,慌乱地回头往台阶上看了一眼,"那些兽人就在我们后面。他们用火箭炮占领了城垛。他们得到了一个立足点,然后更多的兽人从他们身后爬了上来。"

达尼亚尔说:"你们不要再跑了。转过身来,在这儿站成一排。给你们的枪重新装填弹药。"他指了指附近的几个小队,继续说道:"你们这些人,跟他们一起列阵。如果有非人的东西从这些台阶上下来,你们就把他干掉。明白了吗?"

"是,陛下。"士兵们异口同声地说道,至尊王的出现让他们找回了一些勇气。当民兵们部署他们的射击线时,达尼亚尔大步走向城垛。他向外望向兽人部落,果然看到绿皮兽人运输坦克正朝废弃的区域驶来。在它们后面有个加尔冈缓慢地移动,当达尼亚尔看到戈尔格洛克本人的旗帜从巨人的肩头升起时,他的心怦怦直跳。

他阴着脸冷冷地说:"这头巨兽要放大招了。"

达尼亚尔试了试指挥频道。

他说："我是达尼亚尔·谭·德拉科尼斯。有人能听到我说话吗？珀西瓦恩？苏塞特？"回应他的只有静电声，达尼亚尔咒骂起来。他喃喃地说："一个送信人也没看到。帝皇，请助我一臂之力，用我手头现有的力量阻止他们。"

他指向一个民兵。

"民兵，你知道去大战略参谋部最快的路吗？"

那个士兵回答道："我知道，陛下。"

达尼亚尔说："现在，跑过去。给他们捎个消息。告诉他们，我们计划好的反击不够充分。我们把兽人拖在此处，否则他们会攻入第二道城墙。告诉他们把所有可用的后备部队都派到这个区域，我会在此挡住敌人进攻，直到援军到来。"

那个民兵急忙沿着城垛飞快地跑开了。

达尼亚尔拔出剑，大步走到台阶的顶上。民兵们跟在他的身后，举着枪，脸色苍白。他之前大胆地从城垛上召集了尽可能多的人，无论男女，以至于上面几层几乎空无一人。现在，他很高兴自己这么做了。

前方，兽人沿着射击踏台瀑布般倾泻而下，对嵌在墙上的装甲门连续猛攻。更多的兽人朝着上方的炮塔向上攀爬，潮水般涌来的敌人让炮塔几乎无法控制局势。阵亡的民兵到处都是，和异形的尸体混杂在一起。

达尼亚尔说："城墙上密密麻麻到处都是抓升钩，还有更多绿皮兽人正在向我们袭来。"

"陛下，他们的战争雕像。"一个民兵害怕地说道，指向某处，在他所指的方向，加尔冈正迈着沉重的脚步走近。它的头部和肩部远远高过了城垛，从它眼部的舱口可以看到正龇牙咧嘴的兽人。

达尼亚尔说："别管它。我们先应对眼前的威胁。瞄准。"

兽人——那些背上绑着火箭的大块头野兽，转身前进。当看到要迎战新的敌人时，他们欢呼起来，用枪和剑互相碰撞，铿锵作响。

达尼亚尔说："开火。"自动机枪咆哮着吐出火舌，几个兽人仰面倒下，全身布满了弹孔。达尼亚尔单手扣动爆矢枪，子弹击中了一个体形特别大的兽人的脸部，然后爆炸的气浪把兽人掀到了城墙外。

现在一切都进展得很快。兽人仓促地冲下射击踏台。达尼亚尔的部队向前冲上去迎战，向绿皮兽人军步步逼近的同时狂泻火力，好让越来越多的民兵从后面冲上来。

达尼亚尔吼道："手榴弹！"一串手榴弹从他头顶飞过，在敌人中间炸开了花。

"稳住！"他叫道，眼看着兽人的冲锋即将奏效。一枚木柄的手榴弹飞过达尼亚尔的头顶，在他身后爆炸，他的手下被炸，伤亡惨重。兽人闯入了他的部队行列中，在城垛狭窄的正面与他们短兵相接。

达尼亚尔又砍又劈，想够到抓升钩，把它们砍下来。他肋骨上挨了绿皮兽人一拳，后面又挨了一脚。一记对准他脸部的近距离平射被他的折射力场挡住了。在枪手再次尝试开枪之前，他砍下了枪手的头。在他周围，他的民兵在拼命战斗，用枪托砸，用剑刺。这些兽人身形巨大，身板结实，强悍得令人发指。

尽管达尼亚尔率领手下尽了最大努力，还是有越来越多的异形沿着攻城绳攀爬，登上了城垛，加尔冈越来越近，大地随着它的脚步而震动。一个巨大的身影站在加尔冈肩膀处的龙门架上。目测这个兽人肯定高达五米，穿着活塞驱动的盔甲，上面涂着蓝白格子。他把动力爪撞击在一起，当他大声训诫手下的战士时，火花如雨点般落了下来。他肩上扛的那门奇怪的加农炮左右摇晃着，爆炸的能量尖啸着喷涌而出，落到了民兵和兽人中。

达尼亚尔对着通信器喊道："我是至尊王，在西边城垛第十区，第二块封地。我需要立即增援。戈尔格洛克已经来了。"

在他左边十几米远的地方，一大堆金属和旋转的锯齿状物体撞进了城垛里。加尔冈巨大的链锯拳套狠狠捶进了城墙里，冲击波抛飞了达尼亚尔。岩石混凝土四处飞溅。火花迸射而下。射击踏台摇晃着，仿佛处于地震的地动山摇中。民兵们和兽人们嚎叫着从坍塌的走道上滑了下来，被旋转的剑刃撕裂。

达尼亚尔一只手死死抓住城垛不放，另一只手紧握着他的天龙宝剑。他把一个绿皮兽人劈成了两半，踢进了巨大的锯齿剑刃中，然后在另一个绿皮兽人试图抓住他的腿时，将其开膛破肚。

城墙上的枪炮猛烈地攻击加尔冈，但达尼亚尔看得出这种攻击力度远远不够。他看到一个较低的龙门架绕着战争引擎的胸部运行，一个摇摇晃晃的梯子把它连接到戈尔格洛克所在的地方。他稳住身体，测量了一下距离。

"我能做到。"他说道，声音被杂音淹没了，"帝皇，请赐予我力量。我要杀死这头野兽，结束这一切。"

达尼亚尔爬到栏杆上准备跳下去，但他身下的石雕在晃动。一阵剧烈震动的轰鸣传来。他有种可怕的感觉，他周围一切坚实的东西都散架了。突然，达尼亚尔掉了下去。兽人、民兵和石雕滚过，落入下面的虚空中。

在大战略参谋部里，技师和奴仆们在电力流明和化学提灯的灯光下拼命地工作着。他们仔细研究着天龙尖塔的图表和羊皮纸地图，用自动羽毛笔在上面做标记，并四处移动着彩色的符文块，以展现部队的动向和危机点。

他们的忙碌说明灾难正在迅速升级。

苏塞特站在那里，双臂交叉紧紧地抱在胸前，盯着全息投影仪上面展开的主地图。珀西瓦恩站在她身边，一个机械支架包裹着他的大部分身体，金属钉楔入了他的四肢和躯干。

他说："他们又从北边向我们发动攻击了，亵渎神灵的战斗坦克又一次向前推进。"

苏塞特说："这是在那个区发起的第三次进攻了。谁要是声称兽人是野生动物，或者声称他们不会计划和制定战略，谁就是该死的傻瓜。"

珀西瓦恩说："一定是这样。他们大力向第二道城墙推进，把我们赶回了里面的尖塔。关于戈尔格洛克出现的传言已经得到证实了。"

苏塞特说："它起作用了。看看这个，他们突然同时袭击了北部、南部、东部和西部的城墙。每次攻击都是超重型坦克在前方开路。到目前为止，已确认有三支渗透者部队被找到并摧毁，只有王座知道他们是怎么进来的，或者还有多少人。"

一个送信人急奔过来，弯腰递给苏塞特一个卷轴。她读了卷轴，一脸冷漠，像戴了个面具似的。

她说："该死，地图大师，第三十四和第一百四十二民兵连，在第三封地南部第二十二区的猛烈炮击中都被歼灭了。请更新地图。"

另一个送信人猛地停了下来，把卷轴交给了苏塞特。身为守门人的她眉头皱得更紧了。

"兽人已经突破了东部三十一区。"她说着，匆忙地写下了命令，笔迹潦草，

"把这个拿回去给上校兰斯。"她说道,送信人敬了个礼,飞快地跑开了。"我已经告诉他们把医疗站撤回来,封锁邻近区域的所有隔离墙。"她说,"已经没有后备部队可以派了。"

珀西瓦恩说:"苏塞特女士,我担心——"

她说:"还不用担心,只要我们还有机会抵御他们,就不用担心。"

"至尊王那儿一直没有进一步的消息。"珀西瓦恩说道,脸上带着同情,"我明白,女士,但是绿皮兽人大军由戈尔格洛克亲自带队,在一个多小时前就突破了那个区域。从那以后,他们已经占领了两个邻近的地区,而我们的反攻部队还没有回到安全的内城墙。我向帝皇祈祷他平安无事……"

她痛苦地说:"可是你怀疑他并非平安无事。也许你是对的。我一直告诉自己,我拖延是出于职责,但我再也不能说服自己了。我们被困住了。把送信人派到每个区去,通知他们开始且战且退。增加炮火,封锁隔离墙,把所有剩余的力量都撤回尖塔内部。所有可用的空勤人员都要掩护撤退,然后撤回来保卫太空港。愿帝皇宽恕我。"

珀西瓦恩把一只手放在她的肩膀上,说道:"帝皇只爱那些好好侍奉他的人,尤其是当他们责任艰巨的时候。在这件事上,你做了他的工作,夫人。"

她说:"我希望如此,因为现在已经无处可逃了,珀西瓦恩。下了这道命令,我就把我们都困在了天龙尖塔里,把我们的命运交付到了一个奇迈罗斯家族后裔的手中。"

珀西瓦恩说:"他会来的,夫人。而达尼亚尔可能还活着。"

苏塞特咬紧牙关,盯着地图,仿佛她可以仅凭自己的怒火就把那些激增的兽人符文烧个精光。

第三幕

第十四章

从佩加森家族的鹰巢城到米诺托斯家族的钢铁迷宫的旅程比卢克·卡·奇迈罗斯所希望的要快得多。幸好如此,因为阿德拉斯塔波尔各地已经危在旦夕。

就在德拉科尼斯家族的战士们在天龙尖塔继续奋战的时候,他们还不知道伊姆帕里斯山已经倒了。尽管骑士和民兵在那里英勇作战,对抗入侵的绿皮兽人,但他们未能取得胜利。异端的外星武器用可怕的构造爆炸将山的部分区域夷为平地。另外的武器则把防守的骑士机甲困在无法穿透的力场中,机甲的驾驶员只能眼睁睁地看着民兵和难民在他们周围被屠戮一空。最后,一个绿皮兽人的邪恶灵能者阴谋集团对幸存的星语者施加了可怕的暴力。他们死亡的痛苦将导致噩梦风暴在未来几十年纠缠周边地区。

在其他地方,阿德拉斯塔波尔的守军奋力阻挡潮水般涌来的敌人。铁峰堡、盾堡和泰普尔炮台抵抗着每一拨新的敌人。兰斯守卫的军械库和因佩拉图斯大坝的守军都被敌军击溃了,兽人用近距离炮击摧毁了大坝,从而导致了灾难性的溃堤,帝国和绿皮兽人的部队都在随后的洪水中被灭得一干二净。

与此同时,米诺托斯家族的先锋部队被击退了。由于不像邻近家族一样拥有轨道防御的基础设施,当兽人的洛克军舰如雨点般落下时,米诺托斯家族的部队几乎没有回应。没有飞行器支援他们的部队,兽人战机成群结队地布满了天空,他们遭受了兽人战机的劫掠。在深渊之战、哈兰岬防御战和钢铁战场冲锋中,他们被异形入侵者彻底击败。

因此,即使流亡者和佩加森家族的联合部队低空掠过钢铁战场向他们伸出援手,米诺托斯家族却也面临生死之战。

——摘自森德拉格霍斯特的著作
《阿德拉斯塔波尔的智者战略·第二十一卷　第二次兽人战争》

卢克为动力推进器注入动力，操控英雄之剑从佩加森家族运输机的舷梯大步下来。几十艘这样的运输机隆隆飞过钢铁战场，然后在英雄岭顶部着陆。当他的机甲冲上多岩石的山顶时，井然有序的佩加森家族战斗机空军中队从头顶尖啸而过。当战斗机冲向兽人的飞行器时，机上的枪炮连续开火，兽人飞行器被烈焰包裹着翻滚而下。

"感谢王座，让我们有了空中掩护。"埃克哈特里娜说，她操控使命无边走在他后面。深红色死神和怒火难逃紧随其后。拉纳尔夫留在了佩加森家族的鹰巢城，被判定伤势过重无法移动。

卢克说："你可以感谢女侯爵。"

骑士赫斯说："即使有空中掩护，还有佩加森家族的部队与我们并肩作战，我相信这场战斗仍然是块难啃的硬骨头。"

他们让机甲在米诺托斯家族情报站的废墟旁站成一排，格斯蒙德的牛头车队也加入了他们的行列。圣物维保士的铁腿紧随其后。与此同时，佩加森家族的骑士们聚集在自己的先锋部队中，在岩石斜坡上集结兵力。在他们的正中央伫立着劳蕾特·谭·佩加森的机甲神谕，它装备了做工精良的战斗加农炮和带有金爪的拳头。

卢克俯视着下面激烈的战况，不禁对赫斯的看法深以为然。

钢铁迷宫，是米诺托斯家族的要塞和宅邸所在地，极为牢固。它建在库瑞克高峰的山脚处，后方有陡峭的石崖作为天险屏障。它沿着高耸的天然城墙绵延五十多千米，由众多相互连接的堡垒、城堡和棱堡组成，排列成复杂的同心圆形。

正如它的名字所暗示的那样，钢铁迷宫旨在迷惑攻击者，他们可能在突破一扇大门或一堵城墙后，却发现自己被另外两个棱堡所包围，或者一头撞进对方防御的薄弱处，却发现自己只能在致命的交叉火力网中艰难前行。这个要塞体现了其建造者的顽强和坚韧。

尽管有防御工事、坚固的装甲城墙和巧妙的布局，钢铁迷宫还是被攻破了。

埃克哈特里娜说："下面有成千上万的绿皮兽人。"

杰马杜斯说："我可以告知您他们的大致人数，但您不会想感谢我的。"

通往钢铁迷宫的主要道路穿过一片多岩石的平原，环绕着山丘和山脊，三条钢筋混凝土公路贯穿其中，像车轮的辐条一样伸展开去。多年前，卢克上一次造访此地时，这片平原上曾经有一座名叫米诺萨尔的城市。它是一座由高耸的城墙和炮塔保卫的坚固城市。

现在，米诺萨尔成了一片荒芜的废墟，到处都是兽人。它的建筑被烧毁，城门被推倒，城墙倒塌。绿皮兽人沿着高速公路成群结队地涌动着，他们向城墙挤去，大声发出战吼。数百台东拼西凑的战争引擎在废墟中行进，无情地猛烈攻打着钢铁迷宫。

更糟糕的是，钢铁迷宫本身也在燃烧。城墙上出现了巨大缺口，表明这里曾发生过可怕的激战。瓦砾上散落着成堆的兽人尸体，以及倒下的机甲伤痕累累的残骸。

黑烟从燃烧的塔楼和棱堡上升起，形成了黑色的幕布，笼罩在米诺托斯家族宅邸的上方，像是死亡的预兆。

埃克哈特里娜说："至少他们还在战斗。我们不算白来一趟。"

虽然最里面的防御工事已成一片废墟，但钢铁迷宫的两翼仍显示出顽强抵抗的迹象。在他的视网膜显示器上，卢克看到了放大的快照，炮塔熊熊燃烧，机甲武器从加农炮凹槽中喷吐出愤怒的火焰，民兵的子弹雨点般泻下，落在兽人身上。

他被迫忽视战略分布图上闪烁的战略警告符文。同时发生的危机太多了，有太多的战斗需要他们关注。

他说："这不是攻城战，这是背水一战。"

"骑士们，"从公开频道传来了劳蕾特的声音，严厉而又充满自豪，"在我们面前，我们看到了一个可怕的敌人。我们目睹了他们对我们盟友造成的破坏。如果听之任之，我们就会看到我们的星球灭亡。"

玛雅说："这不是星球的末日，还不算是。"

女侯爵说："但我们不会允许此事发生！看着这满目疮痍，我们不知恐怖，不识恐惧，而是充满愤怒！见证这对帝皇的侮辱，让你满怀正义地愤怒。这些异形污秽的到来亵渎了他的星球。他们的行为是对他极大的侮辱。每夺走一个帝国的生命，异形的罪行就会多一分，但这种情况到此为止了！我们是他们的惩罚。我们是用血肉和钢铁铸成的帝皇的审判。我们要猛扑向这些无知的野兽，碾碎他们。当他们燃烧、尖叫、死去的时候，皇帝会俯视关注我们的工作，感到骄傲！为了帝皇。"劳蕾特喊道，她举起机甲的拳头，把机甲拳头上的爪子相互碰撞在一起,"向他们进攻,不留一个活口!"

女骑士伊莲娜特在通信器中对卢克说:"跟着你的符文标记,努力跟上。"

卢克苦笑着说:"我们会尽力而为,但是女士,这看起来会是一场困兽之斗。我们不能在这儿失去太多骑士,不然——"

在佩加森家族的骑士开始进攻时,伊莲娜特说:"你在外孤军奋战的时间太久了,灰烬骑士。让劳蕾特去操心大战略吧。你们这些流亡者只要尽自己的一份力就好了。"

卢克向她发送了一个表示同意的符文,加速催动他的机甲,同时吸收了从他的流形中洪水般涌入的战略信息。当他明白了劳蕾特的计划时,他感到胸中升腾起一股强烈的兴奋。

他说:"很大胆。"

埃克哈特里娜说:"又快又直接。比你能想到的任何计划都好。啊,灰烬骑士。"

卢克说:"使命无边,把你那该死的枪炮拿出来,跟我走。"

"跟你走。"埃克哈特里娜哼了一声,"哦,卢克,你这珍贵的灵魂。"

机甲沿着岩石斜坡加速向下面被摧毁的城市前进。劳蕾特和她的尊贵骑士团走在队伍的中央,佩加森家族骑士的先头部队向两边散开,绵延长达数千米。卢克的流亡者们跟随他们的战略分布图上闪现的符文指示符,出现在战线的左端末尾处。

卢克在通信器中说道:"格斯蒙德,向后退。保护圣物维保士,警戒我们的后方。这是一场机甲之战。你最好待在安全的地方。"

格斯蒙德说:"明白,陛下。不管我在哪里战斗,我都能获得报酬。我向你保证,那些铁腿上不会有一点划痕。"

前进的步伐加快了,变成了震动地面的狂奔。卢克和流亡者们调整了他们的行进方向。

这支队伍在运动中形成一个冲锋的攻击箭头,劳蕾特的尊贵骑士团在最前面。

机甲向着米诺萨尔残破的城墙冲去,目标是被摧毁的大门。在那里,中心的高速公路破墙而出。

赫斯说:"绝大多数的兽人都在与前方的战士全力交战。他们还没有注意到我们。"

女骑士玛雅说:"他们马上就要注意到了。"

战斗机发出尖啸声,先冲了进去。涂装成白蓝相间的佩加森家族的战斗机开了火,闪电和霹雳低低地划过燃烧着的街道。它们的枪炮声震耳欲聋,火箭弹从机翼上飞掠而去。兽人仅有的几架飞行器就像狂风中的树叶一样被一扫而空。在高速公路上,低空扫射在密密麻麻的兽人中犁出了一条条沟,卢克看到相应的符文指示符消失在战略分布图上。

轰炸机在战斗机的后面呼啸而过,炸药从它们的舱门喷涌而出。爆炸在绿皮兽人军中扩散开来,冲击波将高速公路两边的废墟夷为平地。大量兽人浑身是火,在来击杀他们的轰炸机面前难逃一死。卢克调出他外围轰炸机炮箱的视频反馈,看着废金属坦克和咆哮着的异形消失在火海中,他咧嘴笑了。

劳蕾特喊道:"穿过火焰!碾碎所有还站着的东西。关注你的指示器。"

在女侯爵的带领下,骑士们猛冲上了燃烧的公路。火光在他们周围跃动,卢克关掉了驾驶舱的热警报。前方,佩加森家族的机甲践踏着被空袭烧焦的幸存者,把燃烧着的坦克踢到一边,射杀那些还站立的寥寥无几的敌人。

埃克哈特里娜说:"照这样的速度进行下去,我们一枪都不用开了。这很容易,只要我们不在机械王座上被烤焦就行。"

玛雅说:"谨防自满情绪。那头猛兽苏醒了。"

果然,卢克的战略流形上有成群的绿色符文在移动,那些挤在其他公路上的兽人小子掉转方向,穿过废墟向他们涌来。

他说:"他们来了。流亡者们,准备好,各就各位,自主开火。"

确认符文在他的眼角余光中闪动,紧接着是劳蕾特自己的流形发出的银色命令符文。

卢克说:"就是现在。"他一拧控制装置,操控英雄之剑转到一边,冲向燃烧的废墟。当机甲穿过残破的废墟,冲进远处一条小街时,瓦砾如雨般落下。流亡者们紧跟着他,防护他的两侧。

在卢克的战略分布图上,劳蕾特和她三分之一的兵力冲向熊熊燃烧的高速公路。与此同时,她先锋 部队的尾部分头行动,从左右两边包抄。

杰马杜斯在通信器中说:"敌人来了,数量惊人。"

埃克哈特里娜饶有兴致地说:"让他们来吧。"

一瞬间，他们面前的这条街就成了一片荒芜的废墟，除了残骸和瓦砾之外，什么都没有。下一刻，街上就挤满了兽人。兽人战士涌进了每一条小巷和每一扇门。他们带着重型加农炮出现在窗口，轰隆隆地开火。他们的轻型战车在街道上疾驰而过，枪炮轰鸣，而重型装甲车则在废墟上肆无忌惮地四处冲撞。

卢克说道："开火！"流亡者们整齐划一地开了火。

他的热能加农炮消灭了一个绿皮兽人坦克车队，然后他用机枪扫射了对面居住区楼上的窗户。玛雅加入了他的行列，指挥了一次热爆炸行动，一座塔轰然倒塌在绿皮兽人身上。埃克哈特里娜的战斗加农炮喷出炮弹，炸毁了废墟，将兽人抛向空中。

在火力的冲刷下，他们的离子盾牌闪闪发光。炮弹穿透盾牌时，卢克看到仪器上闪动着损伤符文。

一辆高克金刚级的兽人步行者机甲，从两排熊熊燃烧的店面之间走了过来，它的旋转加农炮喷射着炮弹。玛雅诅咒着，兽人步行者机甲朝她的盾牌扫射，她机甲的小腿上迸出了火花。

卢克说："深红色死神，干掉它。"

赫斯说："乐意之至。"他的能量加农炮发出脉冲，能量光束聚集在那架步行者机甲身上，穿透它的胸膛，从内部将其炸得四分五裂。

就在它燃烧的残骸横撞向一座建筑的时候，更多的兽人用枪炮向他们轰击。

杰马杜斯警告说："兽人数量在增加。"

女骑士伊莲娜特在通信器中说："侧翼部队，空中掩护开始了。撑住，撑住，撑住。"

在战斗机和轰炸机从上方猛攻之前，空中传来一阵尖啸，卢克赶紧护住了鸟卜仪。炸药像冰雹一样从天而降。他们面前的建筑在一场猛烈的火焰风暴中分崩离析，弹片砸向他们的盾牌，燃烧的异形残骸像雨点般落在他们的机甲上。

"壮丽！"女骑士赫斯帕尔大笑起来，"血腥的壮丽！燃烧吧，你们这些外星渣滓！"

卢克命令道："保持专注。"

他向前猛击一拳，触控手套把他的手势转为一阵从热能加农炮的热浪，足以摧毁一架兽人战车。英雄之剑旁边的废墟坍塌了，另一辆高克金刚级的兽人步行者机甲冲了过去。它用爪子猛击骑士机甲的躯干，卢克用链锯剑招架住了，配有液压装置和金属剑刃的死神链锯剑重创对手。

高克金刚级兽人步行者机甲的残骸撞上了卢克的机甲，他努力用控制装置支撑。机甲翻倒的警报震声耳欲聋，液压装置发出呜呜声。那些鬼魂在他的脑海里吵闹不休，卢克设法后退了一步，然后又后退了一步。他的机甲落足之处，浑身着火的兽人被踩死了。它的残骸掉了下来，重重砸进了路面。

卢克看到另一架高克金刚级兽人步行者机甲朝他扑来，速度太快，他躲不过去。怒火难逃从他身边冲过去，垂下一边肩膀迎战兽人步行者机甲的冲锋。火花四溅，金属碎裂，猛烈的撞击使对手的双脚从下方断裂。兽人的战争引擎仰面朝天倒了下去，怒火难逃近距离开火，击中它的头部，杀死了它。

卢克在精神脉冲和触觉控制间灵巧切换，操控英雄之剑重新摆出战斗姿态。

他说："谢谢你，怒火难逃。"她已经在猛烈攻击敌人了，只闪了一个符文作为回应。

卢克让自动装弹机循环装填弹药，同时检查战略分布图。劳蕾特的先锋部队已经抵达了钢铁迷宫的城墙跟前，他们的道路被清理干净了，精心安排的空袭和扫射保卫侧翼。与此同时，兽人在两翼的反击遭到了机甲围攻，宛如遇到了铜墙铁壁，近距离轰炸作为火力支援也参与压制了兽人反击。

这是突击战术，迅速而又危险。

他咧嘴笑着说："但它起作用了。"

然后，一个雷鸣般的声音响起来。过了好一会儿，卢克才意识到那是通信器喇叭的声音，而且是从钢铁迷宫的墙壁里传来的。又一声巨响传来，接着又是一声。

"伊莲娜特女士，"卢克一边在通信器中说道，一边仍然大步走在街上，轰炸一个又一个目标，"那是我想的那个信号发出的声音吗？"

伊莲娜特说："女侯爵已经在通信器中和大元帅库尔特进行了交流。他已经——"她停了一会儿，卢克听到通信器中传来了一连串剧烈的爆炸声。"他的骑士部队仍在钢铁迷宫的两翼战斗，"她继续说道，"他们就要出发跟我们会合了。"

卢克说："现在我们找到他们了。"

伊莲娜特说："灰烬骑士，坚持骑士守则。兽人可能还会重新占上风。"

卢克说："明白了，女士。一如既往的明智。"

他中断了通信，操控英雄之剑踏着重步走到街道尽头，绕过一座燃烧的大教堂的拐角，进入教堂后面的广场。埃克哈特里娜的机甲从他左边的街道出现，而玛雅和赫斯跟在他后面。

卢克看到广场中心有一座巨大的米诺陶斯雕像，是青铜铸成的，没有头，斜靠在指挥台上。然后他的驾驶舱里响起了警报，他迅速反应过来，赶紧挥动离子盾牌。

某个东西的巨力击中了盾牌，让英雄之剑摇晃不定，卢克的操作系统迸发出火花。盾牌的发电机烧坏了，交感神经传来一阵剧痛，让他喘不过气来。

他持着链锯剑的手臂也麻木了，视野变得漆黑。

埃克哈特里娜喊道："帝王毒刃超重型坦克！"

骑士赫斯说："曾经是。现在，这是个憎妖！"

那辆坦克停在广场的另一端，巨大的主炮冒着烟。它原有的高贵线条已经被尖刺和废金属板破坏得一干二净，这些金属板被草草地漆成了蓝色，上面全是兽人的魔幻图腾。异形蜂拥在坦克周围，有的坐着颠簸的卡车，有的步行。

卢克命令道："优先干掉超重型坦克。继续走，别让步兵靠近。"

埃克哈特里娜说："灰烬骑士，闪开。你的盾牌已经失灵了。你不能冒险，不然你可能会被直接击中。"

卢克说："那我们最好在它击中之前干掉它，女士。深红色死神，对付那个可恶的家伙，你的远程武器是最佳选择，把它炸开花。"

赫斯发了个符文回应，在显示器上闪烁。那架老掉牙的骑士机甲大步走进了广场，它的正电子驱动器正在发出怒吼。炮弹一颗接一颗地横扫帝王毒刃超重型坦克，打穿了它的外部装甲，引发的爆炸在坦克内部翻腾不休。

卢克操控机甲快速地侧身走了几步，好让那座严重受损的雕像挡在他和那辆帝王毒刃超重型坦克的主炮之间。他一边走，一边炸掉了一辆兽人运输坦克，将其化为灰烬，并在兽人大军中用机枪扫射了几轮。玛雅和埃克哈特里娜跟随他的脚步，绕着广场转，他们的枪炮喷出火舌。几十个兽人瞬间死去，但绿皮兽人仍然不断冲过来。

伴随着引擎的轰鸣，帝王毒刃超重型坦克向前推进，后面拖着一溜火焰和碎片，向深红色死神冲去。它嵌在外壳上的毁灭者加农炮开火了，一发炮弹猛烈地击中了赫斯的盾牌。

炮弹在离他机甲一米多的地方爆炸，能量瞬间迸发，深红色死神大步穿过火焰。

玛雅喊道："深红色死神，快躲开。它瞄准你了。"

那辆帝王毒刃超重型坦克的激光加农炮发出灼热的强光，一颗炮弹飞得很远。另一颗炮弹撞到了赫斯的盾牌上，令其难以负荷。

"万机之神之血。"杰马杜斯咒骂道，一秒钟后，帝王毒刃的主炮再次开火。

这发炮弹击中了深红色死神的肩膀。爆炸把战争引擎的装甲撕开了一道巨大的裂缝，卢克听到了他痛苦的叫喊。汹涌的火浪翻腾不休，机甲的紧急协议切断了动力，这架四肢瘦长的机甲减速后停了下来。

深红色死神毫无防备地站在那辆帝王毒刃超重型坦克的面前。

卢克咆哮道："不，你不要。"他冲过广场，向帝王毒刃冲去，同时用热能加农炮开火。

"卢克！"埃克哈特里娜喊道，并驱使使命无边迈步狂奔起来。帝王毒刃的激光加农炮又开火了，但女骑士赫斯帕尔的盾牌及时挡住了炮弹，在冲击力下闪起了耀眼的蓝光。当卢克到达最佳射程时，符文在他眼角余光中向下滚动。兽人的炮手随时可能会把另一颗炮弹装填上膛，他们随时都可能开炮杀死骑士赫斯，或者杀死他。

"异形渣滓。"卢克啐了一口，扣动了加农炮的扳机。炮弹穿透了帝王毒刃超重型坦克的侧面，熔化了装甲、电缆、能量管道和燃料管道，引爆了它们后膛里的炮弹，汽化了坦克手，点燃了坦克的燃料储备，然后坦克的主发电机爆炸了。这辆帝王毒刃超重型坦克腾空而起，离地足有五米多，成了一个翻滚的火球，然后砰的一声猛然摔了回去，它落地的力道可谓惊天动地。

在这段时间里，卢克第二次极力保持陀螺稳定器的平衡。他看到了更多的警告灯闪烁，因为他机甲的伺服电动机烧坏了。火焰在他周围翻滚，他喘着粗气，驾驶舱的金属热得足以灼伤他的皮肤。

接着，爆炸的火焰渐渐熄灭，弹片从机甲烧焦的盔甲上脱落下来，驾驶舱里充满了多次撞击的咔嗒声。

埃克哈特里娜的机甲大步上前,和他的机甲站成一排,向惊慌失措的兽人开枪。在他们强大的坦克被摧毁后,兽人惊恐地四处逃窜。

她说:"灰烬骑士,你欠我一条命,又欠了一次。"

"我肯定会想办法报答你的。"卢克说,他赶紧关闭了一些不重要的系统,并努力让处于危险边缘的反应堆休眠,"目前,深红色死神欠我一条命。也许我可以转移债务?"

女骑士赫斯帕尔大笑出声。"不可能。"她回答道,继续开火,"这要有趣多了。往积极的方面看,你机甲上的油漆表面被炸成了原子。"

卢克问道:"这怎么是积极的呢?"一想到要让英雄之剑的战斗力恢复到最佳状态要花多少工夫,他就皱起了眉头。

她说:"嗯,你现在看起来确实进入了角色。一个真正的灰烬骑士……"

战斗又持续了一个小时,但流亡者几乎没有参与其中。英雄之剑严重受损,深红色死神无法使用,玛雅和埃克哈特里娜在广场上站岗,直到格斯蒙德护送铁腿部队到达他们的位置。当圣物维保士修理骑士卡·奇迈罗斯和赫斯的机甲时,使命无边和怒火难逃与维萨林人一道,击退了几次规模较小的兽人攻击。

一确定杰马杜斯还活着——在他的机甲里,尽管受伤了,有些发抖——卢克就转过头去观察战略流形。当女侯爵的作战计划展开时,他满怀钦佩地观察到:她用不断的空袭赶走了绿皮兽人军团,有效削弱了他们的每一次反击。卢克怀疑,尽管德拉科尼斯家族的空勤人员受过良好训练,但他们可能也做不出当天佩加森家族的飞行员所做的复杂机动。

他看到了大元帅库尔特率领一支米诺托斯家族的先锋部队从钢铁迷宫的西翼出发,而他的传令官骑士威尔霍姆则率领另一支先锋部队从东翼出发。米诺托斯家族的先锋部队一边用通信扬声器大声播放战争咏叹调,一边冲进了晕头转向的兽人中,后者刚刚转身面对从背后进攻的佩加森家族的骑士机甲。

在一系列激烈的战斗中,兽人部落被机甲部队的前后夹击击溃了。有些机甲受损,有些机甲倒下。但多亏了女侯爵的大胆策略,以及她和库尔特手下骑士们的高超技巧,损失没有原来预计的那么严重。

卢克和杰马杜斯的机甲被及时修复，它们一瘸一拐地穿过燃烧的城市废墟，旁观获胜的统帅们的会面。

劳蕾特·谭·佩加森从她的机甲上下来，在钢铁迷宫的城墙前遇到了大元帅库尔特·谭·米诺托斯。在她的邀请下，卢克下了机甲加入他们的行列，埃克哈特里娜是他的副手。

劳蕾特和库尔特站在他们各自的尊贵骑士团中间，周围是充满警惕的机甲和米诺托斯家族的民兵。燃烧的瓦砾和兽人的尸体散落在他们周围。劳蕾特穿着雕塑般的紧身防护服，看上去优雅而又致命，镀银的数据发辫披洒在背上，双眼闪烁着力量的光芒。

相比之下，卢克认为库尔特很年轻，看起来摇摇欲坠，伤痕累累。他那打过蜡的胡子已经变得乱蓬蓬的，一边脸颊上还有道长长的、新的伤疤。他那黄铜色的重装紧身防护服已被打得严重凹陷，他倚在他那把沉重的米诺谭锤上，像一个拄着拐杖的伤兵。

埃克哈特里娜指出："只有三名尊贵骑士团的成员跟他在一起。他在这场战争中已经失去了几个最亲近的尊贵骑士。"

在长时间的、越来越尴尬的沉默之后，库尔特说："女侯爵劳蕾特·谭·佩加森。"

"大元帅库尔特·谭·米诺托斯。"劳蕾特边说边低下了头。

库尔特僵硬地鞠了一躬，说道："女士，请允许我代表我的家族向您表示最衷心的感谢。你们驾驶机甲自愿前来援助，出乎意料，我很感激你们给我们的帮助。"

在佩加森家族的那些骑士中,起了些微妙的骚动。按骑士守则的严格规定，这可算不上什么感谢。

劳蕾特说："你感激的不应该只有我和我的骑士，大元帅。你还得感谢灰烬骑士。如果没有他的忠告，没有他树立起无私的榜样，我们还会一直藏在我们山上的要塞里。正如你所说的，你并没有选择求援。"

有那么一会儿，库尔特看上去好像被人扇了一巴掌似的。然后，他似乎记起了卢克的名字，他的眉头皱了起来。他狠狠地瞪了卢克和埃克哈特里娜一眼。

大元帅说："卢克·卡·奇迈罗斯，灰烬骑士。"

卢克鞠了一躬。埃克哈特里娜草草地做了一个屈膝礼，恰到好处地保持着嘲弄的姿态。

卢克说："大元帅，我代表至尊王达尼亚尔来到此地。"

库尔特慢腾腾地说："你的父亲，他背叛了这个星球和星球上的每一个人。在我们急需力量的时候，他的所作所为削弱了我们的实力。他对所有这一切负有部分责任。"

卢克疲倦地说："大元帅，您一定知道，我已经宣誓效忠自由之刃了。不管我有什么联系——"

库尔特厉声说："我知道，我知道。我曾以我父亲的名义向自己发过誓，如果我遇到你，我就会拿这把锤子砸向你的头盖骨，不管你有没有宣誓效忠自由之刃。"

他们周围的骑士都倒抽了一口气，就连库尔特自己手下的战士都目瞪口呆地看着他。

大元帅继续说道："可是你站在这儿，中断追捕，半途而归，回到一场你没有参与的战争中。我想，是归来参战的。你把佩加森家族的骑士带来了，而我当时太骄傲了，不愿向他们求助。你带来至尊王的消息，当我丢下他单枪匹马地战斗时，他还在战斗。你让我感到羞耻，灰烬骑士，虽然我内心的一部分比以往任何时候都更想为此而打击你，但我的另一部分知道这是孩子气和傻瓜的行为。我扮演这两个角色已经太久了，我的子民已经付出了代价。"

全场肃静无声。火焰噼啪作响。远处传来炮火声，战士们穿街走巷四处搜查，在追击最后一批兽人。

卢克走进高等贵族围成的那个圈子，在库尔特·谭·米诺托斯的面前单膝下跪。

卢克说："我认识你父亲，不算太熟，大人，但我了解他，他会为这样坦率的谦逊之言而感到骄傲的。我以我的剑起誓，无论要我做什么，只要能弥补我以前的家族给您的家族造成的伤害，我都一定会做的。"

库尔特说："你已经做了很多了，请起身吧。"

大元帅转回身来，面对着劳蕾特。

"从灰烬骑士的话来看，我猜，你来的目的不仅仅是为了在急需之时帮助米诺托斯家族吧？"

劳蕾特说："你猜对了，库尔特。我们都袖手旁观太久了。多纳托斯教会了我们不信任。然而，接受这个教训，只是削弱了我们自己，削弱了我们的星球。这个星球上最大的叛徒的儿子向我展示了这一点，但我现在明白了。我们的至尊王请求援助。你愿意和我一起去吗？"

卢克看到库尔特眼中亮起了某种光芒。

大元帅转向他手下的骑士们，举起了铁锤。

"米诺托斯家族当然会跟你们一起战斗的，是吧，小伙子们？"

他的尊贵骑士团发出嘶哑的欢呼，米诺托斯家族骑士们的通信喇叭里传来洪亮的赞同声，在这座被毁灭的城市里回荡。

尽管他知道胜算依然不大，卢克还是不禁咧嘴笑了。

他笑了笑，对埃克哈特里娜说："现在有机会了。"埃克哈特里娜也对他报以微笑。

"如果他们挡住兽人，能等到我们去救他们，现在有机会了……"

第十五章

珍妮卡率领她的先锋部队迈着大步横穿沼泽地。太阳从他们背后升起,透过薄雾和阴影的帷幕,指头粗细的光线遍布沼泽闪烁着。那些机甲在死水中破浪前进,激起的波浪翻滚拍打着半没水中的废墟。特拉辛的爬行者紧随其后,为了跟上战争引擎的速度,发动机运行得滚烫。

当火之蔑视不知疲倦地努力追赶它的猎物时,珍妮卡思索着发生的一切。她的身体因疲劳和疼痛而感觉痛苦,尽管在她允许的有限时间内,特拉辛已经尽其所能地为她包扎了伤口。兴奋剂和营养品使她可以暂时不理会生理需求,但她知道她最终会感觉到疲惫和伤痛。

她自言自语道:"尽管我体能强大,却仍是肉体凡胎。但现在不是关注软弱之处的时候。"

漫漫长路,珍妮卡一次又一次将目光投向那个用布裹住的包袱,她把它塞进了驾驶舱的储物架上。在黑暗中发生了这么多事情,她对战友们隐瞒那奇怪的战利品不是什么难事。她还不确定自己为什么要这么做。有种感觉告诉珍妮卡,要保守这把剑的秘密,至少在她进一步了解它的来源之前。

她想道:"达会知道更多的秘密,如果他不知道,他会知道该仔细阅读哪些大部头,直到知晓其中的秘密。"

一想到她的弟弟,她就感到一阵忧虑。长距离通信中充斥着嘈杂之声,想要联系天龙尖塔、佩加森家族的鹰巢和钢铁迷宫的所有努力都失败了。珍妮卡没法知道对抗兽人的战争进展如何。或者,她苦涩地想着,没办法警告她的人民她对审判官马萨塔的怀疑。

"这个人到底想要什么?"她机械王座上的鬼魂低声说道,"他是一名审判官,他是帝皇的喉舌!"

"如果是这样的话,为什么他要对女骑士谭·德拉科尼斯隐瞒他的目的呢?"

"审判官不需要告诉任何人他们的计划,那些有信仰的人只需要相信就行了。"

"哦,但我们以前信任过,不是吗?"鬼魂反驳道,"信任往往遭到欺骗。如果他对这个星球是个威胁呢?"

"永远要相信审判官。"

"永远不要相信审判官……"

"八千米后就要到流沙山口了。"女骑士努阿拉在通信器中说道,她的声音打断了珍妮卡脑海中鬼魂的争吵。

圣物维保士特拉辛说:"目标仍然原地不动。现在的距离是四千米,我们正在接近。"

珍妮卡说:"我们该得到答案了。"

骑士爱德华问道:"您真的认为他对我们怀有恶意吗,女士?我们向他显示的只有忠诚和尊敬。"

骑士里斯回答道:"如果不是,为什么要撒谎?他要我们相信女骑士谭·德拉科尼斯已经死了,然后让我们像傻瓜一样站着,而他却消失在夜色中。"

珍妮卡说:"我想相信他的意图是纯粹的。但据我们所知,他本人就是黑暗诸神的仆人。"

女骑士努阿拉大声说:"当然不会,帝皇不会容忍这种事发生的。"

里斯苦涩地说:"可帝皇坐视不管多纳托斯遭难。"

珍妮卡说:"我只知道,这几天我就好像一直在蒙着眼睛玩弑君者战棋游戏。现在是看清真相的时候了,不管它揭示的真相是什么。"

特拉辛警告说:"在审判官的位置读数显示有武器开火。有大量的生命信号。"

珍妮卡说:"是兽人,快。"

她给动力传动装置注入了更多的能量,当她努力驱使机甲前进时,姿态符文闪起了橙色的光。前方,山的两翼耸立着巨大的灰色山峰,山口笼罩在黑暗中。黎明的曙光还没有穿透它的阴影。

审判官的狮鹫战车被毁了。驾驶舱已经与主体断开了,趴在车顶上。战车的主体向一侧倾斜,上面布满了弹孔。

珍妮卡走近时看到了这一幕。她那被强化过的大脑以超人的速度思考着,眨眼之间就生成了战术策略和针对性解决方案。马萨塔和他剩下的扈从被困在了狮鹫战车的残骸中。

他们从勉强可容身的掩蔽处探出身子，火力全开，试图赶走包围他们的大批兽人。那不是一个很大的战团。其中大部分是绿皮兽人，有几十个，拿着废铁制成的枪，一群摩托车手给他们提供火力支援。他们围在残骸周围，喧闹不已。还有几门大炮，由一个头发灰白、体形庞大的兽人监督着。

眼睁睁地看着马萨塔和他的属下死去就过分了。

珍妮卡说："努阿拉，打掉远程武器；爱德华、里斯，歼灭步兵；我来干掉那些摩托车手。小心，骑士们。谁也不能伤害审判官。"

表示同意的符文在她的视网膜显示器上闪烁起来。兽人看到高耸的战争引擎来了，纷纷做出了看似奇怪的反应，像是很高兴。当那位皮肤如皮革般坚韧的监督者下达命令时，屁精疯狂地转动大炮。火箭弹从努阿拉机甲的背甲上跃起，在他们中间爆炸，把那几门大炮和兽人炮手炸得粉碎。

与此同时，骑士爱德华和骑士里斯开火了，德拉科尼斯家族和佩加森家族联手战斗，以根除兽人带来的威胁。当绿皮兽人在四处开花的爆炸中消失时，珍妮卡将战斗加农炮对准了兽人摩托车手。绿皮兽人朝她的方向转了过来，在他们向她发起冲锋时，重型炮弹像暴风雪般锤击着她的盾牌。炮弹穿透了她机甲的装甲，击穿了辅助系统，但珍妮卡没有理会损伤报告。她瞄准目标，就像她曾经教导达尼亚尔做的那样，然后开火。

伴随着重重的两下撞击声，两枚炮弹腾空而起。爆炸声相继响起，爆炸让兽人的摩托车在空中翻滚起来，火光冲天。

绿皮兽人的尸体弹了起来，又翻滚着停了下来，随着浓烟散去。

"这是容易的部分，"珍妮卡一边说，一边看着战友们砍瓜切菜般干脆利索地干掉了异形战团，"现在是真正的战斗。我希望你们保留自己的意见，骑士们，女士们。我来处理。记住，这个人依然是个审判官。除非迫不得已，否则我们不会与他为敌。"

这群机甲停了下来，俯视着审判官交通工具的残骸。珍妮卡下了机甲，看到马萨塔已经出来了，正在兽人堆积如山的尸体中等着她。中士卡斯顿和审讯牧师奈什站在他的两侧，两人衣着破烂不堪。在他们身后，林蒂吉斯·莫滕斯蜷缩在运输车的后舱口。珍妮卡注意到了他紧抱在胸前的那本沉重的书。

她缓慢而又谨慎地拔出剑，走向马萨塔。

他说:"谭·德拉科尼斯女士,我很高兴你还活着,但很失望看到你的战士已经放弃了警戒。"

珍妮卡说:"审判官马萨塔。他们待了这么久,完全是因为你对他们撒了个谎。我可不喜欢我的临终遗言是假的。"

"这是必要的欺骗。"马萨塔说道,珍妮卡从他口中听不出一点谎言被人拆穿的羞耻感,"如果没有撒这个谎,我相信他们会冲进废墟去找你,这样就会让帝国的战士白白送了命。"

"不像你。"她说道,同时直勾勾地瞥了一眼莫滕斯。那个抄写员一脸羞愧,缩进了阴影里。

"为了那本书,我猜,你已经让很多人冒着生命危险行事,包括我在内。不是这样吗?"

马萨塔说:"不仅是冒着生命危险,而且是丢掉性命。文奎斯特、莎内玛、谢玛拉都死了。德布科只是勉强保住了性命。你,我想,还有其他许多人。他们死得其所,我向您保证,女士。"

珍妮卡在马萨塔的面前停了下来,问道:"为了一本书吗?"她审视他的肢体语言,注意到他的手小心翼翼地移向斧头柄,而他的属下强装放松。他们做好了战斗的准备。

马萨塔说:"这不仅仅是一本书,它是对抗帝皇敌人的有力武器。一本能让我最终打败可怕敌人的魔法书。那本大部头记载了那个恶魔的真实姓名。就是他,要为多纳托斯和其他十多起暴行负责。拥有恶魔真名的人可以消灭恶魔。"

珍妮卡说:"审判官,我就直说了。我相信你来到这个星球不是来帮助我们,而是来伤害我们的。你隐瞒了这本魔法书的消息,还撒谎来骗取我们的信任和帮助。你还撒了什么谎?你来这里是要做什么?你真的是帝皇的仆人吗,还是另一个黑暗诸神的使者,只是表现得很忠诚?"

马萨塔抬头看了看天空,现在天空布满了玫瑰色的云。他回头看了看莫滕斯和莫滕斯紧紧抱在胸前的那本书。

他叹了口气,同时摇了摇头。

他说:"我承认,女士,我没有把全部的真相告诉你。可此时此刻,在这绝望之时,这么做又有什么害处呢?我想我至少欠你一个解释。早在我们相遇之前，我和我的扈从就来到了阿德拉斯塔波尔。我们在这里已经待了很多年了，一直隐蔽在暗处观察、揣摩你们人民的意图，判断他们是有罪还是无罪。"

珍妮卡变得面无表情，却隐隐流露出一丝危险的气息。

她问："秘密审判？在我们不知情的情况下，毫无荣誉可言？"

马萨塔说："你们的星球产生了两个信仰异端邪说的贵族家族。坦白地说，女士，如果阿德拉斯塔波尔是一个巢都星球，我们可能会毫不犹豫地净化它。但是，骑士是宝贵的军事资产，许多人认为骑士与星际战士同等重要。本来要给你们机会的，但考虑到奇迈罗斯家族和怀沃恩家族的口是心非，以及艾丽西娅·卡·曼蒂克斯的魔力来源，我认为公开摊牌太危险了，应该避免让混沌的代理人注意到我的存在。"

珍妮卡说："所以，你对我们撒了谎。"她明白他话中的含义，但她对骑士精神的坚守已经深入骨髓了。她对与这种不诚实行为有关的一切都感到厌恶。她努力控制自己的愤怒。

"一个知道自己被监视的人，知道他必须隐瞒什么。此外，老实说，我心意已决。我只是想确认你们的罪行，同时找机会获得魔法书，女巫艾丽西娅就是从这本魔法书中获得了那强大的魔力。在我寻找那本书的时候，阿德拉斯塔波尔享受了死刑缓期执行的待遇，仅此而已。我已经计划好了，在守卫者中也安排好了内应，让我进去。"

珍妮卡说："你就是这样知道喀迈尔堡下面的腐败的。"

马萨塔说："是的，该怎样进行下去我心里没谱，因为我不知道我在收回魔法书的时候将面临多大的威胁。采取任何行动似乎都有可能泄露我的意图，让我在潜伏这个星球上的异教徒面前暴露无遗。然后，一个机会出现了。"

"一个机会？"珍妮卡问道，她心中升起可怕的怀疑，像喉咙里涌上一股胆汁似的，"什么机会？"

马萨塔说："兽人。"

"兽人。"珍妮卡重复道，她攥紧了剑柄，指关节因为用力而泛白，"怎么做？"

马萨塔说："关于我的战舰，我没撒谎，但是真理之光号完好无损。在我的命令下，舰长拉尼尔拉兹发动了一场巧妙的攻防战，边打边撤以引诱兽人上钩，而我和我的特工在阿德拉斯塔波尔做好准备。她和她的姊妹舰成功引诱了异形，把他们引向了莫扎迪斯星系。"

珍妮卡问："你给我们的星球带来了这场灾难，你却还能问心无愧地直视我的眼睛。"

马萨塔说："当然。我侍奉帝皇，一心要铲除邪恶，那是由瓦拉克洛尔所开启，艾丽西娅·卡·曼蒂克斯现在仍在传播的邪恶。兽人让你的人忙得不可开交，从而无法分心注意到我。我再以可怕警告传达者的身份从容出现，获得足够的帮助，以便在喀迈尔堡下面完成我的任务。然后，我将找到并重新唤醒我的扈从几年前在至尊王山谷隐藏的登陆舱。我在离开前就命令准备好旋风鱼雷，我打算在舰长拉尼尔拉兹发射鱼雷之前，让中士卡斯顿驾驶飞船将我们和魔法书送到安全的地方。"

珍妮卡的大脑一阵晕眩。

旋风鱼雷……

她轻声道："灭绝令……"

马萨塔说："很抱歉，女士。是的。"

珍妮卡想象着自己挥舞宝剑，把审判官的头从他的肩上砍下来。她知道她能做到。她可以在卡斯顿和奈什阻止她之前发动攻击。他早已经对她的星球签署了死刑判决书。他站在那里，平静地承认了。

但她并没有这样做。相反，她慢慢地深吸了一口气，稳住颤抖的双手，收剑入鞘。

珍妮卡用最庄重的措辞说道："审判官马萨塔，你犯错了，我相信你自己知道。你代表帝皇做出了错误的判断。你奉他之名犯下了滔天罪行。"

马萨塔说："这个星球窝藏庇护了异教徒和恶魔的信徒。对于这样的罪行，判决再怎么严厉也不过分。"

珍妮卡说："我们杀死了那些异教徒。我们杀死了所有与黑暗诸神勾结的人。我们以帝皇的名义做出了自己的裁决。你已经看到了我们真实的一面，审判官，所以你必须知道，如果德拉科尼斯家族、佩加森家族和米诺托斯家族的骑士犯了什么罪，那也只是因为他们相信我们的盟友和我们自己一样值得尊敬。这是因荣誉和信任而犯下的罪过。我不管你如何为你的行为辩解，审判官。你让我们再次犯下了同样的错，我相信你会和奇迈罗斯家族、怀沃恩家族一样为此受到诅咒的。你声称要与艾丽西娅·卡·曼蒂克斯的邪恶做斗争。而我要说，你这是在为邪恶服务。"

中士卡斯顿说："大人，也许——"

马萨塔怒吼道："安静！我的裁决已经被通过了！"

"然而，你陷入了自我怀疑中。"珍妮卡说道，两眼紧盯着马萨塔，"要不然你为什么坚持要我陪你到废墟里去呢？"

马萨塔说："我告诉过你，我不知道威胁的规模有多大。我观察到的一切都告诉我，你是这个星球上最有能力的战士之一。我带你来只是作为战士备用，仅此而已。"

珍妮卡说："我不相信那种说法，你也不相信。你带我同行是因为你知道你的判决是错误的。你想让我做出反应，在奇迈罗斯家族下面的坟墓里揭示某事，不管怎样，那会证明你是对还是错。"

马萨塔举起斧头，低声咆哮道："我是帝皇的仲裁者，没有怜悯或怀疑的余地。我的工作还没有完成，而你在妨碍我。如果我不能及时到达登陆艇，那么这一切努力都将付诸东流。"

珍妮卡说："如果你要坚持把此事进行到底的话，那么你就成了黑暗诸神的工具，而不是帝皇的工具。但是如果你这么肯定你的判断，那么身为帝皇的忠实仆人，我又有什么资格来质疑你呢？"

从她的珠状通信器里传来骑士们愤怒的呼喊，但她在他面前跪了下来，不理会那些呼喊。

"我服从您的判决，审判官马萨塔。"她说着，露出了她的脖子，"如果要执行死刑，那就先处决我吧。我不会抗拒帝皇的制裁，我的人民也不会。"

马萨塔逼近她，手里拿着斧头，表情冷峻。审判官的属下瞪大了眼睛，显然不习惯看到他们的主人流露出这样的情绪。

珍妮卡的心怦怦直跳。她在心中做了简单的祈祷。

斧头从马萨塔手中掉了下来，砰的一声重重落在地上。黎明的曙光在斧刃上闪烁。

"很好。"马萨塔说道，这些话仿佛是他从内心最深处发出来的，"也许我的判断很糟糕，或者我的处理方式像清教徒那样太严苛了。恐惧迫使我采取行动，所以我犯了错。你的勇敢为我树立了榜样，使我感到羞耻，女士。"

让他的属下感到吃惊的是，马萨塔俯下身去，伸手抓住珍妮卡的肩膀，把她搀了起来，让她站在他面前。

他说："不过，我只能向你表示衷心的歉意。已经太迟了。按照我的计时，离拉尼尔拉兹执行我最后的那道命令只剩下不到一天的时间了。"

珍妮卡说："取消灭绝令。"

马萨塔说："我办不到。必须是我的声音下命令，她才会听从。要做到这一点，我需要高增益的轨道通信器。可是异性入侵破坏了大气层，我的通信器没用了。"

珍妮卡极为气愤地说："阿德拉斯塔波尔与帝皇的敌人进行了数千年的战争都熬过来了，却要被他自己的仆人所摧毁。你说过你有一架飞行器，是吗？"

马萨塔说："我的确有。一架天鹰座登陆艇，在正南方，离这里六十五千米左右。但当我进入轨道，避开那些兽人飞船的时候——"

"不。"珍妮卡不耐烦地打断了他的话，"天龙尖塔！你会在那里找到你的轨道通信器。你可以取消攻击，并命令你麾下的飞船加入战斗。你可以做出正确的决定，审判官。"

马萨塔一动不动地待了好长时间。珍妮卡热切地向帝皇祈祷，在她心中，这是她一生中最虔诚的一次祈祷。

马萨塔终于说道："是的，是的，你说得对。任何其他处理方法都只会服务于恶魔的目的。"

"如果这本魔法书真能击倒艾丽西娅·卡·曼蒂克斯和她所侍奉的任何恐怖魔物，那么我向你发誓，你战斗时，阿德拉斯塔波尔的骑士团会助你一臂之力。现在让你的战士登上特拉辛的爬行者吧，快一点。我们需要你的指引才能到达登陆艇那里。"

"当然，"马萨塔说，然后他停顿了一下才继续说道，"谭·德拉科尼斯女士，我曾经杀过比你更伟大的人物，因为他们用你今天这样的方式对我说话。我赞扬你的勇敢和气节，因为你帮助我认清了自己的错误。"

珍妮卡说："先别谢了，审判官。等我们拯救阿德拉斯塔波尔后，我会接受你的感谢的。"

卢克通过大望远镜使劲地盯着，强忍着对眼前景象的恐惧。

埃克哈特里娜说："我们之前以为钢铁迷宫状况不佳。这是……"

卢克语气沉重地说："灾难。"

他们置身于一片长满青草的斜坡上，向东眺望着瓦拉坦平原对面燃烧着的天龙尖塔。格斯蒙德的几名手下蹲在附近，通过一组笨重的通信装置把他们的发现传给劳蕾特·谭·佩加森和库尔特·谭·米诺托斯。维萨林人的牛头车在斜坡的下面悠闲等待，等着把他们带回骑士部队在瓦拉坦平原上集结的地方。

埃克哈特里娜问道："里面还有人活着吗？"卢克摇了摇头，一脸震惊。

他说："我不知道，女士。"

他记忆中的天龙尖塔已经不复存在了，被沸腾的兽人海洋围得严严实实，只剩下一片被炸毁的废墟。一些尖塔和塔楼像被伐倒的奥利达恩树一样倒塌了，把其他的墙壁和建筑物压得粉碎。被毁坏的城垛上挂满了钉在尖刺上的尸体和绘有兽人魔幻图腾的旗帜，在废墟中可以看到被干掉的机甲横七竖八地躺在废墟中，被勤劳的绿皮兽人大卸八块。成群的异形在废墟周围横冲直撞，从天龙尖塔防御工事的裂缝中涌入。

从诺斯里斯炮台升起了更多的旗帜，卢克看到一群兽人步行者机甲聚集在那里，那是他见过的最大的兽人步行者机甲。

"看！"卢克边说边指，"他们不是在进攻北方小丘。我猜那已经在他们的掌握中了，但他们还在向天龙尖塔进军。"

"这意味着那里还有人在跟他们战斗。"埃克哈特里娜露齿一笑，拍了拍他的肩膀，说道，"你的朋友们可能还活着，卢克！"

他说："我希望如此，赫斯帕尔女士。不管怎样，仍有人在战斗，如果是那样，那我们就有责任帮助他们。"

她说："而且，如果我是一个肮脏的、重要的异形战争领主，我肯定会用这种旗帜，所以戈尔格洛克肯定还活着。很明显，为了我们能在这里打胜仗，然后重新开始我们的追捕，那个战争领主必须死。"

"正是这样。"卢克说道，然后皱起了眉头，"我想知道他们为什么这么激动。"

那些维萨林人正聚集在那组通信器周围，他向他们做了个手势以示询问。其中一名男子抬起头，急切地向骑士们招手。

卢克和埃克哈特里娜从山脊上滑了下来，两个人加速奔跑，匆匆忙忙地加入了士兵的行列中。

其中一个维萨林人说："通信器优先呼叫。大人，上面显示了审判官的许可代码，要求与正在瓦拉坦集结的骑士部队统帅通话。"

卢克说："当然应该由女侯爵或大元帅来进行通话。"但那个士兵摇了摇头。

"不，大人，他们已经把呼叫转给您了，说他们是军事指挥官，但您是总指挥。"

卢克眨了眨眼睛。埃克哈特里娜幸灾乐祸地笑了两声。他从那个维萨林人手里拿过头戴式通信器，皱着眉头把它夹在耳朵上。

他说："我是灰烬骑士。回复优先呼叫，完毕。"

"卢克？"

卢克轻声问道："珍？珍妮卡女士，是你吗？"

她回答道："是我。卢克，你不知道，能听到你的声音有多棒！"

卢克说："我觉得听到你的声音也很棒。你在哪里？以王座之名，你为什么在审判官的专用频道上讲话？"

她说："我在审判官的登陆艇上，我们正从北边接近你们。"

卢克问道："审判官？女士，审判官在阿德拉斯塔波尔做什么？你为什么在空中？你的机甲出了什么事？"

珍妮卡说："没时间多说了，卢克。我们需要天龙尖塔的轨道通信器的访问权限，马上。我们得叫停审判官飞船的行动，否则天黑前我们都会在帝皇死亡之桌旁获得席位！"

卢克感到一阵困惑和恐惧，但骑士修养帮他牢牢地压制住了这些情绪。

他说："是，女士。"整理了一下思绪后，他又说道："重新调整航线，在我接下来传给你的坐标降落。天龙尖塔被重重包围，我不知道里面还有多少人，也不知道谁还活着。我怀疑通信器是否还在运行。"

她问道："至尊王怎么样了？"

他说："我不知道，有很多事情要讲，但听起来没有太多时间来报告了。"

我们必须在还有人活着的时候进入那里进行救援。如果你需要轨道通信器，我也许有个主意。"

她说："待会儿见。"

珍妮卡断开了通信，卢克把通信设备塞回了通信员手中。

他命令道："进牛头车，带我们到集结点。没时间浪费了。"

第十六章

达尼亚尔恢复了意识。他在黑暗中眨了眨眼，然后猛然清醒过来，因为他看到他上方有个人影。两只手紧紧地抓住了他，但很温柔。

"达。"一个女人的声音说道，听起来很耳熟，"达，没关系。是我。"

达尼亚尔眨了眨眼睛，颤抖着吸了一口气。

"苏塞特。"他嘶哑地说，然后因为咽咙痛而咳嗽起来。

"没关系。把这个喝了吧，你一定口渴了。"她把一个水壶塞到他手里，他啜了一口，是冷水，微咸，但挺清爽。他贪婪地咕咚咕咚喝了几口，然后才把水放在一边。

他喃喃地说："我记得那堵墙。我们在战斗……然后戈尔格洛克在那里，我……我摔倒了？"他调整了一下姿势，一阵剧痛袭遍全身，他露出了痛苦的神色。

苏塞特说："你做到了，我向帝皇赌咒发誓，我以为我已经失去你了。如果你没穿那套被帝皇赐福的盔甲，我可能就真的失去你了。我不得不下令从第二道防线撤退。从那以后，我们就一直被困在这里，为自己的生命而战。但你很幸运，我们都很幸运。第六十五民兵连在穿过怀尔韦弗区撤退时发现了你。他们把你绑在最后一辆掠食者坦克上带了进来，几分钟后大门就被封死了。"

"为什么——"达尼亚尔说，他突然停下来咳嗽，新涌上的一阵阵疼痛让他又露出了痛苦的神色，"我们为什么在王座厅里？"他坐起身来环顾四周。巨大的房间仅有化学提灯和火把作为照明，光线昏暗。数百人挤满了王座厅，模糊的身影紧紧地挤在一起。平民在会议厅后方挤作一团，而贵族和下议院议员都纷纷聚集在德拉科尼斯家族威严大气的王座后面。

在近处，达尼亚尔看到了民兵、骑士和圣物维保士。有些人正忙着在房间的柱子之间筑起路障，把它们排列成面向大门的同心圆形。有些人在准备武器，分发堆在王座附近刻有军务部印记的板条箱里的装备，或者只是抓紧时间休息，吃点东西，或者麻木地放空自己。还有些人在照料伤员。达尼亚尔躺在一个担架上，身处伤员中。

苏塞特说："他们把我们赶回这儿来了。王座厅、圣物维保士的锻造神殿、鬼魂密室、军械库，还有其他一些地方……这些就是我们剩下的据点了。"

达尼亚尔问："兽人已经占领了其他所有地方吗？我昏迷了多久？"

苏塞特说："据我估计，你已经昏昏沉沉地过了差不多三天。一路上，我们每走一步都在和他们战斗，达。每个走廊、房间、路障和楼梯间，每占据一处，他们都要付出血的代价。我们用他们的尸体堵住了通往大战略参谋部的每一条通道，然后不得已才放弃。"

达尼亚尔说："我相信。否则你不会任由局势变成这样的。"

苏塞特懊恼地说："我已经竭尽所能了，只是还不够。"

达尼亚尔把一只手放在她的胳膊上，但她耸耸肩甩掉了他的手。

他问："那卢克呢？救援部队呢？"

苏塞特发出一声阴郁的狂笑。

她说："这很难说。我们已经两天没有看到墙外的情况了。波卢克西斯在塔尖内重新建立了有限的通信，足以让我们坚持抵抗的人相互交谈，但大战略参谋部陷入敌手后我们就与中央尖塔上的一切失去了联系。加拉斯在那里领军断后，带领着一支民兵部队及一些骑士护送平民前往太空港。如果他到了见习骑士的院子上方，成功地在龙鳞阶梯设置了路障，那么也许……"

达尼亚尔说："加拉斯十分倔强，一如既往，如果真有人能做成此事的话，那就是他了。"

"的确如此。"苏塞特边说边点头。

达尼亚尔意识到他听到战斗的声音从王座厅外面的墙壁传了过来。

他说："他们离得很近。"

苏塞特说："非常近。如果他们继续进攻的话，恐怕我们就要背水一战了。因此我现在让医护人员把你叫醒。"

达尼亚尔问："医护人员？"

苏塞特说："他们给你注射了兴奋剂、神圣修复剂和诸如此类的东西。如果兽人真的冲破了我们的防守，我想你会更愿意手持剑刃，以至尊王的身份站在我身边面对他们，而不是意识不清地被绑在担架上。"

"我想那些医护人员对此不会太高兴。"他说道，同时露出一丝虚弱的笑容。

苏塞特说："对于风险，他们大惊小怪，争论了一番，想让你好好休息，让身体得以痊愈。我指出，如果兽人打败了我们，那我们就都有充足的时间在帝皇身边休息了。在那之前，天龙尖塔需要它的至尊王。"

达尼亚尔点了点头，强迫自己站起身来。苏塞特抓住他的胳膊，把他扶了起来。

他沮丧地说："那么，我还穿着紧身防护服？我还担心外科医生不得不把它切除掉。"

苏塞特说："没有。珀西瓦恩不会让他们损坏它的。珍贵的远古科技，来自帝皇的礼物，诸如此类。幸运的是，他们能够移除部分以进行治疗，然后把它安回原位。你需要比现在更好的护理，但至少你的身体机能正常。达……"

她的眼神道尽了要诉说的千言万语。他一把将她拉近拥抱了一会儿，紧紧地、热切地。

她对着他的肩膀说："傻瓜，打仗的时候竟然从那堵该死的墙上摔了下来。"

然后他们笑了起来，片刻的宽慰让他们收起了即将夺眶而出的眼泪，达尼亚尔看到民兵们好奇地朝他们张望，眼神空洞、茫然。在天龙尖塔里，很久没有人听到过笑声了。这个想法使他清醒了过来。苏塞特也看出了这一点，她向后退了几步，上下打量着他。

她说："你已经躺得够久的了，该做回至尊王了。那些救了你的人没找到你的爆矢枪，但他们找到了你的王冠和天龙宝剑。"

达尼亚尔说："太好了，我的夫人。等我们渡过难关，他们，他们所有人都将获得奖章和奖励，以表达我的感激之情。"

苏塞特说："陛下，他们的人已经所剩无几了。过去的几天很难熬。"

达尼亚尔问："马科斯呢？"

苏塞特说："和波卢克西斯在一起。"

达尼亚尔问："那些机甲呢？对于那个问题，有什么技术能解决吗？机魂在骚动？"

她说："它们依然在骚动。除了一些比较陈旧的等离子体武器外，大多数枪炮都能用了。还有一群圣物维保士在军械库里辛苦地摆弄机甲。波卢克西斯一直在远程监督进展。他们把所有幸存的机甲都运到那儿去了，包括我们的机甲，上次我们听说他们已经唤醒了几架机甲。他们凭此阻止了兽人占领他们的阵地。绿皮兽人军团一直在猛攻军械库，但瑙曼和绯红之刃一直在带头防守。"

达尼亚尔说："得知机甲正再度觉醒，我松了一口气。可是我想，这用处不大，因为我们待在这儿。除非我们能碰到它们，或者它们能到我们这里。"

苏塞特说："我们可以命令他们穿过北部的练兵场突围。他们可以从奥塔维奥拱门绕出去，然后从外面的宾客谒见室炸开一条路，到达我们这里。别以为我没有考虑过。"

达尼亚尔说道："这太冒险了。"于是苏塞特点了点头。

她说："机甲太少了，我们和他们之间的敌人太多，而且短兵相接放大了敌人的优势。从他们那儿到我们这儿，一路上绝对挤满了绿皮兽人。你听到枪炮声了吗？那是外面的宾客谒见室。我已经命令后卫尽可能坚守。他们知道我们不能再次打开王座厅的门了。他们将不得不在其他地方寻找避难所。"

达尼亚尔说："那我们就得做好战斗的准备。无论怎样，我们必须尽可能地坚持下去。"

她问道："卢克？"

达尼亚尔说："卢克、珍妮卡——王座，甚至还有劳蕾特和库尔特。我相信他们不会抛弃我们的。"

苏塞特说："哈，库尔特？但如果你相信，那我也相信。我们将继续战斗，直到救援到来。"

达尼亚尔说："卢克向我保证过，那就够了。"

他痛苦地弯下腰，捡起剑鞘，把它重新固定在自己覆甲的紧身防护服上。苏塞特将王冠戴在他的头上，让数据线与他的神经插口配对耦合。

"吾王。"她说着向后退了几步，以战士的身份向他敬礼。

"守门人女骑士，"他说道，也回敬了一个礼，"我们要战斗到天龙圣火熄灭为止。"

她附和道："直到天龙圣火熄灭为止。"

就在这时，来自外面宾客谒见室的最后一阵枪声停止了，取而代之的是一声颤抖的战吼，装甲门也难挡其穿透力。

"哇——嘎！"

达尼亚尔·谭·德拉科尼斯站在王座厅的昏暗处。他握紧天龙宝剑的剑柄，希望四肢能恢复力量。每一次呼吸都伴随着痛苦，伤口折磨着他。疲惫不堪的他累得快要跪下来了。

他的战士们拔出武器，紧靠在一起。他们就跟黑暗中的阴影差不多。许多人受了伤。有些人将再也看不到黎明了，但他们仍挺立不动，达尼亚尔也从他们那里汲取了力量。民兵们挤在整个房间的路障后面，自动机枪和重武器瞄准着门。平民们挤在大厅的后面，有的挥舞着简易武器，有的只是惊恐地蹲在地上，哭泣着，颤抖着，用身体护住他们所爱之人。

"感受你们内心的天龙圣火吧。"达尼亚尔说，在战士们刺耳的呼吸声和他们的脚在石板上的摩擦声中，他的声音显得十分坚定，"哪怕只有余烬，找到它，拨旺火苗。现在只剩下我们了，德拉科尼斯家族最后的希望。帝皇在期盼。"

一声巨响回荡在王座厅里。雕有天龙的门因为猛烈的撞击而颤抖起来。

一个声音嘶哑地说："他们就在外面。"达尼亚尔想不起这是谁的声音。

第二次的撞击声如滚滚雷霆，把他周围的男男女女都吓了一跳。

传来了另一个声音："愿帝皇佑护我们。"

达尼亚尔命令道："德拉科尼斯家族的成员，保持镇定。"

门板向内弯曲，从门外传来了可怕的咆哮声。

在另一次撞击中，门发出吱吱声，门上的铰链和锁都绷紧了。门外响起一阵狂野的怒吼声。

达尼亚尔喊道："阿德拉斯塔波尔的勇士们、天龙尖塔的各位领主、各位女骑士，点火！"

达尼亚尔用拇指摁下了剑柄上的符文。他手下的骑士们也纷纷效仿。伴随着呼的一声，他们的天龙宝剑被点燃了，火焰环绕着他们的剑。

最后一次大力撞击把门从铰链上撞了下来，怪物们向他们扑来。王座厅的门轰然倒塌，兽人从缺口中潮水般涌出。他们就像巨大的野兽，眼睛血红，长着参差不齐的獠牙，咆哮着发出战吼。

"开火！"达尼亚尔大吼一声，王座厅里的守卫们开始攻击。子弹和爆矢弹撕裂了成群结队的兽人，从下方横扫了数十个兽人，迸出漫天血花。

更多的绿皮兽人越过倒下的兽人冲了过来，伤员和死者被他们践踏在脚下。他们撞上了路障的外围，开始试图翻越。一些兽人投掷简陋木柄炸弹，在民兵中炸开。其他兽人用嘶嘶作响的火焰喷射器和隆隆作响的加农炮开火。

尸体重重砸在了地板上，是穿着德拉科尼斯家族民兵衣服的尸体，残缺不全。

在成群的绿皮兽人中，魁梧的首领用粗俗的语言驱使他们的战士。信息很明确：更加努力地战斗，杀光他们。

完结此事。

达尼亚尔狂吼道："骑士们！跟我一起，把他们赶回去！"

他不顾痛苦，奋力向前冲锋。达尼亚尔冲过王座厅，他曾多次庄严地落座于此。他的天龙宝剑在手中炙热地燃烧着，他的远古科技紧身防护服上的防护物在反弹子弹时闪着光。

他跳过了一个路障，脚先踢中了一个兽人的胸部，那个兽人倒在地板上。他劈倒了另一个绿皮兽人，然后用剑刺穿了兽人的眼窝。

在他周围，机甲冲锋深入绿皮兽人军团的阵地，兽人的攻势受挫。

达尼亚尔咆哮道："燃起伊克赛尔西厄姆之怒吧！为了帝皇！"

在天龙尖塔的城墙外，战斗进入白热化状态。一支有近两百名骑士的军队以迅雷不及掩耳之势冲进了戈尔格洛克的部落，他们在到来时分成了两个攻击小队。一队由流亡者率领，直奔要塞外城墙的一个缺口。他们从后面攻击绿皮兽人，一到就炸毁了兽人炮兵的炮台。屁精一哄而散，四处逃窜。在他们的上空，翱翔着佩加森家族无敌舰队的飞行器。在他们的身后，是由圣物维保士的爬行者和铁腿骑兵组成的另一个攻击小队，由格斯蒙德率领的维萨林人护送。炮火连天中，盾牌在惊慌失措的兽人反击下闪动着光芒，卢克的部队横扫了兽人部落的残余势力，强行通过了天龙尖塔的外城墙。

在他们攻击时，劳蕾特·谭·佩加森和库尔特·谭·米诺托斯也发动了攻击。他们的任务是夺回另一座要塞。

骑士威尔霍姆·达·米诺托斯报告："离诺斯里斯炮台还有三千六百米，

我们正在接近它。那里戒备森严，大人。读数显示出了大量绿皮兽人的生命信号。"

"明白了，威尔霍姆。"库尔特答道，驾驭着他那架作铿锵响的巨大机甲——古斯塔夫的复仇。这架机甲是豪侠骑士机甲的改良版，在背甲上安装了一门双体热熔加农炮，一只手臂擎着巨大的艾德曼合金盾牌，而另一只手臂则拿着一个超大尺寸的米诺谭锤。库尔特迫不及待地想用他的武器去对付那些掠夺他土地的异形。

库尔特在公开频道上说："敌人知道我们在这里。先生们，我想这是内斯班的第三首复仇咏叹调。"

库尔特率领米诺托斯家族幸存骑士的一半前进，所有的机甲现在都打开了通信扬声器。轰轰烈烈的军乐响彻瓦拉坦，宣告着他们的到来。

"做好准备。"劳蕾特说道，她率领自己的骑士机甲部队向右走去，"异形已经部署了各式异端武器。要想在这里取胜，我们需要凝聚我们的全部信念。"

库尔特压下了要提醒劳蕾特的冲动，他的子民在兽人手中遭受的苦难比她的子民所遭受的更为深重。

"控制好你的脾气，年轻的大元帅。"从他的机械王座上传来了一声低语，"女侯爵只是在分享信息。这次进攻太重要了，不能掉以轻心。"

他说："谢谢您的建议，女士。我们的鸟卜仪探测到在这座建筑中有大量外星生命迹象，我的机载沉思者无法对他们在要塞城垛上架设的武器系统进行分类。我建议分散前进，以减少他们武器对我们的影响，并集中火力攻击那些武器。"

劳蕾特说："同意。如果你们的骑士机甲能压制住城墙上的枪炮，我们就能阻截城墙外的兽人部队。"

即使戈尔格洛克部落的大量战士都在天龙尖塔的城墙内，还是有大批兽人、笨重的坦克和步行者机甲在涌向诺斯里斯炮台周围。现在，他们从要塞脚下冲了出来，迎战来袭的骑士们。

炮弹开始砸向库尔特的离子盾牌。火箭弹在他周围呼啸而过。

伊莲娜特·达·佩加森在通信器中说道："在他们的后防线上，有个加尔冈级别的步行者机甲。"

定位符文在库尔特的流形上闪现。"它看起来被火烧坏了，但有的部分还能动。不过，看在王座的分上，那支巨大的枪究竟是什么？那占了它身体的一半！它竟然还能走路，真是个奇迹！"

劳蕾特说："别让绿皮兽人再在我们面前耀武扬威了。请记住，兄弟姐妹们，我们在这场战斗中的作用至关重要。在方圆一百六十千米的范围内，最后一个运行正常的外轨道通信阵列就在诺斯里斯炮台。"

"我们希望如此。"库尔特自言自语道，想到了兽人占领炮台后可能在其内部造成的破坏。

劳蕾特继续说道："如果我们不能确保那个通信阵列的安全，那么审判官马萨塔就无法撤销他的灭绝令。我们都会死，更糟糕的是，我们的死不是为了侍奉帝皇，而是便宜了混沌肮脏的爪牙。"

在他们冲近时兽人城墙上的枪炮开火了，释放出能量气泡和噼啪作响的电弧。骑士米卡尔·达·米诺托斯的机甲在毁坏性的分子力场中失去了一只手臂。女骑士杰辛·达·佩加森最后尖叫了一声，她的机甲从头到脚都被可怕的绿色火焰点燃了。库尔特看到兽人女巫在城墙上跳来跳去，绿色的灵能在她们的头上盘旋。

"灵能者。"他厌恶地吐出了这个词，"女侯爵说得对，我们得这么干，不然我们就得死。现在，为了阿德拉斯塔波尔，进攻！"

米诺托斯家族和佩加森家族的骑士开了火，飞驰而过的火球消灭了几十个兽人。炮弹和能量爆炸摧毁了被兽人夺走的坦克。劳蕾特带队绕着侧翼狂奔，大步冲锋陷阵，径直向加尔冈冲去。它正在诺斯里斯城墙的阴影中艰难地颤抖着恢复生机。

从库尔特的扬声器中传出了咏叹调，热熔加农炮发出了怒吼，他驾着机甲狂风般冲进了绿皮兽人部落的中心地带。

他挥动锤子，发出一声憎恨的咆哮。这一记猛击让一辆陆地巡洋舰像破了的玩具一样滚了出去。它落地，压死了十几个兽人。在他周围，他手下的战士猛烈炮轰城墙，城墙被熊熊大火包围，成了一片火海。

他怒吼道："冲进去！为了米诺托斯家族！为了阿德拉斯塔波尔！"

卢克操控机甲走过被烧焦的残垣断壁，进入了天龙尖塔的黑火药区。他藏起情绪，所有的恐惧和愤怒都被深深压入心底。他现在不能让那些情绪控制他。

赌注太高了。

他面前是一个坑坑洼洼的市集广场，到处散落着瓦砾，还有从倒塌的城墙上掉下来的尸体。一群兽人正在努力工作，用简陋的工具拆开一架德拉科尼斯家族骑士机甲的外壳，然后把零件运到偷来的掠食者坦克那里。

杰马杜斯嫌恶地说："为了修理偷来的坦克，他们正在拆机甲上的零件，打算拆东墙补西墙。"

当英雄之剑带着一支骑士军团从缺口处冲出来时，那群异形震惊地抬起头来。

"拾荒者。"卢克咆哮着，用热能加农炮开火，一炮就消灭了一半兽人。流亡者们在他周围开火，一眨眼的工夫就把剩下的绿皮兽人清扫一空。

珍妮卡在上校格斯蒙德的牛头车上，她在通信器中说："继续前进。真正的战斗在更深的地方。"

卢克说："当然，女士。"他给动力推进器输入动力，大步穿过燃烧着的广场，走向一条穿过该地区的大道。其余的骑士机甲跟在他后面，按冲锋阵形散开，沿着主要街道前进。在战略分布图上，卢克看到更多的先锋部队穿过城墙上另外八个缺口，沿着西侧的外城墙展开进攻。

他在通信器中说："往里推进，突破，不要因为他们放慢你们的速度，也不要让他们拖你们机甲的后腿。在第二道城墙的防守位置1-0-1和1-0-7处攻占缺口。向内部尖塔会合。"

一拨佩加森雷霆战机急速掠过头顶，边飞边向兽人开火。在废墟的更深处，猛烈的爆炸声直冲云霄。隐蔽的火炮进行了还击，高射炮轰鸣着，炮火把其中一架战机变成了歪歪斜斜的火球，并打穿了另一架战机的机翼。

卢克说："这并不容易。我真希望你还驾驶着火之蔑视机甲，珍妮卡女士。"

她回答："我更希望有，我知道它被锁上了，而且有人看守，但依然……"

玛雅在通信器中说道："兽人的坦克、重型装甲部队和机动火炮冲上了大街。"

卢克说："举起盾牌。"

"打赢了这儿的仗，我们就赢了整个星球的战争。"赫斯边说边开火。他的炮弹射入兽人坦克纵队的先头部队，几辆坦克成了燃烧的残骸。同时，卢克的视网膜显示器上更多的符文闪烁着。

他说："兽人的步兵正从废墟向上推进，数量极多。格斯蒙德，要保持我们的两侧安全畅通。"

上校说："明白，大人。"他的牛头车队分散开来，并在流亡者们的周围来回游走，用枪林弹雨清剿小巷里的敌人。

火箭弹和一拨拨炮弹反复重击卢克的盾牌。一束炙热的能量光束使它燃烧起来，冲击力使英雄之剑踉跄了几步。卢克进行还击，向前推进。兽人坦克爆炸，成了火球。机枪子弹扫射废墟，炸得砖屑满天飞，兽人的鲜血喷向了空中。

在卢克的带领下，流亡者们向城市深处发起了猛攻。

"要活下来，达尼亚尔。"他喃喃道，枪弹叮叮当当地打在他机甲的盔甲上，"只要……活下来。你还欠我那么多承诺没有兑现。"

达尼亚尔吼道："天龙星座！"

他用剑砍杀了一个兽人。一阵枪林弹雨击中了达尼亚尔的盾牌。有一发子弹打穿了他的肩膀，然后弹开了，他感到一阵剧痛传遍了全身。

向他开枪的兽人开完枪就死了，自动机枪的火力从三个方向攻向他。但他后面还有更多的兽人。

总是有更多的兽人。

他们已经击退了绿皮兽人的第一次冲锋。发起第二次冲锋的绿皮兽人越过了前方的路障，却被炮火打得粉身碎骨。达尼亚尔带头冲锋，率领部队夺回了被兽人占领的阵地。但现在他们又来了。

他大喊道："这就像与洪水搏斗一样！"

"任何洪水都无法扑灭天龙圣火。"珀西瓦恩在通信器中回答。达尼亚尔朝左边瞥了一眼，看见那架魁梧的骑士机甲在黑暗中拼杀。尽管有伺服框架把他的四肢固定在一起，但他在极力掩饰自己的痛苦。

"鼓舞人心啊，骑士珀西瓦恩。"苏塞特说道，她在达尼亚尔右边战斗，"我还是希望我们能再建一座水坝来阻止它。"

沿着路障，民兵们用枪托和剑进行战斗，能近距离平射的地方就开枪，不能近距离射击的地方就用枪托打砸，用剑劈砍。

骑士们分散在队伍中，他们是力量和决心的灯塔，他们燃烧的剑不仅杀死了入侵者，还激发了士兵的斗志。骑士卡卢姆和女骑士卡珊德拉背靠背战斗。阿莉莎、劳蕾特和卢加·达·德拉科尼斯向敌人喷射爆矢弹。

兽人狂暴地战斗着，发出威胁的吼声，用野兽的力量劈砍、射杀和击打。达尼亚尔看到一只装甲怪兽用机械爪子抓住一个人的头，像捏鸡蛋一样轻松地杀了他，然后骑士珀西瓦恩用剑刺穿了怪兽的太阳穴。兽人在珀西瓦恩的剑锋上不停地抽搐着、扭动着，三名民兵对准兽人一阵狂扫，打空了枪里的子弹。

另一个绿皮兽人向达尼亚尔扑来，达尼亚尔挡住了他刀上旋转的链锯齿。他把剑柄戳进了异形的嘴里，打碎了他的獠牙，然后抓住他的后脑勺，把他的脸撞向路障的顶部，直到他停止抽搐。他意识到自己全程一直在怒吼。

另一个绿皮兽人朝他扑来，用斧头奋力砍下，斧头深深嵌入了他的肩膀，鲜血直流。他把那个异形劈成了两半，从剑刃上踢下。兽人的尸体燃烧着，落在他的同伴中间。

另一个绿皮兽人又冲了上来，他的重型手枪喷出火光……

战斗变得机械化，使人精疲力尽，无休无止。尖叫声、呐喊声和枪炮声渐渐消失了。他伤口的疼痛也渐渐消失了。什么都不存在了，只有天龙圣火流淌在他的四肢，给他力量，让他坚持战斗。

"国王达尼亚尔。"他听到有人呼唤他的名字。他的思维敏锐起来。"陛下！"通信器里传出的是苏塞特的声音。

"夫人？"

"你听到那句反复呼喊的话了吗？"

他现在听到了。兽人们用不同的声音，呼喊着一个名字。他们反复呼喊的声音交融在一起，声势浩大，像海浪一阵阵拍打着悬崖一样冲击着守军的耳膜。

"戈尔格洛克！戈尔格洛克！戈尔格洛克！"

达尼亚尔把王冠反馈给他的数据好好分析了一番，对这场战斗进行了评估。

他咆哮道："火力小队，在第二道防线准备好！突击队，停止战斗，听我的信号。"

他一脚踢中一个兽人的胸膛，挥剑划出一道炽热的弧线，将敌人逼退，然后掉头就跑。他和下一排路障相距九十米，路障后面站着面色苍白、意志坚定的战士。他一边跑，一边躲闪、迂回穿行，却感到后背痒得要命，他知道，随时可能会有一颗子弹、一枚火箭或一把斧头击中他的肩胛骨，从而结束他的统治。

尽管如此，他还是继续奔跑，他的战士也跟着他一起跑，至少那些还可以逃的战士。

达尼亚尔回头看了一眼，看到兽人越过了路障四处流窜。民兵们尖叫着，在异形的砍杀下死去。时机已至。

"就是现在！"他吼道，俯卧在地。电光火石间，他的战士对他的信号极为迅速地做出了反应。然后第二道防线上的枪手开火了。

重型爆矢枪枪声大作，犹如雷鸣。机枪和自动机枪吐出成串的子弹，在兽人的阵地上犁出成排的弹孔。激光枪在黑暗中闪着亮光。

达尼亚尔滚了一圈，被连续炮击弄得震耳欲聋。他注视着在前面冲锋的绿皮兽人被碎尸万段。数十名德拉科尼斯家族的战士在他身后，火焰风暴从他们身上闪过。其他人就没那么走运了。民兵要么被绿皮兽人从后面开枪击毙，要么因为速度太慢而没能避开战友们的开火。他们被炸得千疮百孔，尸体重重地倒在地上。

"等会儿再哀悼吧。"通信器中传来了苏塞特的声音，"现在是为活人奋战之时。"

达尼亚尔点了点头，很高兴听到她的声音。

他命令道："火力小队，继续掩护我们。突击小队，回到第二道战线。"

在逐渐变得稀稀拉拉的火力扫射下，他匍匐前进，手臂交替前行，然后爬起来，压低了身体奔跑。他走到路障旁，向蹲在一个重型爆矢枪队旁边的上尉班诺克点头示意，然后纵身越过路障。

"干得好。"达尼亚尔说道，他手下更多的战士在清除路障，或者被拖过路障到达了安全的地方。

班诺克在轰鸣的炮火声中说："谢谢您，陛下。那能让他们获得暂时的喘息。"

达尼亚尔站起身来，感激地点了点头，从身边一个民兵手里接过了一把自动手枪。他明白班诺克的话是真的。兽人的尸体堆积在外围的路障周围，当他们试图爬过被杀的兽人，冲向德拉科尼斯家族战士的枪口时，更多的兽人死了。

密集火力攻击的喧嚣声十分惊人。

珀西瓦恩一瘸一拐地沿着防线走到他们中间，问道："我们还能坚持多久？"

达尼亚尔一边察看他王冠的实时数据更新，一边回答道："我们的弹药储备正在迅速耗尽。再过几分钟，我们就只剩下剑可以用了。"

他开了一枪，子弹被兽人的头盔弹开了，他咒骂了起来。

过了片刻，一枚爆矢弹炮弹击中了那个兽人的胸部，在他的体内爆炸。

苏塞特从另一个方向加入他们，问道："还有什么招数可使吗？"达尼亚尔注意到她的额头上有一道伤口，正在流血。

他说："我原以为你也许有一两个主意。"

她严肃地说："我们一直战斗，至死方休，我就知道这么多了。"

"那么，这是最后一搏了。"上尉班诺克用激光枪对着敌人猛开了一枪。敌人从路障顶上开火还击，火花四射。那个之前递枪给达尼亚尔的民兵被击中了头部，倒地身亡。

"也许不是。"达尼亚尔说道，一只手按在他的珠状通信器上，"骑士马科斯，你能听到我说话吗？我是达尼亚尔。"

"陛下。"马科斯的声音传来，在战斗的嘈杂声中很难听见，"我听到你的声音了。"

达尼亚尔说："我们被困在王座厅里了，你有没有可调动的部队？"

震耳欲聋的机械尖啸声打断了达尼亚尔的话。在他右边几米远的地方，路障消失了，被一股灼热的绿色能量爆炸吞噬，几个民兵也化为了灰烬。爆震波冲击着他们，达尼亚尔的通信器受到静电干扰，完全听不见了。

苏塞特说："戈尔格洛克。"

达尼亚尔越过路障望去，看见那个巨大的战争领主正向他们猛攻过来。炮弹从他那活塞驱动的装甲上射出，隆隆作响。他的爪子猛然张开，又猛然合上，急于杀戮。更多身披铠甲的绿皮兽人环绕在他周围，每头巨兽都穿着机械化的板状盔甲，手臂末端是咆哮的枪炮、猛然开合的爪子和嗡嗡作响的工业圆锯。

班诺克大声嚷嚷道："他们安然通过了我们的火力网，就像它不存在似的！其他兽人用他们的身体作为掩护。"

"王座。"达尼亚尔诅咒了一声，"所有的火力小队，集中所有火力对准戈尔格洛克和他的随从。突击队、预备队，向我集结。不惜一切代价，我们要杀死这头野兽。"

他的战士做出反应的速度堪称迅速。就在民兵和骑士们弯着腰，沿着路障向他们的国王冲去的时候，一场火焰风暴吞没了绿皮兽人战争领主。

苏塞特说："即使我们杀死了戈尔格洛克，他们还是会打败我们。"

达尼亚尔说："但这样一来，我们会给留在外面的人一个机会，阻止兽人的入侵。我们也许还能拯救阿德拉斯塔波尔。"

她点了点头，脸上的表情充满自豪，却透着悲伤。

她说："这一直是我的荣幸，吾王。"

达尼亚尔说："确实如此，夫人。"

枪手们最后的弹药用完了，雷鸣般的枪炮声渐渐减弱。戈尔格洛克发出震耳欲聋的战吼，他沉重的脚步在石板上响起。数不清的兽人应声而来，他们狂野的吼声让王座厅也为之震颤。

"哇——嘎！"

达尼亚尔喊道："为了德拉科尼斯家族和帝皇！把他们赶回去！戈尔格洛克必须死！"

兽人奔跑着，撞上了路障，德拉科尼斯家族的战士们站起身来，奋起迎战。剑刃闪着雪亮的光芒，枪托砸进了异形的头骨，斧头砍进了脖子和胸部。

戈尔格洛克像攻城槌一样猛击着路障，在他巨大的身躯下，金属弯曲变形，被撕裂开来。兽人的战争领主一路冲过障碍，身后是全副武装的兽人精英。达尼亚尔和他的战士们急忙扑向了一旁。

"冲到他们中间去！"苏塞特叫道，扑向离她最近的一个绿皮兽人。她绕过他笨拙挥动的液压爪，把她的天龙宝剑砍进了他的身侧，深得足以给他放血。

以守门人为榜样，德拉科尼斯家族最后的王座捍卫者发起了进攻。戈尔格洛克的加农炮再次咆哮，然后达尼亚尔与这头高大的野兽正面交锋，近距离地看到他赤红眼眸中的愤怒、仇恨和野性的狡诈。

戈尔格洛克挥舞着一只巨大的爪子，比达尼亚尔的身体还要大。至尊王躲到了这只爪子下面。兽人的另一只爪子重重地砸在他刚才站立的地方，他及时翻身站了起来，也给了戈尔格洛克一记重击。达尼亚尔的天龙宝剑划出一道火红的弧线，划破了戈尔格洛克的大腿。盔甲裂开了，鲜血四溅，但兽人毫不在意这道伤口。

当戈尔格洛克冲上前,试图用他的庞大身躯压碎至尊王时,达尼亚尔避开了。一只巨大的金属脚砰的一声猛然落下,达尼亚尔只来得及躲过了膝盖骨被粉碎的命运。紧接着另一个爪子朝他猛击过来。达尼亚尔躲过了第一次,但当他闪开时,爪子第二次来袭,夹住了他的肩膀。

就像被战斗坦克碾过一样,盔甲断裂,皮肉、骨头受伤严重。达尼亚尔的左臂麻木了。他被抛向空中,滚到支离破碎的路障附近停了下来。一时间,一切都变得麻木了。脚步声在他周围砰砰作响。某个黑暗的东西隐约出现在头顶上,他昏昏沉沉地抬起头,看到戈尔格洛克手下的一名精英举起圆锯拳头要杀了他。

戈尔格洛克愤怒的吼声在房间里回荡。当他用爪子猛击胸甲时,达尼亚尔大致捕捉到了只言片语。

信息很明确:留给我来杀。

达尼亚尔怒骂道:"傲慢的混蛋。"他爬到一边,由于肩膀疼痛哼了几声,然后抓起他的誓言守护者。戈尔格洛克的爪子再次挥下,达尼亚尔就地一滚,躲开了。碎骨彼此碰撞在一起,让他倒抽了一口冷气。他强迫自己重新站了起来,单手举起宝剑,摆出防御姿态。

戈尔格洛克转过身来,活塞发出嘶嘶声,脸上露出丑陋的奸笑。就在那一刻,达尼亚尔看到了嵌在战争领主盔甲背板上嘎嘎作响的发电机,心中燃起了一线希望。

他环顾四周,看清了周围的疯狂混战。他瞥了苏塞特一眼,她正从一个绿皮兽人的头骨铠甲上扯下她的剑。珀西瓦恩率领着一群民兵与大批的兽人展开了疯狂的战斗。德拉科尼斯家族的骑士们,用他们燃烧的剑刃劈砍抵挡,就快要被打败了。更多德拉科尼斯家族的战士,太多了,横七竖八地躺在成堆被屠杀的异形中,死了或濒临死亡。

接着又有更多的兽人涌进了房间。

"帝皇啊,请赐予我力量。"他喃喃地说,想念起了脑海深处鬼魂的声音,"我希望我们能全副武装地去做这件事。"

戈尔格洛克又朝他冲了过来,他沉重的脚步震裂了石板。达尼亚尔向左佯攻,兽人上钩了,他重重挥出一击。达尼亚尔向右猛冲,然后来了个急转身,他的速度使他摆脱了敌人的魔爪。达尼亚尔心怦怦直跳，肩膀一耸，痛苦地惨叫了一声。他从戈尔格洛克身边一跃而过，单手挥剑砍向兽人的后背。

剑刃从戈尔格洛克的发电机上砍掉了一大块电缆和燃料管线。战争领主的盔甲立刻开始冒烟，发出呜呜声，粗糙的伺服器因冷却剂喷出和电源故障而烧毁了。

戈尔格洛克一边咒骂一边咆哮，试图转身。他的动作很笨拙，火花从卡住的关节处飞溅出来。凭借纯粹的蛮力，兽人继续移动，但达尼亚尔和他一起移动。他绕过速度较慢的对手，再次猛挥出一拳，又一次打穿了戈尔格洛克的发电机。燃料喷射而出，烧了起来。火焰猛地蹿上戈尔格洛克的后背，战争领主狂怒地号叫了起来。

在疼痛和凶猛的驱使下，兽人向后扑过去，出其不意地抓住了达尼亚尔。火焰灼烧着至尊王的皮肉，身着盔甲、体形庞大的戈尔格洛克第二次将他打倒在地。达尼亚尔痛苦地喘着粗气，他的视野变得模糊，但他还是设法赶在戈尔格洛克的大脚踩扁他之前爬了出来。

一个民兵被杀，倒在了他的身上，达尼亚尔用他那只没受伤的胳膊拖走了尸体，正好看到戈尔格洛克气势汹汹地发起了冲锋。这位战争领主身上着了火，大部分的盔甲都不起作用了，但他那令人难以置信的韧性和战斗欲望仍驱使他继续前进。他身扛重甲，孤军奋战，眼睛鼓得大大的，向后挥舞着利爪，想像踩虫子似的把达尼亚尔踩碎。

"在天龙圣火中燃烧吧，你这肮脏的异形。"达尼亚尔吐了一口唾沫，站了起来，再次挥出剑。这一击劈穿了兽人的肉、骨头和电缆，从兽人的肘部砍断了他的右爪。

达尼亚尔没有给敌人留反击的时间。他一次又一次地向戈尔格洛克砍去，劈开了电缆，捣毁了活塞，用天龙宝剑最后残余的燃料点燃了绿皮兽人的肉体。

戈尔格洛克被困在自己的盔甲中，沮丧和痛苦让他疯狂，火焰吞噬了他的身体。达尼亚尔跟跟跄跄地往后退去，兽人疯狂的号叫让他的心中充满了帝皇的光芒。

他怒吼道："看着你们的首领被活活烧死吧，渣滓！听听他的痛苦吧！这就是帝皇的判决！"

在他的周围，兽人犹豫不决，呆呆地看着他们的首领经受痛苦。德拉科尼斯家族的战士们利用他们的犹豫不决，凭最后的力气向敌人冲去，用天龙宝剑劈穿兽人坚硬的皮肉和骨头，用战术匕首刺入兽人深陷在眼眶里的红眼睛。

达尼亚尔看见珀西瓦恩胸前有一道很深的伤口，流血不止。

绿皮兽人发出了愤怒的咆哮，声音越来越高。当他们冲上前来的时候，上尉班诺克手持宝剑和手枪上前迎战。他射出的子弹放倒了一个兽人，又射穿了另一个兽人。第三个兽人用活塞驱动的爪子抓住了他的头，狠狠地把他拽离了地面。班诺克拼命挣扎，接连猛打袭击者的脸，朝他的胸部开枪。兽人对他的努力不屑一顾，斜睨了班诺克一眼，然后爪子发出可怕的嘎吱一声，狠狠合拢。

这位品行高尚的上尉白白牺牲了性命，达尼亚尔发出了愤怒的叫喊，他的心沉了下去。这不是一个织在挂毯上向年轻的见习骑士讲述的英雄故事。怪物不会因为你杀了他们的国王就停止战斗，也不会撤退。

他们会一直冲上来，直到德拉科尼斯家族的最后一个战士倒地身亡。他疲惫地举起剑，四处寻找苏塞特。他至少可以在她身边，与她共同赴死。

王座厅的外墙爆炸了，爆炸的力道大到令人难以置信。燃烧的碎石在空中划过，像陨石一样坠落在兽人部落中。砖石像雪崩般坍塌下来，把兽人压得粉身碎骨。

当高大的帝国骑士机甲如狂风般冲进王座厅时，绿皮兽人又一次怒吼起来，向它们瞄准。火箭弹和炮弹把绿皮兽人炸得残肢横飞。机枪和加特林加农炮也把绿皮兽人打得不成形。

达尼亚尔认出了带头冲锋的机甲身上的家徽，顿时感到一阵难以置信的狂喜。

"卢克！"他喊道，最后一批兽人惊慌失措，四散奔逃，"卢克，我的兄弟！"达尼亚尔又喊了一声，他听出自己的笑声已经濒临疯狂，却毫不在意。他感到自己重新拥有了力量。他砍倒了一个逃跑的兽人，然后把另一个试图从他身边窜过去的兽人刺透。

达尼亚尔看到了那些奇形怪状的机甲跟随他的朋友在战斗，看到了一辆辆牛头装甲战车在他们身后轰鸣着疾驰而过。士兵们从装甲运输车中展开训练有素的齐射，更多的炮火射向兽人，把他们的身体撕得粉碎。像割麦子似的，绿皮兽人瞬间倒下了一大片。他们徒劳地试图从陷阱挣脱，遭到了前后夹击，被无情地屠杀。

达尼亚尔砍倒了另一个兽人，疲惫让他的视野都变成了白茫茫的一片。突然，珍妮卡出现了，士兵们拱卫在她的两侧，她竭力屠尽异形，剑上火焰熊熊。

"珍。"他说道，如释重负的感觉流经全身，"珍，你成功了！我们活下来了！"

他的姐姐走了过来，用她的剑敬礼。

她说："弟弟，很高兴见到你。"

"怎么了？"他问道，读懂了隐藏在她微笑背后令人沮丧的绝望，"还有什么事？"

她说："我们的时间所剩无几。不管你有什么机甲，都要调动起来，而且要召集圣物维保士。如果我们要拯救我们的星球，达尼亚尔，还有最后一场仗要打。"

第十七章

在阿德拉斯塔波尔的高空，居住区大小的大炮向虚空喷射出长达三十米的炮弹。光矛在黑暗中默默地发出刺眼的能量光束，将兽人战舰劈成碎片，将它们燃烧的残骸抛向星域。兽人的炮台锤击着帝国的虚空护盾。战斗机和轰炸机在大型战舰周围疾飞猛冲，努力在零重力情况下展开近距离打击，或者在高射炮狂风暴雨般的射击中不顾一切地进行轰炸。

由于数个星期的行星空降、防御炮火和来自棱堡舰队的骚扰攻击，兽人星舰的数量已经大大缩水。它的飞船仍有数百艘，但许多已经受损或分散，船员已所剩不多。

轨道扫描显示出下方的星球上正在进行殊死之战。性情暴躁的舰长沙斯略施恫吓，棱堡舰队的舰长们投票表决，决定无视他们的常规命令，发动全面进攻，击溃绿皮兽人舰队的后防线。

战斗进行了两个小时，很顺利。尽管如此，舰长沙斯仍然坐在指挥座上，密切关注战局。在主全息屏幕上，可以看到一支小型的帝国战舰舰队从对面的侧翼穿过分散的兽人舰队。宇宙航行监视器上的发光线条表明，他们已经从特里阿托斯卫星的后面溜了出来，现在正直接朝阿德拉斯塔波尔的轨道包络面前进。

克莱姆先生说："鸟卜仪确认了，有一艘奥伯龙级别的战列舰、两艘驱魔者级别的巡洋舰和六艘不同标记的护卫舰，进行过大量改装。所有通信都加密了。"

"他们还是无视我们的呼叫吗？"沙斯问道，拿起酒瓶，喝了一大口。他那只仿生手的金属手指在指挥座的扶手上敲了一下。他仿生眼上的光圈发出呜呜声，重新聚焦。这迹象清楚表明，沙斯紧张了。

克莱姆说："是的，舰长。他们似乎对交流不感兴趣。"

坚不可摧号以左舷船首的报废为代价，撞碎了一艘兽人的撞角军舰。舰身颤抖不已。

舰长问道："棱堡舰队的其余战舰怎么办？在乌约夫斯卡棱堡战舰上，有谁的意见值得一听吗？"

克莱姆说："舰长，你要是再这么干，就会更加自取其辱。他们并不是最有经验的舰长，而且被骑士精神约束得很严。"

沙斯哼了一声，皱起了眉头。

舰长在通信器中说道："马尔森先生，你能确认那些飞船上的图像吗？"

"是的，舰长。"马尔森回答说，他从远程控制台抬眼一瞥，一脸担忧，"毫无疑问，那是帝皇神圣的异端审判庭的印记。"

沙斯缓慢而又忧郁地说："好吧。王座，该死。"

克莱姆先生说："简单点说吧，舰长。你希望我们做什么？"

沙斯问道："克莱姆，你认为那些飞船只是碰巧飞过吗？嗯，你觉得它们正在以太中飞翔，只是碰巧目睹了这一切吗？自己想一想，你知道帝皇想要的是什么，我们来帮他们对付绿皮兽人的时候，我们是否同时身负使命？"

克莱姆说："舰长，这种可能性似乎微乎其微。"

沙斯吼叫道："哈！跟你长出一把像样的瓦尔哈兰式大胡子的概率差不多。不会发生的。"

"本来不想让你出丑的，现在我倒是想了，舰长？"克莱姆问道，他那高贵面容上的表情简直难以形容。沙斯发出一阵狂笑。

沙斯说："这些科什诺瓦战舰一直在这里等着。我不知道为什么，我也不想知道为什么，但我不认为它们会提供援助。如果有必要，我想我们可以去挡住它们。"

克莱姆平静地说："我不确定军法官霍普特维尔是否会同意你的评估，舰长。"

沙斯说："我认为你没有错，而且我认为，不管怎样，我们及时从这场大屠杀中脱身的可能性非常渺茫。特别是只有乌约夫斯卡棱堡战舰作为增援力量。不过，以前我们从来没被拦住过，对吧？"

"是的，舰长，这是真的。"克莱姆说道，嘴角露出一丝淡淡的微笑，他轻轻拍了一下装在皮套里的激光手枪，枪套就挂在他的臀部，"只要你一声令下，我就会准备就绪。军法官敢于面对危险，这是英勇的行为，特别是考虑到在白热化的战斗中可能会发生意外事故。"

"好样的。"沙斯粗声粗气地说，然后突然提高了嗓门吼了起来，"好了，你们这群在舰桥上哭哭啼啼的兵崽子。你们以前都见过帝国战舰，为什么现在还在盯着看？拿出狠样子来！还有很多兽人要杀！"

不过，舰长的目光仍然停留在那些轨迹上，那是来势汹汹的异端审判庭战舰航行的轨迹，计时器的时针在他的显示屏上迅速地向下旋转。他们将在几分钟内进入对地同步轨道，沙斯对接下来可能发生的事情隐约有种不好的预感。

诺斯里斯炮台被烟雾和火焰笼罩。佩加森家族和德拉科尼斯家族的飞行器在头顶上来回飞行，投下炸弹，扫射兽人。炮火从城垛上呼啸而下，重重锤击着那些正在争抢着通过入口的机甲的盾牌。绿皮兽人的部队从他们身边蜂拥而至，那些斯托帕级战争雕像率领着一拨又一拨的坦克和步兵对抗着帝国军队。

佩加森家族的机甲沿着长长的弧线快步行进，扭动身躯，枪炮轰鸣，围住兽人高耸的加尔冈巨人机甲。加尔冈着火了，二级系统和装甲舱被炸毁了。然而，它那闪烁的力场战力不减，它每一次笨拙的还击，都会在瓦拉坦草原上留下一架机甲的残骸。

米诺托斯家族的那些机甲成功地在炮台所在的城墙上炸开了一个缺口，但敌人从四面八方涌来，他们处境艰难，很难利用现有优势。

"该死！"大元帅库尔特吼道。他操控机甲后退，险些没躲过加尔冈的链锯剑不断搅动的锯齿。

他紧握触控手套，在机械王座上绷紧身体，狠狠挥出拳头作为回击。一贯好战的古斯塔夫的复仇也对它予以回应，挥舞着它的米诺谭锤，划出流星般的弧线。巨大的武器打中了加尔冈的下巴，把它的头完全撕了下来。

火花四溅，火焰跃动，这尊战争雕像摇摇晃晃地后退，身首异处。库尔特驾驶着古斯塔夫的复仇向前，将他那块被打碎的盾牌猛然撞入斯托帕级战争雕像的腹内，使它完全失去了平衡。随着一声沉重的呻吟，兽人的这架战争引擎向后倾斜，仰面朝天摔在了地上。它的二次爆炸波及整个躯壳，炸裂了松散的外壳装甲钢板，使破损的外壳变了形。

"骑士们，报告。"库尔特厉声说道，子弹从他的离子盾牌上飞溅而出。战斗很残酷，他有一种不祥的感觉，觉得他们正在走向失败。

从通信器中传来威尔霍姆的声音："大人，我们又失去了两架骑士机甲。他们把我们逼回了右边，用更多该死的斯托帕级战争雕像堵住了缺口。"

库尔特切换了频道，问道："女侯爵，你那边状况如何？"

劳蕾特咬着牙回答道："停滞不前。这个被王座诅咒的加尔冈就是打不死！能量读数显示，它的主武器差不多已经充完能了。"

库尔特说："你得把它毁掉，只有帝皇知道那东西是干什么的，可是——"

劳蕾特厉声说道："我知道，大元帅。我已经因为这个可恶的东西失去了六架骑士机甲。我们全都对准它开火，但它就是不停。"

库尔特检查了战略分布图，当看到在城堡周围，有更多象征绿皮兽人的符文向那些被围困的骑士机甲冲去时，又一股愤怒涌上了他的心头。

他咒骂道："他们都是从哪儿来的？"

劳蕾特说："这无关紧要。我们需要做些事扭转这场战斗的形势，好让我们占上风，否则阿德拉斯塔波尔就会落入敌手。"

"骑士加斯特恩、科尔钦、威勒，跟我来。"库尔特说道，同时大脑飞快运转，"我们将冲破缺口。其他人，火力掩护，做好准备，等道路一打通就跟上我们。"

表示同意的符文闪回到他的显示屏上。通信扬声器中还在轰响着他们的战争咏叹调，米诺托斯家族的骑士们积极行动起来。

库尔特发起了冲锋，盾牌把敌人的炮火反弹了回去。骑士加斯特恩、科尔钦和威勒驾驶的都是豪侠骑士机甲，他们以他为首组成了箭头阵形，英勇地大步冲向那些把守着缺口的高耸的斯托帕级战争雕像。

领头的斯托帕级战争雕像发射了大量巨大的火箭弹，飞落在库尔特的冲锋部队中爆炸。一枚弹头击中了库尔特机甲的板状盾牌并反弹回来，炸成了一个火球。他的机甲大步前进，穿过那个火球继续逼近。另一枚弹头直接撞上了骑士加斯特恩的机甲，把它炸成了碎片。

能量束从城墙上的加农炮上射了下来，汇聚在一起，从下面锯掉了骑士威勒机甲的一条腿。库尔特愤怒地咒骂起来。

加特林机枪子弹和战斗加农炮的炮弹交织成火网，堵住了缺口，在战争雕像的躯干上犁出了一排排弹孔，它们因爆炸而颤抖。兽人的战争引擎再次开火,巨大的火力夺走了库尔特机甲的动力,他的机甲被迫把盾牌挡在前面,然后就有气无力地静止不动了。

他用热熔加农炮开火,在离他最近的斯托帕级战争雕像的胸口钻出了一个发光的洞,致使它的弹仓爆炸。另外两辆战争引擎还在不停地开火。骑士科尔钦机甲的躯干遭受了一连串的撞击,变成了一堆内部被烧得一塌糊涂的残骸。库尔特惊慌失措地叫了起来。

骑士威尔霍姆在通信器中说道:"大人,撤退!"

库尔特强行催动机甲又向前迈了一步。炮弹反复锤击着他的铁甲,击落了盾边大块大块的金属。更多的炮弹从他的离子盾牌上反弹,四处飞射,形成了一片蓝色的薄雾。当警告符文在仪器上闪烁时,他沮丧地咆哮起来。

威尔霍姆再次发出了催促:"大人!"

劳蕾特吼了起来:"大元帅,克制你的愤怒。撤退,试试别的方法。"

库尔特大声咒骂着,操控机甲从不断逼近的斯托帕级战争雕像前退了回来,枪弹不断地打在他的机甲身上。

他问道:"您有什么建议,夫人?时间不多了。"

劳蕾特说:"撤退,帮我们干掉这个怪物。也许我们的部队联手就能——"

库尔特对劳蕾特的停顿不解地皱了皱眉,操控机甲转向高耸的加尔冈,用闪烁的符文向他的下属发出命令。

他问道:"女士?"

"看啊,大元帅。"劳蕾特说,他从她的声音里听出了一丝希望,"天龙尖塔,兽人在逃跑。而在他们身后……"

库尔特放大了他的实时视频显视,然后狂野地大笑起来。

"至尊王!"他说道,他的声音在通信频道里震耳欲聋,极大地鼓舞了米诺托斯家族和佩加森家族的骑士们,"达尼亚尔·谭·德拉科尼斯还活着,他正驾着机甲来援助我们。为了我们的星球,我们不能让他失望!"

火焰之誓大步疾驰在瓦拉坦草原上,信号旗迎风飘扬。多支机甲先锋部队追随在它身后。

队伍中有德拉科尼斯家族的机甲,还有那些圣物维保士能唤醒的所有机甲,以及佩加森和米诺托斯家族的机甲。卢克和流亡者们与苏塞特、马科斯和珀西瓦恩一起，紧跟在达尼亚尔身后冲进了战场。

大批车辆轰鸣着跟在他们身后，维萨林人的牛头车护送着呈三角阵形的圣物维保士的爬行者，此外还有德拉科尼斯家族剩余的少量坦克和运输工具，车舱里尽可能地塞满了民兵，挤得有些人不得不紧贴着车子侧面和车顶。达尼亚尔知道珍妮卡也在其中，和一个效忠卢克的上校共乘一车。就在几分钟前，医生给他注射了大量止痛药和兴奋剂，并在他的肩膀上安装了一个伺服支架，以便他能驾驶机甲。他还没来得及完全了解情况，但知道的也够多了。

随着时间的推移，战斗越靠近诺斯里斯炮台，就越发令人绝望。残余的绿皮兽人渣滓在他的部队面前逃之夭夭，但是炮台周围的那些绿皮兽人仍然在猛烈进攻。

达尼亚尔在公共通信频道上说道："所有的骑士，要知道在这里为了胜利，无论付出什么代价都不算高。根据审判官马萨塔的估计，我们可能只有几分钟的时间来拯救我们的星球。我们必须完全击溃异形，并让高等圣物维保士波卢克西斯和他的弟兄们获得炮台通信器的访问权限。成功了，我们就能为帝皇拯救这个星球，我们就有机会赢得这场战争。如果失败，我们就会被烧死。但是阿德拉斯塔波尔的全体骑士，我们是不会失败的！"

通信器的喇叭响起，自动信号旗被升起。在空中，阿德拉斯塔波尔的飞行编队，准备支援进攻。

马科斯在通信器中说道："陛下，是加尔冈，就是那个在围城期间驱逐了我们机魂的怪物。"

波卢克西斯说："战争雕像的主武器积聚的能量是惊人的。我断定它的炮手正准备再引发一次这样的能量爆炸。如果他们成功了，我们成功的概率就几乎为零。"

达尼亚尔说："那就让它先死。所有骑士，用远程武器和导弹瞄准那个加尔冈。助女侯爵一臂之力。"

冲锋的那些机甲开火了。炮弹、能量爆炸和导弹漫天飞舞，全都向着那座铁甲大山飞去。战争引擎的分子力场接连瓦解，炸裂开来，空气汹涌排出，发出霹雳巨响。他们用相当于一场战役中使用的那么多军火去攻击加尔冈的头部、胸部和手臂。爆炸加剧，残骸旋转着四处飞散。

战争引擎腹部的加农炮管发生了变形，它先被撞进了地面。它的炮甲板一个接一个地爆炸了，火焰在舷窗和龙门架周围跃动。战争引擎的头骨被击穿，爆炸从它与身体不匹配的眼睛中爆发出来，它的指挥人员已粉身碎骨。尽管如此，能量还是聚集在它巨大的主炮周围，当它准备开火时，周围响起了静电的尖啸声，飞舞着闪电的流光。

女侯爵劳蕾特喊道："为了阿德拉斯塔波尔！集中所有火力，攻击主武器！"

她和手下的战士们一齐开火，米诺托斯家族的骑士团也和他们一道行动。第二轮炮火击中了要害，突然武器的能量狂野地划出弧线，跳跃着爬过加尔冈的外壳。它颤抖着，冒着烟，白光一秒比一秒更炽烈。

达尼亚尔急忙下令："快逃！"

库尔特和劳蕾特的部队做出了回应，他们的机甲高高举起了盾牌，转身或后退。

一道炫目的光闪过，从中激荡出一股爆裂能量的冲击波，急速膨胀开来。达尼亚尔咒骂着，他的鸟卜仪因静电发出噼啪声，他的机甲动力也在剧烈波动。

"不！"他叫道，担心会发生最坏的事。然后他的读数稳定下来，爆炸逐步减弱，加尔冈的残骸在他们附近轰然倒塌。

它的爆炸性死亡留下了一个冒着烟的弹坑，直径三十米，里面四处散落着燃烧的残骸。它打倒了几架机甲，还打残了其他几架机甲。最重要的是，它在要塞的城墙上炸出了一个巨大的、参差不齐的缺口。

卢克说："这是我们进去的路。"

达尼亚尔说："女侯爵、大元帅，报告。"

库尔特回答道："我们还活着，我的机甲倒下了，劳蕾特的机甲也关闭系统了，她还差点失去了反应堆。不过别担心我们，结束这一切吧。"

达尼亚尔说："明白了。女骑士苏塞特、女骑士伊莲娜特，带上你们的先锋队伍跟着我。我们要分散行动，拦截兽人部队。卢克、马科斯，你们去攻打缺口，彻底打破他们的防御，护送波卢克西斯到达那个通信阵列。"

卢克说："不管发生什么事，达尼亚尔，我很高兴能再次作为兄弟与你并肩作战。"

马科斯说："别告诉我，你又要开始胡说八道了。我们以后还会有时间用少女般含情脉脉的眼神彼此对视的。跟我来，灰烬骑士。还有一个星球在等待我们拯救。"

卢克和玛雅带头穿过了那个缺口。他们的热能加农炮炮口闪光，撕裂了一个试图挤进他们前进路线的斯托帕级战争雕像，让它身上着了火，变成了一堆残骸。

深红色死神、使命无边、珀西瓦恩的火焰风暴和马科斯的荣誉之光紧随其后。这些机甲向要塞内沸腾的兽人部落开火，更多的机甲跟随他们加入战斗，在兽人群中不断引发爆炸。

破烂不堪的坦克向他们冲来，被炸成了碎片。笨重的步行者机甲迈着沉重的步伐向前冲去，齐射的炮火撕裂了骑士机甲的四肢，把它们变成了被大火燃烧殆尽的残骸。帝国军队动用一切武器开火还击，把兽人的战争引擎打得粉碎。

卢克看到一架佩加森家族的骑士机甲在他右边爆炸了。他大步走过机甲燃烧着的残骸，他的加农炮发出一声巨响，把干掉那架机甲的兽人给汽化了。

在他身后，埃克哈特里娜激烈地咒骂起来，一架兽人的无畏机甲成功地用动力锯锯穿了她机甲的膝关节。她用力拍开那架兽人机甲，留下了一堆乱七八糟的残骸，但卢克可以看出她被困住了。

"该死，一瘸一拐的。"她啐了一口，"对不起，灰烬骑士。"

"继续射击吧，女士。"他说道，冲了过去，马科斯、玛雅和杰马杜斯都在他身边。

炮台本身是一个轨道炮的炮位，上面的加农炮在入侵初期已被摧毁。主要的堡垒位于一个院落内，支撑结构错落其间，四周环绕着高耸的、有城垛的城墙。

现在，在内部建筑驻守的兽人大量地涌了出来。

卢克命令道："前线，不管他们是从哪个鬼地方爬出来的，把他们炸回去。"

"我们必须加快速度了。"马科斯说着，操控荣誉之光停了下来。更多的骑士机甲向他两边集结，同时，圣骑士从它们背后的缺口轰隆隆地滚过。"破坏他们的冲锋，把他们赶回去，消灭他们。"

在卢克周围，阿德拉斯塔波尔的那些机甲开火了，流亡者们也加入了攻击。兽人全军覆没，在他们中间发生了爆炸，枪林弹雨打穿了他们的阵地。最后一次，机甲坚强挺立，抵御异形的冲锋。有一架机甲被能量光束撕裂倒下了。

另一架机甲被一个绿皮兽人步行者机甲莽撞的冲锋撞翻在地。兽人一拥而上爬上了第三架机甲的双腿，用爪子和炸药摧毁了它。

卢克喊道："继续开火！他们会崩溃的。"

突然间，似乎是他的话起了作用，兽人部落的神经崩溃了。随着他们的队伍被摧毁，战争领主死亡的消息被传开，绿皮兽人开始丧失了信心。一两个逃跑的兽人小子带动了更多的兽人逃跑，恐慌的情绪四处蔓延，溃败之势不可抑制。

马科斯吼道："前进。"

那些机甲向前推进，脚步声响彻大地，枪炮轰鸣。在卢克的驾驶舱里，弹药符文闪起了红光。他继续开火，兽人的尸体开始堆得高高的，附属建筑倒塌，被炮弹炸成了空壳。

卢克在通信器中说："起作用了。怒火难逃，带领先锋部队，杀开血路，进入炮台。"

女骑士玛雅表示同意的符文在他的视网膜显示屏上闪烁，她的机甲加速前进，火力全开。波卢克西斯的爬行者跟在她后面，两侧都有牛头车。当它们飞驰而过时，卢克看到其中一艘运输车的顶部舱门旋转着打开了。珍妮卡出现了，进入了穹顶舱，并在快速经过时向他敬了个礼。卢克举起死神链锯剑作为回应，然后继续前进。

他在通信器中说："都交给你了，女骑士。"

当格斯蒙德的牛头车在炮台的大门外打着滑停下来时，珍妮卡已经从舱顶跳了出来。她奔跑时地面咚咚作响，她拔剑出鞘，点燃了天龙宝剑。

门砰的一声开了，一个咆哮的兽人冲了出来，疯狂地开枪射击。珍妮卡砍杀了那个绿皮兽人，用肩膀把他的尸体撞到一边，扑进了门口。

她一边走，一边激活了珠状通信器。

她说："审判官，是时候了。"

马萨塔回答道："我在路上了，我们可能已经太迟了。"

"我们会成功的。"珍妮卡说着，同时把另一个从附近门口冲出来的兽人刺了个对穿，"你快过来，操控那该死的通信器。"

格斯蒙德和他手下的维萨林人跟在她身后冲进门口，举枪扫射。在珍妮卡的带领下，他们砍倒了几个试图挑战的兽人，冲上炮台的铸铁楼梯，来到了指挥台。

珍妮卡从一群吓得发抖的兽人屁精中艰难杀出一条血路，冲进了房间。她停下来，心沉了下去。

她在通信器中说："这地方遭到了严重破坏，他们已经把所有的东西都拆开了。"

格斯蒙德说："看起来他们好像把指挥台当成了某种车间。王座，活见鬼的，那是通信阵列吗？"

"通信阵列还剩下的部分。"珍妮卡说道，绝望地看着一堆乱七八糟的废弃材料和电线从中央阁楼伸出。

在他们身后，圣物维保士波卢克西斯冲进了房间。

珍妮卡麻木地说："太晚了，圣物维保士，他们玷污了它。"

波卢克西斯停了下来，一动不动。有那么一刻，珍妮卡觉得很震惊。然后，高等圣物维保士动了起来，带着身穿长袍的侍僧，迅速上了阁楼。

波卢克西斯说："剩余的神圣线路还算够，珍妮卡女士。在万机之神的智慧之下，这个设备的大部分操作装置被藏在了这个房间地板下的深处，异教徒的手够不着那里。它仅仅是接口被损坏了，通过数据统计和二进制祈祷，可以绕过这个问题。"

"感谢王座。"珍妮卡一边说着一边冲过房间，从装甲玻璃窗往外看，"看那儿！是马萨塔的飞行器。还有希望。"她目不转睛地看着它，希望它能着陆，而不是简单地发射推进器，然后飞向天空。

当圣物维保士把机械树突和耦合工具连接到通信阵列残破的残骸上，开始摇摆身体反复吟唱时，珍妮卡看着卡斯顿操控着审判官的飞行器在城墙内的空地上着陆。甚至在着陆完成前马萨塔就从后面的舷梯上跳了下来，跑着穿过开阔的场地，不顾周围的激战。

他消失在炮台里，卡斯顿和奈什紧跟在他的后面，珍妮卡只能指望他能及时赶到。她抬头望着天空，仿佛能望穿翻腾的云层，看到异端审判庭的飞船载着装填了厄运的发射管向他们冲来。

她低声说："还没有，拜托，还没有。帝皇，请护佑我们。"

克莱姆先生说："舰长。"

舰长沙斯咆哮道："我看到了，克莱姆。该死的战舰正排队等待轰炸。"

大副提议道："它的目标可能是异形部队？"

沙斯唾骂道："兽人的粪球。"

"您有什么吩咐，舰长？"克莱姆先生问道，他的手轻轻地放在激光手枪的枪柄上。他漫不经心地瞥了一眼军法官，他正在甲板上踱步，同时严厉地盯着正在思考射击方案的军火管理员。

"该死，"沙斯说，他喝了一口酒瓶里的酒，"我们离得太远了，只有鱼雷离得近些。我们必须全面出击，竭尽所能，向泰拉祈愿，希望能击中目标，也希望帝皇会原谅我们。"

沙斯喘了口气，发布了命令，这无疑会使他和他的全体船员被判异端罪。

他语气沉重地说："大家，准备——"

克莱姆一把抓住他指挥座的靠背。

他嘶声说道："舰长，看啊！"

在动荡不休的虚空之战的战场之外，越过飘浮的残骸和凶猛的火焰风暴，沙斯看到异端审判庭的战舰点燃了它的推进器。

"他们已经开火了吗？"克莱姆问道，但沙斯摇了摇头。他放大了全息影像，当他意识到飞船正在脱离轨道包络面时，他咧着嘴边笑边拍打指挥座的扶手。

"他们已经取消开火了。"沙斯吼道，从酒瓶里喝了一大口。当他发现酒瓶已经空了时，就做了个鬼脸，然后把它扔到了一边。

"哈，他们已经取消开火了。只有帝皇知道原因，但他们正在撤离。他们是为兽人而来的。"

克莱姆先生说："舰长，看来我们马上要有一些令人惊讶的新盟友了。考虑到他们的重要性，也许我可以建议你说话时不要像平常那样口无遮拦？"

沙斯哼了一声。

"如果他们杀兽人的话，克莱姆，不管他们说什么该死的蠢话，那我都会响应他们现在，呼叫服务。我的酒瓶需要重新灌满，我们还有一场战斗要赢呢。"

尾 声

对天龙尖塔的围攻标志着第二次兽人战争的转折点。虽然战争领主戈尔格洛克已经死了，他的军队也被击溃了，但在阿德拉斯塔波尔的荒野中，还有更多的绿皮兽人战团仍在游荡。这颗星球的守军已经伤亡惨重。他们的三大权力中心有两个都几成废墟。然而至关重要的是，三个贵族家族终于在至尊王的旗下真正地团结在一起。虚空中的战争转向了对棱堡舰队有利的方向，因为绿皮兽人的星际舰队已经被不断的消耗拖垮了，而阿德拉斯塔波尔的舰长们似乎在这个时候得到了帝国的增援。在如此激烈而又绝望的冲突中，这些援军的确切身份已经从官方记录中消失了，这或许不足为奇，但无论如何，他们的出现似乎最终扭转了局势。

至尊王达尼亚尔对战略形势的衡量充满自信，并一如既往地漠视他认为过时的传统，他成立了阿德拉斯塔波尔战争委员会。作为一个统一的军事管理机构，这个组织不仅包括三个贵族家族的摄政者和所有幸存的尊贵骑士团的骑士，还包括灰烬骑士，德拉科尼斯、佩加森和米诺托斯家族的圣物维保士，以及其他一些骑士和民兵队长，他们被认为拥有足够的战略才能可以发挥作用。对于这种貌似平等的统治方式，人们表示惊讶。但在一系列轰轰烈烈的军事行动之后，它的价值很快得到了证明。这些军事行动将兽人从北瓦拉坦和库里克山脉脚下赶了回来，同时也解除了兽人对飞马鹰巢的持续围困。

随着兽人陷入内讧，帝国的权力席位已经稳若磐石，清除阿德拉斯塔波尔地表的异形入侵者的战役正式开始。至尊王达尼亚尔也没有浪费时间，他下令开始重建，严格限定了恢复那些在战斗中被破坏的据点和设施所花的时间。就在伊姆帕里斯山上的异形巫师被清除，铁山和南瓦拉坦的要塞被重新收回再加以利用的时候，钢铁迷宫和天龙尖塔的废墟部分已经被清理干净，脚手架就像森林大火后新笋萌发一样拔地而起。这就是至尊王达尼亚尔的本性。对他而言，战争的胜利本身并非目的，这只是他的人民走向繁荣和强大道路上的必要步骤。

最后，在经历了多次造成严重损失的战斗和激烈的交战之后，以帝皇的名义，阿德拉斯塔波尔被宣布摆脱了异形的污点，并重新被圣化。虽然它的人民已经精疲力尽，而且在阿德拉斯塔波尔从试炼中恢复之前，还有大量的工作要做，但这是一个值得好好庆祝的日子。

——摘自森德拉格霍斯特的著作
《阿德拉斯塔波尔的智者战略·第二十一卷　第二次兽人战争》

达尼亚尔和苏塞特站在他们寝宫阳台的栏杆边，端着矮脚球形大酒杯，喝着莱恩蒙特的陈年佳酿。温暖的夏夜，四处回荡着从下方街道上传来的欢呼声、音乐声和狂欢声。在他们的头顶，星星在天鹅绒般的夜幕上闪闪发光，只有隐约可见的脚手架掩住了星光，那标志着新的塔楼正在建设中。

"为胜利干杯！"苏塞特说道，用她的酒杯碰了碰他的酒杯。达尼亚尔笑了笑，俯身亲吻了一下这个女人。一个月前，他们举办了盛大的仪式，她现在已经是阿德拉斯塔波尔的至尊王后了。

他说："这条道路漫长而又艰难，代价高昂，牺牲了我们臣民的生命，牺牲了贵族和机甲……我几乎不敢相信，战斗终于结束了。"

"哦，达，仗永远打不完，不是吗？"她大笑着说，"以王座的名义，如果真是这样的话，我们谁也不知道该怎么办。"

他感伤地说："没错，我们是骑士。这是帝皇的旨意，我们要为他而战，一直战斗到我们死去的那一天。但他们不用。"他指了指下方远处的内城区街道。在那里，工人、奴仆、客栈老板、铁匠、技师和无数其他平民一边喝酒，一边唱胜利赞美诗，柱子上挂着彩色灯笼。"对他们来说，噩梦终于结束了。"达尼亚尔说道。

苏塞特清醒地说："这是一个黑暗而狂暴的星系，总会有另一个威胁、另一个潜伏在黑暗中的恐怖、另一个隐藏的秘密浮出水面。你无法保证每个人的安全，达。"

他说："你说得对，但这并不意味着我们不应该尝试。"

她朝他笑了笑，喝完了最后一口酒。

她说："至少今天，你成功了，吾王。那么，要讨论我们肯定会面对的下一个大麻烦，难道还有什么时机比现在更好吗？"

达尼亚尔轻笑了一声。

他说："我的王后，你越是有能力让银河系变得更好，你享受自己劳动成果的时间就越少。大麻烦马上就到。"

他们退回王宫的房间里，苏塞特用滤酒器给她的杯子斟满了酒，把它放在达尼亚尔以前的伺服头骨旁边。在兽人袭击后，至尊王决定不让人修复这些古董了，而是把它们放在底座上，作为装饰品保存。

门外传来了敲门声。

"请进。"苏塞特喊道，门开了，珀西瓦恩、马科斯和加拉斯出现在门口。这三个人都在拿新的仿生义肢自吹自擂，那是在天龙尖塔的战斗后安上的。眼见这一幕，达尼亚尔转了转机械肩膀，摩挲了一下自己的手臂，他不确定自己是否能改掉这个习惯。

在尊贵骑士团的后面，卢克和他衣着华丽的战友埃克哈特里娜大步流星地走着，和他们同行的还有一个个子高高的人，身穿朴素长袍，头戴兜帽，他身后跟着个动作迟缓的机仆抄写员。

当这群人走进房间时，骑士加拉斯用冷嘲热讽的口吻说："胜利日快乐！我倒是想为这个场合举杯敬酒，但是……"他空手挥了挥。

达尼亚尔微笑着说道："兽人可能在阿德拉斯塔波尔各处造成了破坏，但至少加拉斯大人还是老样子。"

"这我可不知道。"军械总管说道，阴影从他脸上掠过，"为了尖塔的最后一战……我想没人能熬过此战还一成不变，陛下。"

达尼亚尔说："对我们所有人来说，都是如此。好吧，虽然我们忙于处理重要事务，但我们没有理由不享受一点成功。这里葡萄酒、烈酒和美食应有尽有，请诸君自便。"

"看看这一切吧。"女骑士赫斯帕尔说，自己倒了一大杯阿玛斯克酒，喝下第一口时，因过于享受而夸张地翻了个白眼，"你打算避开这一切，继续你的追捕吗，卢克？"

"我的提议的确仍然有效。"达尼亚尔对他的朋友说，"兄弟，你已经证明了你对阿德拉斯塔波尔的忠诚。我可以赦免你，把新的领地分封给你，让你和你手下的流亡者一起建立一个新的贵族家族。现在没有人会反对了。"

卢克摇了摇头。

他说："我的追捕还没有结束。直到艾丽西娅死去的那一天，我被玷污的名誉才能恢复，她所做的一切才能化为乌有。"

埃克哈特里娜做了个鬼脸，但达尼亚尔看得出来，在她满不在乎的外表下，卢克的这位战友对他的回答挺满意的。

卢克轻声地笑了笑，又说道："另外，你能想象一旦告诉女骑士玛雅我们要放弃追捕，围坐在一起喝酒会发生什么吗？"

埃克哈特里娜说："她会亲自动手杀了你，搞不好是用她的牙齿……"

卢克问："沃－盖斯呢？你认为他会跟我们一起去追捕吗？"

埃克哈特里娜说："很难说。他恨你，你知道的。我想他觉得他受伤都是你害的。"

卢克说："那他就是个傻瓜，沃－盖斯会追随，或者不追随我们。这得看帝皇的意愿。"

苏塞特问道："珍妮卡女士在哪儿？我本以为第一骑士会参加这样的聚会。"

戴着兜帽的人说："找不到她，这件事不能再等了。"审判官马萨塔拉开兜帽，大步走到房间中央的全息投影桌。

马科斯说："当女骑士谭·德拉科尼斯出现时，我们将不得不为她重新进行全局解说。她可能在和她的战士们一起喝酒，谁能怪她呢？"

达尼亚尔说："那么，就谈谈正事吧。"

他们聚集在全息投影仪周围，苏塞特挥动控制权杖就激活了它。阿德拉斯塔波尔的图像一下子跳了出来，慢慢地旋转。可以看到新的轨道平台悬在半空，框架已经成型，一半已经建成。

达尼亚尔说："今天，我的朋友们。我们正式地为战胜兽人的威胁而干杯。"除了没有端酒杯的马萨塔之外，他们都举起了酒杯。

审判官说："今天，身为帝国异端审判庭审判官的我，以职务授予我的全部权力，谨代表帝皇发声，我正式撤销对阿德拉斯塔波尔及其贵族家族的判决。我发现这个星球上的人都是人类帝皇忠实、纯洁、真正的仆人。"

审判官说话时，他的机仆抄写员从嘴部的狭槽吐出一沓沓的羊皮纸，在上面用自动羽毛笔潦草地写着，残留的下肢把写好的羊皮纸收起来，就像蜘蛛卷丝一样。审判官说话时，骑士们面色镇定，就像戴了面具一般，多年的训练使他们学会了隐藏自己的真实情感。

多半如此。

达尼亚尔吟诵道："阿德拉斯塔波尔及其贵族家族，感谢您颁布这项法令，感谢您所做出的努力，您协助作战将入侵的异形从我们的星球上清除了出去。我们请求向在战斗中牺牲的数百名贵族，以及无数被兽人祸害夺去生命的民兵和农奴，致以最崇高的敬意。"

"为了侍奉帝皇，任何牺牲都是值得的。"马萨塔说道，语气冷静。

骑士加拉斯厉声说："但不是你自己的人，牺牲起来要容易些，不是吗？"达尼亚尔狠狠地瞪了他一眼，但马萨塔对加拉斯的话毫无反应。

"当务之急，"卢克说道，他试图缓和紧张的气氛，"在这个值得信赖的小团队里，我该向大家透露一下艾丽西娅·卡·曼蒂克斯的位置了。"

达尼亚尔说："这个异教徒给我们带来了所有的灾难，摧毁了卢克的家族，背叛了我们的人民。"

马萨塔低沉地说道："我已经花了几十年追捕那个黑暗之神的最高女祭司，那是我们真正的敌人，我们必须团结起来对付她。"

听了这番话，阿德拉斯塔波尔的骑士们不自在地挪动了一下身子，彼此交换着明显中立的眼神。

卢克打开腰带上的一个袋子，虔诚地从里面抽出那张破烂不堪的卷轴，那是一年多前在坎达卡获得的。在那以后，它就一直没有见过光，现在他带着好奇和不安再次展开了它。

卢克从苏塞特手中接过控制权杖，小心翼翼地输入了一连串的太空导航坐标。在全息石上，阿德拉斯塔波尔退去，成了一个小点，然后变成一个象征着整个莫扎迪斯星系的符文。图像旋转着，扫过帝皇领土无垠的星域，越来越远，朝着银河系的西北方向飞去。

达尼亚尔看着图像移动，与此同时，恐惧在他的胸中蔓延。甚至在全息石停止旋转之前，他就知道它会落在哪里。

他说："恐怖之眼。"

卢克说："差不多吧。一个在恐怖之眼边缘的星球，离卡迪亚的距离不超过两百光年。"

"哈斯图尔。"马科斯说道，图像慢慢放大，定格在一个冷白色的球体上，"看起来像是一只瞎了的眼睛。我们对它有多少了解？"

卢克说："少之又少。这是个前机械教修会的探索者前哨站，在两个世纪前被叛徒的军队夺走了，那是最后一次从那里获得可靠信息的时间。据我所知，这是一片冰冻的地狱。"

加拉斯问："以天龙之名，为什么女巫会把她的巢穴建在那里？看起来死气沉沉，毫无价值。"

马萨塔说："如果我们想打败女巫和她所侍奉的神灵，这只是我们必须回答的一个谜团。但我们必须尽快解决它。艾丽西娅·卡·曼蒂克斯逍遥法外的时间越长，那个黑暗中的存在的欲望就会越多，帝皇的帝国就会面临更大的危机。"

达尼亚尔说："同意，但你所说的是远征，审判官。它会把我们带向疯狂的边缘。我必须和劳蕾特和库尔特谈谈，说服他们这样的任务是可行的。这需要花些时间。"

马萨塔说："这是帝皇的旨意，必须执行。"

马科斯愤怒地说："如果不是刚刚经受了异形入侵，我们会更迅速、更强大、更容易被说服去战斗。"

"我明白。"马萨塔说，如果马科斯的敌意让他有所不安，他也并没有表现出来，"按帝皇的意愿，有时我们必须寻求并完成不可能的任务。我需要时间来仔细研究我找回的那本巨著，因为在它的异端文字被安全地破译之前，它作为武器的价值是零。欲速则不达。此外，我还可以召唤那些欠我人情的忠诚之士。我可以让他们重新效忠。当阿德拉斯塔波尔骑士团出发去杀女巫的时候，他们不会孤军奋战的。"

苏塞特说："会有后勤事务需要处理。在我们离开我们的星球之前，必须集结部队，完成防御。"

加拉斯说："没有什么事是我们做不到的。尤其是现在，连大元帅库尔特都已经意识到了联盟的真正价值。"

珀西瓦恩说："与此同时，还要为死者祈祷，举行纪念仪式。对阿德拉斯塔波尔的人民而言，这场战争的损失很可怕，对我们新修建的基础设施的破坏也很严重。如果我们不承认损失，不祭祀死者的功绩，不重建我们的防御工事来保护生者，这个星球可能还会沦陷。"

马萨塔说："这需要几个月的时间，但我们可能没有这么长的时间了。"

达尼亚尔说："这是绝对必要的，审判官，在这一点上我不会让步。这是我做至尊王的首要职责。如果我失职的话，帝皇会谴责我。你会拥有你的远征军，我会千方百计完成任务，但我要先照料好我的人民。"

当达尼亚尔和马萨塔对视时，房间里的氛围变得紧张起来，让人觉得呼吸困难。最终，审判官平静地挥了挥手。

他说："就按你说的办吧，至尊王达尼亚尔。"

达尼亚尔说："我也打算细细搜寻一下天龙尖塔的图书馆，寻找任何可能会进一步帮助我们的东西。如果说这场冲突让我学到了什么，那就是阿德拉斯塔波尔隐藏的秘密比我们知道的多得多。我们崇尚过去，然而要想真正从过去中汲取力量，也为了保护自己不受埋藏在脚下的秘密的影响，我们必须了解它。"

审判官马萨塔点了点头。"我们必须尽一切可能做好准备。"他说道，他的眼神越发冷酷无情，"当我们再次离开这个星球的时候，将开始我们所有人所知的最危险的，同时也是最神圣的探险。"

卢克说："这将是对阿德拉斯塔波尔女巫的最后一次追捕,只会以流血收场。"

在遥远的数百千米外，在阿德拉斯塔波尔浅浅的月光下，珍妮卡·谭·德拉科尼斯静静地穿过高高的草丛。

她的怀中抱着一个用布裹着的包袱。在她的周围，高大的阴影隐约可见，那是用石材建造的幽暗的建筑，散发着阴森森的静谧感，令人窒息。风儿轻轻吹过，在草地和石头间发出轻柔的飒飒声。

珍妮卡放慢了脚步,她的探照灯照亮了她所寻找的建筑。她把灯光往上照，黑色花岗岩的台阶上镶嵌着月银陨石。灯光再向上越过雕刻的墓碑基座，最后她照亮了国王托尔温·谭·德拉科尼斯严厉的面容，就刻在冰冷的大理石墓碑上。

她喃喃自语："父亲，我有东西给你。"

珍妮卡沿着台阶拾级而上，来到托尔温的陵墓，穿过石拱门，进入其后的黑暗之中。那里是她父亲的墓室，除了回声和记忆外，里面空无一物。前任至尊王的尸体、他的王冠、他的机械王座，都下落不明。

她停了下来，做了个天鹰座的手势，低声为她父亲的灵魂祈祷。她步履轻缓，经过坟墓，走进了坟墓后面的供奉室，把她的探照灯放在了一个大理石架子上。

珍妮卡拔出她的天龙宝剑，慢慢地、小心翼翼地撬松了铺在地上的一块大理石板。然后她把剑搁在一边，挖掘下面冰凉的泥土，一直没停，很有韧劲。她掏出小石子，无视了手指的隐隐作痛。直到双手沾满了泥土，指甲上也沾满了鲜血，她才终于满意地停了手。

珍妮卡拿起那个包袱。在阴影的包围下，她把包袱轻轻地放进她挖的洞里。她低头看着它，丝质的旗帜包裹着那把神秘的剑。有那么一瞬间，她又一次感觉肌肤上传来淡淡的暖意。

一只手缓缓移向那个包袱，抓住它的一角，仿佛要把它拉回来。她想再看一眼这把华丽的武器。

不过，珍妮卡还是缩回了手，摇了摇头。

她说："除非我知道你到底是什么。父亲会守护你的秘密，就像守护他自己的秘密一样。"

她深吸了一口气，然后把土回填。

几分钟之后，珍妮卡填完了土，重新回到了夏夜温暖的怀抱里。她缓缓地吐出一口气，感觉到身上的鸡皮疙瘩渐渐消退，然后她向外望去，一排排的陵墓一直延伸到黑暗中。数百位至尊王，数千位至尊王，可以追溯到数千年前那朦胧的过去。

珍妮卡挺起胸膛，穿过草丛，回到火之蔑视待命的天龙尖塔，做好开战的准备。

作者简介

安迪·克拉克的作品包括战锤40000系列小说中的《王者之刃》《骑士之剑》和《夜之裹尸布》，以及中篇小说《远征》和短篇小说《雪盲危机》。他还为"战锤：西格玛时代"创作了短篇小说《杀戮神造者》，以及"战锤任务：银塔"系列中的中篇小说《失落者的迷宫》。安迪是游戏工场负责游戏背景设定的作家，为战锤：西格玛时代和战锤40000精心设计世界。他现在居住在英国诺丁汉市。

译者简介

吴天骄：女，西南科技大学教师；喜爱阅读与翻译，拥有十年以上翻译工作经验，累计翻译数百万字；徜徉于魔力无穷的文字空间，营造真实的虚幻世界。

版权所有　侵权必究

图书在版编目（CIP）数据

骑士之剑 /（英）安迪·克拉克著；吴天骄译. -- 杭州：浙江科学技术出版社，2024.4

ISBN 978-7-5739-0846-9

Ⅰ.①骑… Ⅱ.①安… ②吴… Ⅲ.①幻想小说 – 英国 – 现代 Ⅳ.①I561.45

中国国家版本馆CIP数据核字(2023)第160998号

著作权合同登记号　图字：11-2020-232号

书　　名	骑士之剑
著　　者	［英］安迪·克拉克
译　　者	吴天骄

出版发行　浙江科学技术出版社
杭州市体育场路347号　邮政编码：310006
办公室电话：0571-85176593
销售部电话：0571-85176040
E-mail：zkpress@zkpress.com

排　　版	浙江新华广告有限公司
印　　刷	浙江海虹彩色印务有限公司
开　　本	710 mm × 1000 mm　1/16　印　张　15.75
字　　数	320千字
版　　次	2024年4月第1版　印　次　2024年4月第1次印刷
书　　号	ISBN 978-7-5739-0846-9　定　价　50.00元

责任编辑　吕路明　　　　　责任校对　张　宁
责任美编　金　晖　　　　　责任印务　叶文炀